Viola Rohner

Alles Gute und auf Wiedersehen

Viola Rohner

Alles Gute
und auf Wiedersehen

Roman

Rotpunktverlag

Die Arbeit an diesem Buch wurde unterstützt durch einen Werkbeitrag der Schweizer Kulturstiftung Pro Helvetia, wofür sich die Autorin herzlich bedankt.

prohelvetia

Der Verlag dankt für die finanzielle Unterstützung:

© 2014 Rotpunktverlag, Zürich
www.rotpunktverlag.ch

Umschlagbild: Berlin, Arkonaplatz;
Foto: Addei Ali Hagi Mohamed

Umschlag und Satz: Patrizia Grab

Druck und Bindung: Friedrich Pustet, Regensburg

ISBN 978-3-85869-612-0
1. Auflage 2014

1

Ich bin wieder dort, wo alles angefangen hat: in Berlin. Ich schaue aus dem Fenster meiner kleinen Wohnung. Es ist der gewohnte Blick hinaus auf den Arkonaplatz: die winterlich kahlen Bäume, dahinter die hellen Häuserreihen mit den hohen Fensterkreuzen, in der Mitte der Kinderspielplatz mit der Burg aus Holz und den Schaukelreifen, der Geräteschuppen, aus dem im Sommer der Gärtner sein Werkzeug hervorholt, die farbigen Autos auf den Parkplätzen, der Sandberg, der vor Wochen für irgendeine Sanierungsarbeit auf einen der Gehsteige gekippt wurde, die Frauen, die langsam ihre Kinderwagen über die Pflastersteine schieben. Es ist alles noch genau so wie vor drei Wochen, als ich wegfuhr, und trotzdem ist alles anders: Ich habe Lora wiedergefunden.

Ich setze mich mit meinem Notizbuch in den kleinen Erker meines Zimmers. Es ist mein Lieblingsplatz. Vor ein paar Monaten habe ich mir einen bequemen Sessel gekauft, der dort genau hineinpasst. Wenn man sich zurücklehnt, sieht man auf drei Seiten hinaus aus dem Fenster. Im Sommer sitzt man wie ein Vogel in der Krone der großen Platane, die bis an das Haus heranwächst, und im Winter ist man dem Himmel und den Wolken so nahe, dass man glaubt, sie berühren zu können. Die Platane ist jetzt vollständig kahl bis auf ihre runden, braunen Früchte, die wie Christbaumkugeln im Baum hängen. Dutzende von braunen Kugeln. In drei Wochen ist Weihnachten und wir feiern die Geburt des kleinen Jesus. Mir hat das nie etwas bedeutet: Weihnachten und alles. Ich habe mich immer gefragt, warum die Leute so viel Aufhebens darum machen. Aber dieses Jahr ist alles anders. Dieses Jahr möchte ich die Geburt des kleinen Jesus feiern und auch ein richtiges Fest organisieren. Mit einem Christbaum und Kugeln und kleinen Engeln und Kerzen und einem Weihnachtsessen und allem Drumherum. Ich will Leif einladen und Morten und mit ihm die ganzen Vorbereitungen machen, die Kinder so sehr lieben. Und natürlich will ich auch Leo einladen. Ich will ihn bitten, sich an den Computer zu setzen und die Telefonnummern der Leute ausfindig zu machen, die Lora gekannt haben. Ich will sie alle anrufen und sie einladen, mit uns zu feiern. Ich will ihnen sagen, dass ich Lora wiedergefunden habe und dass es eine weite, sehr weite Reise war bis zu ihr und dass es einen ganzen Tag und eine ganze Nacht dauern wird, bis ich ihnen erzählt habe, was ich alles erlebt habe. Und es wird ein langes, sehr langes Fest werden, darauf müssen sie sich gefasst machen. Und während ich all das hier aufschreibe, muss ich lachen und weinen, beides zugleich, und mein Stift jagt wie ein wild gewordenes Tier über diese erste weiße Seite meines Notizbuches.

Ich möchte unsere Geschichte aufschreiben, die Geschichte von Lora und mir. Die Geschichte unserer Liebe und unserer Trennung – und auch die Geschichte unserer Wiedervereinigung. Ich erschrecke über das Wort »Wiedervereinigung«. Aber das Wort ist einfach so aus mir herausgekommen, und ich will es nicht durchstreichen und mit einem anderen Wort übermalen. Das Übermalen käme mir wie eine Lüge vor. Ich will ehrlich sein, von Anfang an, sonst hat dieses Aufschreiben keinen Sinn. Deshalb muss ich mir überlegen, warum dieses Wort aus mir herausgekommen ist und warum ich es nicht durchstreichen mag. Und es fällt mir nur eine Antwort ein: dass es keine Geschichte gibt, die nicht auch Teil von einer viel größeren Geschichte ist, und dass sich in jeder großen Geschichte auch unsere kleine, eigene spiegelt. Das ist eine Binsenwahrheit, würden viele Leute sagen, wenn sie das hörten, aber für mich ist es eine Wahrheit, die ich selber erlebt habe. Und ich weiß nun, dass die Geschichte, die ich hier aufschreiben will, auch davon erzählen soll.

Ich lernte Lora im Sommer 1987 kennen, als die Mauer noch stand und als alle noch dachten, das würde bis in alle Ewigkeit so bleiben: dass Deutschland geteilt ist und dass es einen Sicherheitsstreifen quer durch Europa gibt und dass die Menschen benachbarter Länder nicht die Möglichkeit haben, sich gegenseitig Guten Tag zu sagen, obwohl sie nur ein paar Kilometer, ja manchmal sogar nur wenige Meter voneinander entfernt wohnen, und dass man sie tötet, sollten sie es trotzdem versuchen. Und Lora verschwand, kurz bevor die Mauer fiel, im September 1989. Sie hat die ganze Aufregung nicht mehr miterlebt: All die Menschen, die plötzlich zu Hunderten über die Mauer kletterten und einander in die Arme fielen und miteinander tanzten und sich Sekt über die Köpfe gossen, sich küssten und für eine Nacht zu einer einzigen großen Gemeinschaft verschmolzen. Und vermutlich hat sie auch die Reden all der Politiker nicht gehört, die damals von einer gemeinsamen, großen Zukunft sprachen und von einem erstarkten, wiedervereinigten Deutschland, von einem Land, das jedem Wohlstand und Glück garantiert. Und sie hat all die Jahre nicht erlebt, in denen wir hier krampfhaft versucht haben, all diese Glücksversprechungen einzulösen. Zuerst mit Viel-Geld-Ausgeben und neuen Projekten und dann mit Sparen und Abbauen. Beides hat nicht wirklich etwas gebracht. Für mich ist es die Zeit der großen Verdrängung: Unser Land hat versucht zu verdrängen, dass der Traum vom großen, gemeinsamen Glück nicht wirklich wahr wurde, und ich versuchte zu verdrängen, dass Lora nicht mehr da war, und lebte so, als könnte sie jeden Moment wieder zurückkehren.

Vor Kurzem ist eine neue Regierung gewählt worden, und zum ersten Mal in der Geschichte steht ihr eine Frau vor. Sie wirkt bescheiden und fast ein wenig scheu. Sie hat eine schlechte Haltung, und ich würde behaupten, sie hat sogar einen kleinen Buckel, was doch sehr ungewöhnlich ist für einen Menschen, der eine so hohe Machtposition innehat. In ihren Reden spricht sie lieber von Zahlen und Sachverhalten als von Wünschen und Träumen. Dass sie trotzdem gewählt wurde, ist erstaunlich. Aber vielleicht haben wir einfach genug von großen Männern und großen Worten, und wir vertrauen lieber einer buckligen Frau, die keine besonders gute Rednerin ist, eine Naturwissenschaftlerin eben im wahrsten Sinne des Wortes, einer Frau, die eigentlich keine Botschaft hat und keine Visionen und nur immer sagt, dass sie das Bestmögliche machen will.

Kurz vor der Vereidigung unserer ersten Kanzlerin haben Leif, Morten, Leo und ich uns zusammen auf unsere Reise gemacht, um Lora wiederzufinden, und auf dieser Reise habe ich viele Illusionen aufgeben müssen, um am Ende Lora wieder zu begegnen, einer anderen Lora, die ich so nicht gekannt hatte. Das war sehr schmerzhaft, aber es war auch gut. Denn jetzt erst ist es mir möglich, von Lora Abschied zu nehmen und ein neues Leben anzufangen und Leif so zu lieben, wie er es verdient: mit meinem ganzen Herzen.

In meinem Leben ist etwas in Gang gekommen, eine riesige Bewegung. Und in diesem Sinne hoffe ich, dass auch in unserem Land etwas in Gang kommt und dass sich etwas bewegt und verändert. Und vielleicht bleibt hier, an dieser Stelle, nur noch die Frage, warum im Leben immer alles so lange dauert. Warum ich den braunen Umschlag mit den Fotos, den mir Maxime bei seinem Abschied zurückließ, erst vor vier Wochen geöffnet habe und warum ich den Brief von Lora, der all die Jahre in diesem Umschlag in einer Schachtel unter meinem Bett lag, erst jetzt gefunden habe. Warum es sechzehn Jahre dauerte, bis ich auf diese Reise ging. Es ist eigenartig, und ich weiß im Grunde genommen auch keine Antwort. Aber in den letzten Wochen habe ich gelernt, dass sich alles in unserem Leben irgendwie ineinanderfügt, als ob es einem seltsamen Plan folgte, den wir nur nicht durchschauen. Und möglicherweise ist es ganz einfach so, dass ich den Brief von Lora vorher nicht gefunden habe, weil ich ihn nicht verstanden hätte und weil ich noch nicht bereit war, auf diese Reise zu gehen.

Heute früh nahm ich die Fotos, die in der Schachtel lagen, noch einmal alle hervor und legte sie in meinem Zimmer auf den Boden. Die Schwarz-Weiß-Bilder von Maxime und die farbigen Bilder, die ich selber von Lora irgendwann aufgenommen habe, und auch die Fotos, die meine Eltern von mir gemacht hatten, als ich noch ein Kind war. Ich ordnete die Bilder in Form einer Spirale an, die immer weiter und offener wurde. Und bei jedem Bild, das ich in die Hand nahm, erinnerte ich mich noch einmal an alles Mögliche, drückte das Foto an mich und legte es dann auf den Boden. Einfach so auf den Boden. Eins nach dem andern. Ich machte keine Ordnung, überlegte nicht, welches Bild zuerst kommt und welches nachher oder welche Bilder zusammengehören. Ich legte die Bilder einfach so, wie sie in meine Hände gelangten, in die Spirale und rückte mit der Schachtel ein Stück weiter. Und zum Schluss war mein Zimmer bis zum Rand voll, und die Bilder lagen sogar unter meinem Schreibtisch und unter meinem Sofa, das man auseinanderklappen kann und das auch mein Bett ist.

Jetzt müsste ich über all diese Bilder fliegen können, dachte ich, als ich fertig war. Wie ein Adler über den Bildern gleiten und sie von oben noch einmal betrachten, alle bunten und grauen Flecken und die braunen Leerstellen des Bodens dazwischen. Und dann würde ich mich in meinem Sessel niederlassen und könnte endlich richtig anfangen zu schreiben, denn ich würde in meinem Inneren immer diesen Blick haben von oben auf all diese Fotos und auf die Geschichte, die ich erzählen will. Aber ich stand nur einfach reglos in der Tür meines Zimmers und sah auf die Bilder, und es passierte nichts. Nicht das Geringste.

Irgendwann wollte ich rausgehen, runter auf den Arkonaplatz, um eine Runde zu drehen und Milch zu kaufen, weil nicht mehr genug da war, um mir einen anständigen Tee zu kochen. Und ich hatte schon meine Schuhe angezogen und die Schnürsenkel vom einen Schuh zugebunden, als mir beim Binden des zweiten Schuhs plötzlich der erste Satz meiner Geschichte einfiel: Ich begegnete Lora zum ersten Mal im Sommer 1987. Ein ganz banaler Satz, so banal, wie ich immer dachte, dass eine Geschichte nie anfangen dürfe, aber es war der richtige Satz; es war der Satz, den ich seit meiner Rückkehr immer gesucht hatte, und jetzt beim Schuhebinden, als ich gar nicht daran dachte, war er mir plötzlich eingefallen. Schlicht und schnörkellos und geradeheraus, genau so, wie ich möchte, dass diese Geschichte erzählt wird. Nicht mit großen Worten, sondern klein und genau. Und ehrlich, ganz ehrlich. Und ich zog meine Schuhe wieder aus und kniete mich auf den Boden und wischte alle Fotos zusammen. Ein kleiner Berg in der Mitte meines Zimmers. Und dann legte ich den ganzen Berg Bilder zurück in die Schachtel und schob sie wieder unter mein Sofa und setzte mich in meinen Erker und nahm mein Notizbuch unter dem Sessel hervor. Und endlich wusste ich, dass ich mit dieser Geschichte anfangen konnte.

2

Ich begegnete Lora zum ersten Mal im Sommer 1987. Sie wollte in Berlin studieren und kam vor Semesterbeginn direkt aus der Schweiz angereist. Ich war damals die Einzige in unserer Wohngemeinschaft, die an diesem Spätnachmittag zu Hause war, als Lora klingelte.

Widerwillig klappte ich mein Buch zu und stieg unsere vier Treppen nach unten und schloss die Haustür auf. Vor mir stand eine junge Frau mit kurzen, blonden Haaren, neben sich einen riesigen dunkelroten Koffer. Ich wunderte mich, wie sie diesen Koffer allein bis hierher geschleppt hatte, denn sie war, obwohl kräftig gebaut, recht klein. Sie gab mir artig ihre Hand und sagte, dass sie Lora sei, Lora aus der Schweiz. Leo habe ihr unsere Adresse gegeben. Sie habe vor ein paar Wochen angerufen wegen des Zimmers.

Ich nickte nur, trat einen Schritt beiseite und bat die Frau herein.

Der Koffer war so schwer, dass wir ihn zu zweit in die Wohnung hochtragen mussten. Ich hinten, sie vorne. Und auf jeder Etage entschuldigte sie sich, dass der Koffer so schwer sei und dass sie mich genötigt habe, ihr zu helfen. Es war für mich seltsam, dieses Entschuldigen. Es klang wie aus einer weit entfernten Welt. Die Welt meiner Kindheit, die Welt der Kleinstadt, die ich hinter mir gelassen hatte, als ich hierher nach Berlin gezogen war. Und ich erinnere mich, dass ich mich beinahe dafür schämte, wie sehr ich diese höfliche Art mochte und den angenehmen Klang dieser leisen, etwas singenden Stimme. Hier in Berlin hatte ich gelernt, dass man sich nehmen musste, was man brauchte, und sich bei niemandem dafür bedankte. Höflichkeit war etwas, das aus der Provinz kam. Und für Leute wie mich, die nach Berlin gekommen waren, um hier ganz und gar neu anzufangen und die Welt ihrer Kindheit wie eine alte, zu eng gewordene Haut abzustreifen, gab es nichts Schlimmeres als die Provinz.

Als wir oben im vierten Stock angekommen waren und vor unserer Wohnung standen, entschuldigte Lora sich noch einmal, und ich sagte zu ihr: Wüsste gerne, was für eine Schuld wir hier hochgeschleppt haben, so oft, wie du dich entschuldigst.

Das war nicht wirklich ernst gemeint gewesen, nur eine kleine Bemerkung, und ich wollte mich gerade abwenden und die Wohnungstür aufsperren, als ich eine Veränderung in ihrem

Ausdruck bemerkte: ein kurzes Erschrecken, eine Zerbrechlichkeit und dahinter Trauer, die für einen Moment auf ihrem Gesicht erschien und mich berührte.

Dann packte Lora den Koffer wieder und ich sperrte auf, und sie stolperte durch unsere Tür. Willkommen zu Hause, rief ich und machte das Licht an, und wir trugen den Koffer zusammen durch den Flur in ihr Zimmer.

Da stand er nun wie ein großes, rotes Schiff, das auf Rudis schwarzem Teppich gestrandet war und sich keinen Millimeter mehr vorwärtsbewegte.

Schön, sagte Lora, es ist ein schönes, großes Zimmer.

Ja, antwortete ich, endlich mal sauber und aufgeräumt, und deutete auf die Matratze, die Rudi sogar an die Wand gelehnt hatte, und die Tischplatte und die Kommode, die er wohl zum ersten Mal in seinem Leben abgewischt hatte. Das hat alles hier mal ganz anders ausgesehen, musst du wissen, sagte ich, war ziemlich chaotisch, dein Vorgänger. War so eine Art Treibhaus, Hanfpflanzen überall, und ziemlich gestunken hat es.

Ach, antwortete Lora nur, es ist ja auch hell und sonnig, und ging nach vorne zu den beiden Fenstern, öffnete eines und sah hinaus und stellte fest, dass das Zimmer vor allem Abendsonne hatte, was sie mochte. Und dann fragte sie mich nach dem Gerümpel, das da unten im Hof lag. Die Rohre und die Metallstangen, die aus einem der Container herausragten, und wunderte sich, was das wohl sei.

Keine Ahnung, sagte ich. Manchmal ist es ziemlich laut frühmorgens, aber man gewöhnt sich daran. Eine Klempnerei oder so was. Nach zwei Wochen hörst du's nicht mehr und schläfst wie ein Murmeltier.

Und wieder blieb Lora ganz ruhig und beklagte sich nicht einmal mit einer Andeutung darüber, dass ihr niemand gesagt hatte, wie laut dieses Zimmer war, obwohl es in einem Hinterhaus lag. Als der Lärm einer Metallfräse heraufdrang, schloss sie nur das Fenster und blieb eine Weile prüfend davor stehen. Es ist nicht schlimm, sagte sie. Wenn man das Fenster schließt, ist es nicht schlimm.

Aber dann beklagte sie sich doch über etwas, etwas, das mich beinahe erschreckte, weil es mich so sehr traf. Sie sagte: Schade, dass da kein Baum ist. Wenn ich mir zu Hause mein Zimmer in Berlin vorgestellt habe, dann habe ich mir immer einen Baum vorgestellt, der vor meinem Fenster wächst. Und fast hätte ich einen Witz gemacht und gesagt, ja, da hast du Pech gehabt, dass du in Berlin gelandet bist, in Berlin gibts nämlich keine Bäume in den Hinterhöfen. Aber ich sagte nichts. Meine Art des Sprechens, dieses ironische, flapsige Sprechen, das ich mir, seit ich hier war, angeeignet hatte, funktionierte auf einmal nicht mehr.

Da, schau, sagte ich und führte Lora ohne weitere Erklärung in unsere Küche und beobachtete ihr Gesicht, als sie unseren Baum zum ersten Mal sah. Unseren Baum, der mitten im zweiten Hinterhof wuchs. Groß, mit zarten, langen Ästen. Und ich bemerkte, wie ihr Gesicht sich aufhellte.

Was für ein schöner Baum, sagte sie. Eine Esche.

Ja, entgegnete ich, nicht wahr? Und hier am Küchentisch ist mein Lieblingsplatz. Da sitze ich immer.

Ich versuchte möglichst unbeteiligt zu wirken, um Lora nicht zu verraten, wie wichtig mir dieser Platz an unserem Küchentisch war. Dass ich hier jeden Morgen saß und hinausschaute und Tee trank, wenn alle andern noch schliefen, und mir die erste Zigarette anzündete und zusah, wie sich die Sonnenstrahlen durch die fächerartigen Zweige des Baumes stahlen, und wie oft ich hier allein saß und über alles nachdachte, was ich erlebte.

Lora setzte sich an den Tisch, genau dorthin, wo ich immer saß, und schaute hinaus aus dem Fenster und betrachtete meinen Baum. Sie saß einfach da und sagte nichts. Und mit einem Mal ärgerte ich mich darüber, dass ich dieser fremden Person etwas preisgegeben hatte über mich, dass ich ihr diesen Platz gezeigt hatte, meinen Lieblingsplatz, und dass sie sich einfach so selbstverständlich auf meinen Stuhl gesetzt hatte. Sie gehörte nicht dorthin. Sie war neu hier, sie hatte keine Ahnung. Weder von Berlin noch von mir noch von sonst etwas. Sie war nur eine Studentin, die von irgendwoher aus der Provinz gekommen war. Ich hatte die Aufgabe, sie hier in unserer Wohnung in Empfang zu nehmen, ihr zu zeigen, wo ihr Zimmer war, die Küche, das Bad. Mehr nicht.

Unvermittelt ging ich zu unserem Vorratsschrank, öffnete ihn und sagte: Da sind unsere gemeinsamen Lebensmittel. Essig, Öl, Salz, Mehl und Zucker. Was du brauchst, nimmst du dir. Musst nur ab und zu auch mal was kaufen, sonst gibts Ärger. Besonders mit Jürgen, fügte ich hinzu. Und dann führte ich Lora ins Bad und erklärte ihr mit derselben sachlichen Stimme, wie das alles im Bad ging und wo sie ihre Sachen hinlegen konnte. Putz- und Kochplan oder so was haben wir nicht, beendete ich meine Ausführungen, jeder kann putzen und kochen, wann er will. Und dann zeigte ich ihr noch unser Telefon im Flur und wie sie die Telefongebühren aufschreiben sollte. Ich malte einen dicken Strich unter Rudis Gebühren und setzte Loras Namen neu zwischen meinen und Ulrikes. Danach sagte ich: So, also, na dann, und ging in mein Zimmer und schloss die Tür.

Ich setzte mich an meinen Schreibtisch und sah aus dem Fenster. Ich betrachtete den weißen Himmel und die grauen Dachziegel des gegenüberliegenden Hauses, die schon im Schatten lagen. Ich sah ein paar Vögeln zu, die im Schatten auf der Dachrinne hockten und sich stritten. Immer wieder flog einer auf, verschwand, und ein anderer kehrte für ihn zurück. So war es doch, dachte ich, Rudi war vorgestern ausgezogen, und heute zog diese Frau ein. Sie war nichts Besonderes. Diese Neue nahm nur Rudis Platz ein. Ein Platz, der vorher schon mal jemand anderem gehört hatte und vorher auch schon jemand anderem. Wir waren eine Wohngemeinschaft, eine ganz normale Wohngemeinschaft. Einer ging und ein anderer kam. Dass Lora meinen Baum mochte, hieß nichts, nicht das Geringste.

Und dann dachte ich angestrengt darüber nach, ob ich heute schwimmen gehen sollte oder ob es nicht besser wäre, noch einmal nach dem braun gemusterten Anzug zu sehen, den ich kürzlich in Imeldas Laden gesehen hatte. Ich hatte ihn schon zweimal anprobiert, aber es gab noch Handschuhe, die man dazu anprobieren konnte, und verschiedene Hüte, und ich überlegte mir, dass ich mir gerade heute einen der Hüte kaufen könnte, auch wenn ich ihn vermutlich nie tragen würde, genau wie den Anzug auch, in dem ich mich doch nicht richtig wohlfühlte.

Ich schmiss ein paar alte Kekse weg, die auf meinem Tisch lagen, und ordnete Papier, das wild durcheinander herumlag. Meist stand nur ein einziges Wort auf einem Blatt, zuerst ganz groß und dann immer kleiner, bis man es mit bloßem Auge fast nicht mehr lesen konnte. Oder es war ein Wort, das zuerst klein geschrieben war und dann immer größer, bis es so groß war, dass es die ganze Breite des Blatts ausfüllte. Die Wörter hießen Not, Brot, Angst und Blume. Vor langer Zeit hatte ich einmal vorgehabt, mit den Wörtern etwas Tolles anzustellen, eine große Collage, mit denen ich die Wände bedecken, oder eine Art Girlande, die ich quer durch mein Zimmer spannen wollte. Aber jetzt lagen die Wörter schon seit Monaten auf meinem Schreibtisch herum, und im Grunde genommen hätte ich sie längst wegschmeißen können. Aber irgendetwas hinderte mich daran. Ich wusste nicht, was. Vielleicht wollte ich nur, dass etwas auf meinem Tisch lag, falls mich eine meiner ehemaligen Studienkolleginnen besuchen würde, die ständig an irgendwelchen Arbeiten schrieben und mir immer die gleiche Frage stellten: Was ich denn tun würde den ganzen Tag.

Da hörte ich eine Stimme, zuerst leise und dann noch einmal lauter: Kannst du mir helfen? Kannst du mir helfen, ich bring den Koffer nicht auf. Sofort stand ich auf und folgte der Stimme, wie von einem unsichtbaren Magneten angezogen, obwohl ich Minuten zuvor den felsenfesten Entschluss gefasst hatte, mich um diese Neue im Zimmer nebenan nicht weiter zu kümmern.

Lora kniete neben dem Koffer auf dem Boden und versuchte mit ihrer Gürtelschnalle die beiden Schlösser zu öffnen. Sie sind verklemmt, sagte sie, vollkommen verklemmt, und jetzt habe ich es sicher noch schlimmer gemacht. Was soll ich nur tun?

Ich setzte mich neben Lora und rüttelte etwas an den Schlössern herum. Verklemmt, sagte ich endlich, ja, richtig verklemmt. Aber das haben wir gleich, hörte ich mich mit dieser Wir-haben-alles-im-Griff-Stimme sagen, die ich von meinem Aalener Großvater her kannte, der Hausverwalter mehrerer Häuserblocks war. Die Stimme verwunderte mich selber; ich wusste nicht, woher sie kam und warum sie plötzlich aus mir hervorschoss. Normalerweise hatte ich nicht im Geringsten das Gefühl, etwas im Griff zu haben. Aber in diesem Moment war ich wie verwandelt. Ich ging ins Badezimmer und holte aus unserem Werkzeugkasten einen Schraubenzieher, als wäre es die selbstverständlichste Sache der Welt, und dann fing ich ganz ruhig an, an den Schlössern herumzufummeln, mal an dem einen, mal an dem andern, und plötzlich machte es klack, klack, und der Koffer sprang auf. Das ging so schnell, dass ich fast erschrak. Wäsche quoll aus dem Koffer und eine Schachtel Tampons und ein Kulturbeutel. Lora lachte und stieß den Koffer noch ganz auseinander und schmiss alle Kleider zur Seite, die obenauf lagen, und da sah ich, dass der ganze Rest des Koffers voller Bücher war. Jetzt siehst du, was du hochgeschleppt hast, sagte Lora. Lach nur über mich! Ich

Dummkopf, all diese Bücher habe ich mitgenommen. Tut mir leid, tut mir wirklich leid. Was für ein Idiot bin ich!

Aber ich lachte nicht. Ich kniete vor dem Koffer und starrte hinein. Ich erkannte *Die Glasglocke* von Silvia Plath und *Die größere Hoffnung* von Ilse Aichinger und eine Gesamtausgabe von Horvaths Stücken und eine von Marieluise Fleißer. Ich kannte alle Bücher, die da lagen. Es waren Bücher, die ich immer und immer wieder gelesen hatte. Bücher, die ich noch viel höher hinaufgeschleppt hätte als in unsere Wohnung. Und dann führte ich Lora hinüber in mein Zimmer und vor mein Bücherregal. Und das ging alles ohne ein einziges Wort. Lora folgte mir einfach und blieb vor meinem Regal stehen. Und als sie sah, dass ich dieselben Bücher hatte wie sie, lachte sie und umarmte mich plötzlich.

Das war der Anfang von allem, sagten Lora und ich später immer wieder, der Anfang unserer Freundschaft und der Anfang unserer Liebe. Aber im Grunde genommen stimmt das nicht. Der Anfang von allem lag irgendwo verborgen zwischen den Zeilen dieser Bücher. Sie hatten uns schon verbunden, längst bevor wir uns an jenem Sommernachmittag begegneten. Und heute, da ich alles weiß und unsere Geschichte aus einer andern Perspektive betrachte, bekommen sie eine noch viel größere Bedeutung. Denn die Liebe zu unseren Büchern blieb immer dieselbe, unverändert, egal, was zwischen uns beiden geschah. Und es ist für mich auch kein Zufall, dass mir von Loras Sachen nur ihre Bücher geblieben sind. Sie waren das Einzige, was Lora damals zurückließ, als sie verschwand. Den Tisch, die Matratze und die Kommode hatte sie ja von Rudi übernommen. Aber die Bücher gehörten alle Lora, jedes einzelne, und sie ließ sie einfach so zurück, wie sie immer in ihrem Zimmer gestanden hatten: alle die Wände entlang aufgereiht, in der Reihenfolge, in der sie gekauft und gelesen worden waren. Links neben der Tür jene, die sie in jenem Koffer ganz am Anfang mitgebracht hatte, und dann folgten die andern, die sie im Laufe der zwei Jahre gekauft und gelesen hatte, als sie in Berlin war. Mindestens zweihundert. Viele von ihnen hatten wir gemeinsam gelesen. Sie waren wie ein Band der Erinnerung, das durch unsere gemeinsame Geschichte führte. Jedes Buch war verknüpft mit uns beiden.

Nach Loras Verschwinden suchte ich in diesen Büchern immer und immer wieder nach Spuren, die mir einen Hinweis geben könnten, warum Lora so plötzlich und ohne Abschied abgereist war. Ich las all die kleinen Anmerkungen, die sie mit Bleistift in die Bücher gekritzelt hatte, und jeden einzelnen der von ihr unterstrichenen Sätze. Ich erstellte lange Listen mit allen Anmerkungen und mit all den unterstrichenen Sätzen und versuchte, sie in einen Zusammenhang zu bringen. Aber es ergab sich kein Sinn. Sie erklärten nichts, was außerhalb der Bücher, in denen sie standen, passierte, sie erklärten nicht, warum Lora mich verlassen hatte. Und irgendwann gab ich es auf und nahm die Bücher einfach zu mir. Ich stellte sie Seite an Seite neben die meinen in mein Bücherregal. Und jedes Mal, wenn ich das Regal später umräumte, bei meinem Auszug aus der Karl-Marx-Straße etwa oder einfach, um eine neue Ordnung in ihm zu schaffen, weil immer neue Bücher dazukamen, stellte ich Loras Bücher wieder neben die meinen. Und so stehen sie seit all den Jahren unverrückbar nebeneinander wie Zwillinge, bis auf den heutigen Tag, und ich werde sie niemals weggeben.

3

Ulrike und Jürgen war es egal, wer für Rudi einzog. Hauptsache, unsere Miete wurde bezahlt und niemand verlangte von ihnen einen höheren Anteil. Sie waren sowieso fast nie zu Hause. Sie lebten wie Katzen. Sie kamen und gingen und verhielten sich beinahe lautlos. Kaum waren sie aufgetaucht, waren sie auch schon wieder verschwunden. Nur ab und zu hinterließen sie ein wenig Schaum in der Badewanne oder ein unabgewaschenes Glas, das in der Spüle stand, oder eine Mütze oder einen Schal, der im Flur auf dem Stuhl neben dem Telefontischchen lag. Sie kochten fast nie. Den Kühlschrank benutzten sie nur, um eine Unmenge Joghurts darin zu stapeln und Gläser mit sauren Gurken und Heringen.

Als Lora nach ihnen fragte, erzählte ich ihr, dass ich keine Ahnung hätte, wo sie seien. Sie würden immer sagen, sie gingen zur Uni und in der Bibliothek arbeiten. Aber ich glaubte ihnen nicht. Sie kämen erst spät in der Nacht heim und trügen nie Taschen mit Büchern und Unterrichtsmaterial bei sich. Ich sei mir sicher, sie studierten überhaupt gar nicht mehr, genauso wenig wie ich, und zuckte mit den Schultern. Sie blieben vermutlich nur eingeschrieben wegen der Krankenkasse und wegen des BAföGs, das sie erhielten.

Ich kochte in der Küche Tee und spürte Loras Blick auf meinem Rücken, während ich eine Schachtel Kekse öffnete, die ich auf einen Teller leerte. Ich freute mich, dass Lora bei uns eingezogen war. Ich vertraute Büchern mehr als allem anderen. Ich hielt nichts von all den Kennenlernspielen und Vorstellungsgesprächen, wie sie in anderen Wohngemeinschaften praktiziert wurden. Die meisten Bewerber gaben sich in solchen Situationen sowieso anders, als sie sonst waren. Leo hatte Lora auf einer Bahnreise durch die Schweiz unsere Adresse gegeben, und Lora hatte sich bei uns gemeldet, als sie in Berlin ein Zimmer suchte. So einfach war das und so willkürlich. Und trotzdem war ich von Anfang an sicher, dass Lora nicht zufällig in unserer Wohngemeinschaft gelandet war: wegen der Bücher.

Lora trank von ihrem Tee und aß einen der Kekse und fragte, was wir denn tun würden? Ob wir eine Arbeit hätten? Einen

Job? Sie fragte ganz ruhig und ganz selbstverständlich. So als wären ihre Fragen die normalste Sache der Welt. Sie hatte offenbar keine Ahnung, dass man solche Fragen hier nicht stellte, dass sie tabu waren. Sie rochen nach bürgerlicher Existenz, nach Eltern und Großeltern und nach all dem, was man zu Hause hatte zurücklassen wollen. Es gab so viele hier in Berlin, die nicht wirklich studierten und auch nicht arbeiteten oder nur so ein bisschen. Man organisierte sich. Man richtete sich ein. Man lebte von einem Tag auf den andern, von einer Nacht zur nächsten, und es funktionierte ganz gut.

Ich zündete mir umständlich eine neue Zigarette an und erklärte Lora, dass Ulrike ab und zu in einem Café serviere und Jürgen das Layout für einen Comic-Verlag mache, der Freunden von ihm gehöre, und ich selber würde Medikamente in einer Apotheke einpacken. Nicht unbedingt ein spannender Job, aber ganz o.k., fügte ich lächelnd hinzu, einigermaßen gut bezahlt und flexible Arbeitszeiten. Zudem alles nette Leute dort, Künstler, Studenten, Typen mit einer eigenen Lebensphilosophie – wie Leo, ergänzte ich und zog an meiner Zigarette und sah möglichst gleichmütig in Loras Gesicht.

Lora schwieg. Und ich wusste nicht, ob sie mich bewunderte oder bemitleidete oder nur aus Höflichkeit nichts sagte. Ich konnte ihren Blick nicht deuten. Dann drehte sie ihre Tasse in den Händen herum und sah schweigend vor sich hin, und ich bemerkte, dass sie keine Ringe trug, nur ein feines silbernes Armband, das über ihren linken Handrücken fiel. Ihre Fingernägel waren kurz geschnitten und sauber gepflegt, was erstaunlich war nach der langen Reise, die sie hinter sich hatte.

Was ich denn studiert und warum ich aufgehört hätte?, fragte sie plötzlich. Germanistik, antwortete ich schnell. Keine Ahnung, warum ich aufgehört habe. Tut mir leid. Echt. Keine Ahnung. Keine Auskunft möglich. War einfach so ein Gefühl.

Zu viel Geschwätz, zu viele Leute. Lese lieber selber Bücher, brauche keine Anleitung dazu, fuhr ich möglichst kühl fort.

Aber Lora hob nur kurz ihre dunklen Augenbrauen, die sich seltsam vom Blond ihrer Haare abhoben, und sah mich an. Dann drehte sie ihren Kopf von mir weg und sagte mit leiser Stimme, sie habe immer gerne studiert. Es sei doch ein großes Privileg, studieren zu dürfen. Sie wolle auch hier in Berlin weiterstudieren, unbedingt.

Während sie sprach, schloss sie plötzlich die Augen, so als würde sie ihrer eigenen Stimme nachhorchen oder müsste sich darüber klar werden, was sie soeben gesagt hatte. Dann stand sie unvermittelt auf und ging aus der Küche, und ich dachte schon, ich hätte sie vor den Kopf gestoßen mit meiner Antwort vorher und sie ziehe sich nun verärgert in ihr Zimmer zurück. Aber schon kam sie mit drei großen Tafeln Schokolade in den Händen wieder, die sie vor mich auf den Tisch legte, und sagte: Für euch. Aus der Schweiz. Die habe ich ganz vergessen.

Ich spürte eine große Erleichterung. Ich war richtig froh darüber, dass Lora zurückgekommen war. Schnell füllte ich den Wasserkessel und machte eine neue Kanne Tee für uns beide.

4

Am ersten Abend gingen Lora und ich zusammen ins Jenseits am Oranienplatz, das damals meine Lieblingskneipe war und das es auch heute noch gibt. Ich bestellte uns zwei Ritz. Lora stellte mir eine Reihe von Fragen, und ich erzählte ihr in schwungvollen Sätzen, warum ich hierhergezogen war und was ich an Berlin mochte und warum ich nie wieder aus dieser Stadt wegziehen würde. Ich hielt Lora einen komplizierten Vortrag über Fahrradwege, U-Bahn-Linien, Fahrkartenschalter, Gebrauchtwarenhändler und über die Einschreibegebühren an der

Uni. Ich tat sehr informiert und gab mich mit allen Wassern der Großstadt gewaschen. Meine zwei wichtigsten Sätze, die ich immer wieder einflocht, waren: Weißt du, man darf sich nicht alles bieten lassen, und: Man muss auf jeden Fall seinen eigenen Weg gehen. Ich riet ihr genau das, was ich selber nicht konnte. Ich behauptete sogar, gegen den Willen meiner Eltern nach Berlin gezogen zu sein, die mich nicht hätten gehen lassen und mich am liebsten zu Hause einsperren wollten. Bis heute, sagte ich, würden sie mich daran hindern, selbstständig zu werden.

Lora hörte mir die ganze Zeit geduldig zu, nippte an ihrem Ritz und sah aus, als würde sie mir alles glauben. Ab und zu nickte sie, hielt den Kopf ein wenig schief oder stützte ihn nachdenklich in ihre Hände.

Erst als ich schon gehen wollte, beugte sie sich plötzlich weit zu mir vor und fragte mich leise und eindringlich, ob ich tatsächlich nie wieder von Berlin wegziehen würde, ob das wirklich wahr sei? Ich bemerkte ein seltsames Misstrauen in ihrem Blick und eine lauernde Ungeduld, die so gar nicht zu ihrem ruhigen Wesen passen wollte. Ich wich ihrem Blick aus, sah auf unsere leeren Drinkgläser, lachte und versicherte schnell, dass ich nie mehr weggehen würde von hier, sicher, ganz sicher. Ich hätte das schon an meinem ersten Abend gewusst.

Was Lora antwortete, weiß ich nicht mehr. Ich erinnere mich nur, wie sie ihre Geldbörse, die sie schon aus ihrer Jackentasche hervorgekramt hatte, wieder einsteckte und nochmals einen Ritz bestellte. Und als er kam, trank sie ihn in hastigen Zügen aus und bestellte noch einen weiteren. Danach wurde sie auf einmal gesprächig und fragte nicht mehr nur, sondern erzählte jetzt auch von sich selber. Sie sprach von ihrem Studium in Zürich und von ihrer Leidenschaft für das Theater. Sie sagte, sie habe extra einen Job an der Kasse des Schauspielhauses angenommen, um sich alle Vorstellungen ansehen zu können, um die Schauspielerinnen und Regisseure von Nahem zu sehen, um einfach stundenlang im Theater sitzen zu können. Sie wirkte plötzlich ganz verändert: so gesprächig und laut.

Irgendwann sagte sie: Weißt du, nur im Theater bin ich wirklich glücklich. An diesen Satz erinnere ich mich noch ganz genau. Lora sprach ihn nach einer langen Pause aus und sehr langsam und deutlich. Er war so einfach, so lapidar, aber es war so viel Radikalität in ihm, so viel Bestimmtheit, und dafür bewunderte ich Lora.

Später erzählte sie auch von ihrer Familie, die in einem winzigen Bergdorf lebe, eine sehr kinderreiche Familie. Ihre ältesten Geschwister hätten selber schon wieder Kinder. Insgesamt seien sie sieben. Sie habe ein sehr gutes Verhältnis zu ihren Geschwistern, auch zu ihren Eltern und zum Dorf und zu den Leuten dort. Man kenne einander. Das Dorf sei auch Teil der Familie, sowieso sei sie mit vielen verwandt. Während Lora erzählte, lachte sie oft. Mit dem Strohhalm, den sie aus ihrem Ritz gezogen hatte, zeichnete sie Bilder in die Luft, Bilder, die leicht und schön aussahen, und ich spürte, wie ich Lora beneidete um diese Welt, aus der sie kam.

Ich weiß nicht, warum wir diese Blasen voreinander aufpusteten, diese Luftblasen aus Halbwahrheiten und Lügen. Warum wir beide so taten, als wäre alles ganz einfach. Warum Lora nicht einmal andeutete, dass sie zu Hause Probleme gehabt hatte und dass ihre Reise nach Berlin so etwas wie eine Flucht gewesen war. Warum ich mir andere Eltern erfand als die, die ich habe, engstirnige, besitzergreifende Menschen. Und warum ich Lora nicht sagte, dass meine Eltern seit Jahren geschieden waren und sich kaum mehr für mich interessierten. Vermutlich, weil ich mich stark fühlen wollte und überlegen und ein bisschen rebellisch und weil ich Lora beeindrucken wollte. Und

Lora belog mich, weil sie einen Neuanfang schaffen wollte, um jeden Preis.

Jedes Mal, wenn uns der Kellner das nächste Getränk brachte, sprachen wir einen Toast. Einmal auf uns, einmal auf Berlin, einmal auf unser Leben auf dieser Insel und einmal auf unsere gemeinsamen Bücher. Ich fühlte mich wohl und warm und weich. Ich fühlte mich wie in Watte gehüllt. Meine innere Taubheit war plötzlich verschwunden. Ich sprach immer lauter und hörte mich zunehmend besser. Die Stimme, die aus mir heraussprach, war fest und überzeugt. Es war die Stimme, die ich mir immer gewünscht hatte.

Erst spät nach Mitternacht spazierten wir nach Hause.

Die Luft war noch immer angenehm warm von der Hitze des Tages. Lora trug Schuhe mit hohen Absätzen, die sie etwas größer machten und die laut zwischen den stillen Häusern klapperten. Mir gefiel, dass Lora, die so klein war, so laut und so selbstverständlich durch die Dunkelheit ging. Wie sie nicht auswich, wenn uns ein Penner mit einem großen Hund entgegenkam oder eine Gruppe Männer, die stehen blieb, uns anglotzte oder zu uns herüberpfiff. In Loras Gang war etwas Aufrechtes und Unbeirrbares, etwas sehr Selbstbewusstes.

Ich ging neben Lora her und stellte mir vor, dass sie meine Königin war und ich einer ihrer tapferen Krieger, der ihr die eroberte Stadt zeigen durfte. Ihr Diener, der in diesem Moment mit ihr auf gleicher Höhe ging. Ich wies sie auf schöne Häuser hin, auf stille Plätze und auf Kneipen, die immer noch offen waren, auf Musik, die aus ihnen herausdrang. Ich wies auf alles hin, das ich in dieser Stadt gewonnen hatte und das mir gehörte, und war sehr stolz in diesem Moment. Von den Mühen des Eroberns und den Verletzungen, die man mir hier zugefügt hatte, erzählte ich nichts. Von all meinen Schwierigkeiten, in Berlin Fuß zu fassen.

5

Lora wollte alles sehen und alles wissen in den ersten Wochen nach ihrer Ankunft. Sie legte eine unglaubliche Aktivität an den Tag. Ich zeigte ihr all die Straßen, Plätze, Cafés, Secondhandshops und Buchhandlungen, die ich kannte und mochte. Aber viele waren es nicht. Denn ich war ja auch erst zum Studium nach Berlin gekommen. Sehenswürdigkeiten interessierten mich nicht. Aber Lora wollte unbedingt auch die Gedächtniskirche sehen, den Zoo und den Kudamm. Das ganze touristische Programm. Schon früh am Morgen machte sie sich fertig und wollte, dass ich sie überallhin begleitete.

Sie kaufte sich einen Reiseführer, aus dem sie mir seitenlang vorlas, weil ich ihre Fragen nicht ausführlich genug beantworten konnte. Sie schuf Verbindungen zwischen Häusern, Daten und Personen. Zwischen Ereignissen und Entwicklungen. Ständig stellte sie Überlegungen an, Mutmaßungen, und formulierte Fragen. Ihre Neugierde schien unersättlich. Zum Teil war sie mir sogar lästig. Ich spürte, wie sehr ich in meiner eigenen geschlossenen Welt gelebt hatte. Lora stellte meine Lebensweise infrage, sie rüttelte an meinem System, das ich mir mühsam aufgebaut hatte. Dass Lora sich in diesen Aktivismus gestürzt hatte, um zu vergessen, wäre mir nicht in den Sinn gekommen.

Ein paarmal begleitete uns auch Leo auf unseren Streifzügen. Er war damals mein bester Freund und der einzige Mensch, mit dem ich ehrlich und offen sprechen konnte. Ich machte ihm nichts vor und er mir auch nicht. Leo wusste von meinen absurden Ängsten, die U-Bahn zu benützen oder in einen voll besetzten Bus zu steigen, und ich wusste von seiner Tablettensucht.

Leo und ich hatten uns in der Apotheke kennengelernt, in der ich arbeitete. Er war mir aufgefallen, weil er ein bisschen langsamer war als alle anderen und während der Packarbeit fortwährend Witze machte, über die niemand lachte. Und irgendwann bemerkte ich, dass er eine große Menge von den Tabletten mitgehen ließ, die wir einpackten, und nur die leeren Packungen in die großen Kisten legte, die zur Lieferung vorbereitet wurden. Aber ich sagte nichts. Ich wollte mich nicht in die Angelegenheiten von jemandem, den ich kaum kannte, einmischen. Erst als Leo plötzlich in der Apotheke nicht mehr auftauchte, mischte ich mich ein, weil ich mir Sorgen machte. Ich ließ mir seine Adresse geben und ging eines Mittags nach der Arbeit zu ihm nach Hause.

Schon unter dem Türrahmen sagte ich, dass ich alles wüsste. Aber Leo zog nur die Schultern hoch und entgegnete nichts. Und dann bat er mich in seine Wohnung herein, in der Zeitungen, Bücher und jede Menge Krimskrams wie ein dicker Teppich den Boden bedeckten. Ich musste hemmungslos drauftreten, um in die Wohnung zu gelangen.

In der Küche kochte Leo Tee, der ganz stark war und bitter und wie verdorbenes Vanilleeis schmeckte und den ich am liebsten weggeschüttet hätte. Aber nachdem wir schweigend diesen Tee getrunken hatten, konnte ich mit Leo ganz vernünftig reden. Ohne die ganzen Witze, die er sonst immer produzierte, und ohne sein verlegenes Lachen, das den Witzen folgte. Leo war vollkommen ruhig, und wir unterhielten uns zum ersten Mal, seit wir uns kannten, wie zwei ganz normale Menschen.

Erst am späten Nachmittag verließ ich Leos Wohnung wieder. Und als ich schon den Hinterhof überquert hatte, rief er oben aus dem Fenster noch einmal meinen Namen: Mara. Und als ich meinen Kopf drehte und hinaufschaute, sah ich ihn, wie er ganz weit aus dem Fenster lehnte, die eine Hand bereits draußen im Himmel, und wie er diese Hand langsam öffnete und aus ihr fielen kleine, weiße Punkte wie Schnee.

Ich ging noch einmal zurück, um die Punkte genauer anzusehen, die auf dem Hinterhofpflaster gelandet waren. Es waren alles Tabletten aus unserer Apotheke, die Leo geklaut hatte. Ich schaute nach oben und winkte ihm wie wild zu. Und er winkte mit beiden Händen zurück.

Ich glaube, Leo hörte mit den Tabletten danach nicht wirklich auf, aber er ließ zumindest keine mehr mitgehen, oder nur so wenige, dass es nicht auffiel. Und bald darauf bekam er von unserem Chef den Auftrag, unser Bestellsystem elektronisch aufzunehmen, und erhielt einen regulären Job und auch ein richtiges Monatsgehalt. Und danach wurde alles irgendwie besser mit ihm. Er hörte auf mit dem Gerede und mit den Witzen und hatte plötzlich einen ganz gewöhnlichen Umgang mit allen in der Apotheke. Herr Meispförtner schien zufrieden mit der Aufnahme des Bestellsystems. Und Herr Meispförtner war sehr streng und sehr genau, zumindest damals, als seine Frau noch gesund war und auch in der Apotheke mitarbeitete.

Lora, Leo und ich gingen die Bernauerstraße entlang, ganz in der Nähe von da, wo ich heute wohne. Wir sahen uns die Bilder und Sprüche an, die auf die Mauer gemalt waren, und dann stiegen wir auch auf diesen Turm, von dem man in den Osten rüberblicken konnte: auf den verminten Sicherheitsstreifen und die Häuser der Schönholzerstraße, deren Fenster damals noch zugemauert waren und die so trostlos aussahen wie verlassene Menschen. Und ich erinnere mich, wie Lora sagte: Wie im Film. Sieht alles aus wie im Film. Und dann sagte sie: Das ist alles echt, und schien ganz erschüttert. Dass Lora später diese Grenze so oft passieren würde, hätte ich nie gedacht. Nicht einmal im Traum wäre ich auf die Idee gekommen.

Als wir wieder von dem Turm hinuntergestiegen waren, zeigte Leo Lora das Haus, in dessen Keller früher einmal ein Loch gewesen war. Durch dieses Loch waren seine Eltern in den Westen gekrochen. Auch mir hatte er es schon einmal gezeigt. Es war ein ganz gewöhnliches altes Haus mit hohen Fensterkreuzen und Balkonen, von denen der Putz abbröckelte. Seine Eltern hatten ihr Leben riskiert, um nach Westberlin zu gelangen.

Wir standen lange vor diesem Haus, während Leo erzählte, und Lora hörte aufmerksam zu. Erst zum Schluss stellte sie Fragen und verwickelte Leo in eine Diskussion über die deutsch-deutsche Geschichte. Lora fragte immer wieder, warum man den Mauerbau nicht verhindert habe. Und Leo nannte diesen und jenen möglichen Grund, aber eigentlich wusste er auch keine richtige Antwort.

Heute, wo die Mauer weg ist und für Schulklassen Führungen gemacht werden, damit sie begreifen, wie schrecklich das alles einmal war, kann man dieselben Fragen, die Lora stellte, noch immer hören. Und wenn ich mich unter die Jugendlichen mische und ein wenig zuhöre, was sie erzählen, bin ich froh, dass die Lehrer diese Fragen auch heute noch nicht wirklich beantworten können. Dass sie lange abgehobene Vorträge halten oder sich verhaspeln und widersprechen oder die Diskussion mit dem Satz beenden: Das war einfach so. Und ich freue mich, wenn manche Jugendliche mit Fragen dann doch nicht aufhören und ein paar von ihnen sogar wissen wollen, warum heute in Israel wieder eine neue Mauer gebaut würde.

Als wir zur U-Bahn-Station zurückgingen, sagte Leo, seine Eltern hätten sich trotz all dem, was sie erlebt hätten, zeitlebens zurückgesehnt nach dem kleinen mecklenburgischen Dorf, in dem sie groß geworden waren, und später seien sie sogar nach Hamburg gezogen, um die Mauer nicht mehr sehen zu müssen, die sie immer an das Land erinnerte, das dahinter lag. Aber auch das habe nichts genützt. Sie seien immer von Heimweh geplagt geblieben, und vor lauter Heimweh hätten sie ihn fast erdrückt mit ihrer Liebe, für die sie nie neue Menschen gefunden hätten und auch keine neuen Landschaften und keine neuen Häuser.

Nachdem Lora verschwunden war, ging ich immer wieder zu diesem Turm an der Bernauerstraße und stieg hoch und sah zwischen den Touristengruppen hinüber zu den Häusern im Osten und zu den Wachposten davor, die einfach nur dastanden in ihren grauen Uniformen und nie eine Regung zeigten und wie versteinert wirkten. Und ich stellte mir vor, dass Lora immer noch dort drüben im Osten war, und hatte die verrückte Idee, ich könnte sie von diesem Turm aus sehen.

Als die Mauer offen war und die Grenze problemlos passierbar, stand ich oft an einem der Übergänge und beobachtete die Menschen, die mit Einkaufstüten und Koffern herüberströmten. Die Jungen lachten, machten Witze und riefen den Grenzern allerlei Bemerkungen zu, die diese nicht erwiderten. Verloren standen sie da wie Relikte aus einer vergangenen Zeit. Steif und unbeweglich. Die älteren Menschen gingen an ihnen noch immer in gebeugter Haltung vorbei, darauf bedacht, keinen der Grenzbeamten anzusehen, um nicht aufzufallen und vielleicht zurückgerufen zu werden. Es war, als wäre die Angst in ihre Körper übergegangen. Sie konnten sie nicht einfach abstreifen, nur weil die Mauer jetzt offen war. Und immer suchte ich zwischen all den Menschen, die die Grenze passierten, nach Lora.

6

Lora würde unsere Stadt heute nicht wiedererkennen. Es hat sich so vieles verändert, und oft kenne ich mich selber nicht mehr aus. Seit die Mauer weg ist, sind eine Unmenge von Häusern abgerissen und andere neu gebaut worden, überall sind Baustellen. Geschäfte werden neu eröffnet und wieder geschlossen. Und kaum sind sie geschlossen worden, werden sie ein paar Straßen weiter wieder eröffnet. Möbelgeschäfte und Kleiderläden und Imbissbuden und Nagelstudios und Massagesalons und alles Mögliche. Vor allem hier im Osten, wo ich nach der Wende hingezogen bin, hat sich sehr viel verändert. Im Zentrum, in Mitte, wo ich jetzt in einem dieser neuen Glaspaläste unterrichte, aber auch hier rund um den Arkonaplatz.

Ich erinnere mich, wie in dieser Gegend zu Anfang noch alles leer war und irgendwie farblos. Als noch keine Tische auf den Straßen vor den Cafés standen und noch keine Menschen herumsaßen und sich in der Sonne und in aller Öffentlichkeit miteinander unterhielten. Als es noch keine Imbissbuden gab und keine Reklameschilder und sowieso kaum Fußgänger und nur wenig Verkehr. Als einem noch alles langsamer erschien, wenn man hier rüberkam, und fast ein wenig verträumt, aber auch ein bisschen einsam und kalt.

Nur der Arkonaplatz gefiel mir von Anfang an. Die alten Bäume im Park, die verwilderten Fliederbüsche, das alte, bucklige Kopfsteinpflaster und die Gaslampen, die in der Nacht so schummrig schön leuchten und den Platz besonders bei Schneefall in eine längst vergangene Zeit zurückzaubern. Man kann mit einem Mal Pferdedroschken vor sich sehen und Kutscher mit hohen Zylindern, die mit ihren Peitschen knallen, und Damen, die hinter den beschlagenen Fenstern ihrer Coupés sitzen und neugierig in die Dunkelheit blicken. Und man kann das Klappern von Hufen und das Schnauben von Pferden hören, die herannahen und sich langsam wieder entfernen.

Im März nahm ich Leif zum ersten Mal mit hierher und zeigte ihm den Platz und die Gegend rundherum. Und ich glaube, auch Leif verliebte sich sofort in diesen Ort. Wir hatten Morten am Morgen gemeinsam zur Schule gebracht, und danach zogen wir bis zum Mittag zusammen herum, denn Leif wollte endlich einmal die Gegend kennenlernen, in der ich wohne. Wir gingen die Swinemünder runter, zum Zionskirchplatz und dreimal rund um die Kirche, weil wir den Eingang nicht sofort finden konnten, der dann aber zugesperrt war. Und ich zeigte Leif mein Lieblingscafé, wo es dieses schöne Frühstück gibt mit den verschiedenen Käsesorten und den klein geschnittenen Früchten. Aber wir gingen nicht hinein, wir schauten nur von außen ein bisschen, weil wir bei Leif zu Hause schon gefrühstückt hatten und es noch zu früh war, um schon wieder Kaffee zu trinken. Und dann spazierten wir weiter die Kastanienallee runter, auf der ein richtiges Gedränge herrschte, weil schon die ganzen Kleiderständer und all die Sonderangebote und Reklametafeln, die nachts in die Geschäfte reingenommen werden, auf den Gehsteigen standen. Wir gingen bis zur Schwedterstraße und bis zu Kaisers, wo ich immer einkaufe und wo jeden Tag dieselben kaputten Typen vor dem Eingang rumstehen und mich nach einem Euro fragen. Und später schlenderten wir bis zur Rheinsberger und bis zum Mauerpark und sind dort lange hin- und herspaziert, und Leif musste mich sicher fünfmal vor einem Hundehaufen bewahren, der mitten auf dem Weg lag.

Erst ganz zum Schluss gingen wir zum Arkonaplatz und sahen zwischen den kahlen Büschen und Bäumen hindurch auf die gegenüberliegenden Häuser, die damals noch fast alle in ihrem alten Kleid dastanden: ohne frischen Verputz und ohne Farbe. Ich erzählte Leif, wie hier alles bei Schneefall noch viel schöner sei und dass er, wenn es schneie, unbedingt nochmals hierherkommen müsse. Und er lachte und sagte: Gerne. Und zum Schluss setzten wir uns auf eine der Bänke beim Spielplatz und schauten den kleinen Kindern zu, die mit rot gefrorenen Wangen mit ihren Plastikschaufeln im Sand herumstocherten.

Und eines schrie immer, weil es Sand in die Augen bekommen oder in die Hose gepullert hatte oder weil ihm ganz einfach langweilig war. Und Leif dachte vermutlich an Morten, der vor Kurzem auch noch so ein kleiner Knirps gewesen war und in diesen Sandlandschaften herumgesessen hatte. Und vielleicht bedauerte er es in diesem Moment, dass Morten längst zur Schule ging und es nicht mehr diese Möglichkeit gab, mit ihm an einem gewöhnlichen Mittwochmorgen auf einem Spielplatz zu sitzen und die Zeit zu vertrödeln. Aber Leif sagte nichts. Und ich weiß nicht, was er wirklich dachte. Er hielt nur meine Hände und wärmte sie ein bisschen und blinzelte mich ab und zu an oder küsste mich. Und wir sprachen von unserer Arbeit und von einem Haufen Nebensächlichkeiten.

Damals, am Anfang, als wir frisch zusammen waren, getraute sich Leif kaum mehr, mit mir über Morten zu reden, obwohl ich Mortens Förderstundenlehrerin war und wir uns ohne ihn nie kennengelernt hätten. Er dachte wohl, dass er immer so tun müsse, als wäre ich für ihn das einzig Wichtige auf der ganzen Welt, und konnte sich nicht vorstellen, dass ich mich in ihn nie verliebt hätte, wenn Morten nicht gewesen wäre.

Später gingen wir hoch, und ich zeigte Leif alles, was es in meiner winzigen Wohnung überhaupt zu sehen gibt. Die kleine Küche mit dem Gasherd, auf dem immer der Wasserkessel steht, und gleich daneben das Regal, wo ich meine verschiedenen Tees aufbewahre und auch alle anderen Lebensmittel. Und auf der gegenüberliegenden Seite die Badewanne mit dem Brett drauf, die ich auch als Ablagefläche benutze. Und dahinter, am Fenster, der kleine, blaue Tisch mit den drei Stühlen rundherum, zu denen auch ein sehr wackliger, hellblauer gehört, der viele Jahre lang mein einziger Küchenstuhl gewesen ist. Und dann zeigte ich Leif mein Zimmer, das besonders im Winter wunderbar hell ist, wenn die Blätter von der Platane gefallen sind. Ich deutete auf das Sofa und erklärte, wie ich daraus jeden Abend mein Bett machte, und auf die Bücherwände, die sich rund um das Zimmer ziehen, und auf meinen Schreibtisch, der bis heute voll ist mit meinem ganzen Schulkram, den Büchern und Heften der verschiedenen Schulen, an denen ich unterrichte, und den ich eigentlich nie wirklich zum Arbeiten benütze. Und Leif griff sofort nach einer der CDs, die auch auf meinem Tisch herumlagen. Und lachend stellte er fest, dass es eine mit Sprachübungen war und keine Musik-CD. Ich dachte, es müsste für ihn als Tontechniker schlimm sein, dass ich kaum Musik höre und mein alter, staubiger CD-Player vor allem dazu diente, die Hörverständnisübungen für meinen Unterricht abzuspielen. Aber Leif lachte nur und schien kein bisschen entsetzt über meinen fehlenden Sinn für Musik.

Ich zeigte Leif auch meinen kleinen Erker, in dem ich nun sitze und schreibe, in dem damals aber noch kein bequemer Stuhl stand, nur Pflanzen, die ich aus allen möglichen Samen gezogen hatte und die wild vor den drei Fenstern wucherten. Und ich erinnere mich, wie Leif am Ende meiner kleinen Führung den Arm um meine Schultern legte und wie wir von meinem Erker aus gemeinsam hinunterschauten auf den Spielplatz, auf dem wir eben gerade noch gesessen hatten, und wie ich zum ersten Mal in meinem Leben daran dachte, dass ich eine Art Mutter geworden war, die Mutter von Morten, und dass der Mann neben mir, der Vater von Morten, jetzt zu mir gehörte.

7

Lora übernahm alle Möbel von Rudi und stellte sie nicht einmal um. Sie ließ Rudis Schreibtisch vor dem Fenster stehen, legte seine Matratze wieder an denselben Ort, an unsere gemeinsame Zimmerwand, wo sie schon zu seinen Zeiten gelegen hatte, packte ihre Kleider in seine große Seemannskiste, die unverrückt neben dem großen Kohleofen stand, und stellte ihre Bücher einfach die Wand entlang auf den Boden. Sie kaufte nicht einmal ein Regal oder Vorhänge für die hohen Fenster. Sie sagte, das Zimmer sei schön so. Noch nie hätte sie in einem so großen, hellen Zimmer gewohnt.

Und vielleicht wunderte ich mich deshalb nicht darüber, dass Lora in dem Zimmer nichts veränderte und so darin lebte, als würde sie gleich wieder wegziehen. Die einzigen Sachen, die sie sich neu anschaffte, waren ein Kissen, eine Garnitur bunter Bettwäsche, mit der sie das Kissen bezog und ihren Schlafsack, den sie von zu Hause mitgebracht hatte und auseinandergefaltet als Decke benutzte, und zwei große mit Styroporkugeln gefüllte Sitzsäcke, die ich bei einem meiner Streifzüge durch die Trödelläden unseres Quartiers entdeckt und zu deren Kauf ich Lora überredet hatte.

Im Laufe der Zeit veränderte sich ihr Zimmer aber doch. Es waren die vielen Kleinigkeiten, die Lora sammelte und die das Zimmer langsam zu ihrem eigenen werden ließen. Vor allem die vielen Kunstpostkarten, die sie an die Wände gepinnt hatte, und die Blumen der Sträuße, die sie sich ab und zu auf dem Markt kaufte und die sie getrocknet an Schnüren vor den beiden Fenstern aufhängte, gaben ihm etwas Persönliches. Ich erinnere mich auch an eine Papiertüte mit der Aufschrift WEICH, die Lora neben den Kachelofen gehängt hatte, und an eine blaue Petflasche, die sie oben abgeschnitten hatte und die immer gefüllt mit irgendwelchen Süßigkeiten neben ihrer Matratze auf dem Boden stand. Und natürlich waren es auch die Bücher, die ihr Zimmer zunehmend umkreisten und zu ihrem eigenen abgezirkelten Reich machten.

Ich fühlte mich in Loras Zimmer von Anfang an wohl, und es wurde zu meinem zweiten Zuhause. Wenn Lora nicht da war, saß ich oft stundenlang in einem der beiden Sitzsäcke und las in einem Buch. Ich fühlte mich darin wohler als in meinem eigenen Zimmer. Ich machte es mir gemütlich mit einer Kanne Tee oder einer heißen Schokolade. Ab und zu stand ich auf und ging die Wände entlang und betrachtete die neuen Postkarten, die Lora aufgehängt hatte, oder wunderte mich über die alten, die von Anfang an schon dort hingen. Am meisten rätselte ich über die beiden Fotografien, die sie von zu Hause mitgebracht hatte und die in zwei Fotorahmen auf ihrem Schreibtisch standen. Die eine war eine ganz normale Ansichtskarte von dem Dorf, aus dem Lora stammte: kleine geduckte Holzhäuser mit roten Geranien vor den Fenstern, eine Kirche, dahinter Wiesen und ein paar schneebedeckte Berge. Die andere war sehr besonders. Es war eine alte Schwarz-Weiß-Kunstpostkarte: eine Frau an einem Sandstrand am Meer. Sie trug eine Art Spitzenhäubchen und ein weißes Kleid, das, vom Wind angehoben, ihre nackten Beine bis über die Knie sehen ließ, und unter den einen Arm hielt sie ein Fischernetz geklemmt. Die Frau sah sehr abenteuerlich aus. Hinter ihr, etwas entfernt, stand ein Mann in einem dunklen Anzug mit einem Strohhut auf dem Kopf barfuß im Wasser. Ihn sah man nur undeutlich, aber es war klar, dass er die Frau beobachtete.

Das Bild faszinierte mich, und ich war überzeugt, dass es für Lora eine große Bedeutung haben musste. Aber als ich sie einmal danach fragte, zuckte sie mit den Schultern und sagte nur, es gefalle ihr einfach.

8

Unsere Wohngemeinschaft veränderte sich unter Loras Einfluss. Mit derselben Energie, mit der sie die Stadt erkundete, wandte Lora sich auch uns zu. Sie wollte alles Mögliche von uns wissen. Sie verwickelte uns in Gespräche und lange Diskussionen. Sie fragte nach unseren Vorlieben und Abneigungen. Nach unseren gemeinsamen Ritualen, die gar nicht existierten. Schon in der zweiten Woche nach ihrer Ankunft kochte sie für uns alle ein »Schweizer Essen«. Es bestand nur aus Kartoffeln und Käse, aber es schmeckte trotzdem irgendwie gut. Die Woche drauf wiederholte sie das Ganze. Danach initiierte sie eine große Anstreichaktion, bei der überraschenderweise alle mitmachten. Unser Bad wurde pink, rot und orange gestrichen und verwandelte sich von einem kahlen, hohen Raum, von dessen Decke die Farbe abblätterte, in ein farbenfrohes, freundliches Zimmer.

Lora erkundete alle Läden in unserer Gegend. Mit großen gefüllten Taschen kam sie nach Hause und präsentierte stolz deren Inhalt. Mit Vorliebe kaufte sie Lebensmittel, die sie nicht kannte. Irgendwelche Sülze oder eingemachte Salate. Einmal brachte sie Pflaumenmus nach Hause und bezeichnete es als den besten Brotaufstrich, den sie je gegessen habe. Sie entdeckte einen Markt mit türkischen Spezialitäten und einem »sehr schönen Gemüseangebot«.

Irgendwann fing sie an, große Mengen Suppe zu kochen. Sie schnipselte haufenweise Möhren klein und Lauch und Sellerie und Zwiebeln, briet alles an, goss Wasser dazu und kochte das Ganze stundenlang. Sie sagte, es seien Suppen, die ihre Mutter zu Hause immer gekocht habe und die sie vermisse. Es lohne sich nur, sie für viele Leute zu machen. Sie bot uns an, von den Suppen zu essen, wann immer wir wollten, es sei genug davon da, und wir nahmen das Angebot gerne an. Loras Suppen schmeckten vorzüglich.

Später erfand sie auch Suppen. Exotische, oft sehr scharfe Suppen. Sie mixte verschiedenartige Gemüse und schmeckte sie mit viel Gewürz ab. Sie kaufte sich dafür sogar einen Pürierstab.

Der Duft von warmer Suppe durchzog von da an ständig unsere Wohnung. Immer stand jemand in der Küche und wärmte

Loras Suppentopf auf. Und immer aß einer bereitwillig mit. Unsere Küche wurde zu einer Art Treffpunkt. Nach ein paar Wochen mit Lora wussten wir mehr voneinander als nach den zwei Jahren, die wir zuvor mit Rudi an der Karl-Marx-Straße gewohnt hatten. Ich erfuhr, dass Ulrike sich dauernd die Haare neu färbte, weil sie von ihrem Freund wegen einer anderen verlassen worden war. Und ich vernahm, dass Jürgen sich mit seinem Anglistikstudium herumquälte, weil er in Medizin nicht zugelassen worden war. Ich wunderte mich, warum ich das alles erst jetzt erfuhr und warum wir uns zuvor so wenig füreinander interessiert hatten. Aber Tatsache war, dass wir uns, bevor Lora einzog, kaum begegnet waren.

Irgendwann gaben wir Lora Geld für den Einkauf, und an zwei Wochentagen kochte sie nun ein richtiges Essen für uns. Wir freuten uns, nach Hause zu kommen, wenn Lora kochte. Man roch Loras Essen bereits, wenn man unten zur Haustür hineinging, und je höher man stieg, desto vielversprechender wurde der Geruch. Neugierig stürmten wir in die Küche. Aber wenn wir in die Töpfe blicken wollten, gebot Lora uns jedes Mal streng, uns an den Tisch zu setzen und zu warten, bis das Essen fertig sei. Wir machten Witze über Loras Strenge. Wir zwinkerten uns zu hinter ihrem Rücken und gaben uns verschwörerisch Zeichen, aber wir fügten uns.

Von Lora hörte ich zum ersten Mal das Wort »Heimweh« in unserer Wohnung. Sie sprach ganz offen von ihrer Sehnsucht nach ihrer Familie und nach der »Landschaft«, die sie vermisse. Die Berge, die Blumenwiesen an den Steilhängen, den Himmel, die Klarheit des Lichts. Auch von Zürich sprach sie. Von der Uni und vom See. Von der Stadt selber erzählte sie wenig. Einmal sprach sie vom »Elend der Drogenszene«. Ein Freund von ihr sei an einer Überdosis Heroin gestorben. Immer wieder erzählte sie von ihrer »Clique«. Wer diese »Clique« genau war, wurde mir aber nicht klar. Ob das ihre besten Freunde waren oder die Leute, mit denen sie in einer Wohngemeinschaft zusammengewohnt hatte, oder einfach ein paar Studienkollegen. Wirklich wichtig schien die »Clique« nicht zu sein.

Am meisten sprach Lora von Inszenierungen am Schauspielhaus, die sie gesehen hatte. Von Schauspielern und von Regisseuren, von Inszenierungsstilen. Sie konnte eine Aufführung so detailliert schildern, dass man sie vor sich sehen konnte, als wäre man selber im Publikum. Sogar Jürgen hörte ihr aufmerksam zu, obwohl er sich bisher nicht im Geringsten für Theater interessiert hatte. Irgendwann meinte er sogar, er könne sich vorstellen, mit Lora zusammen mal eine Aufführung anzusehen.

Ulrike ging jetzt weniger weg als früher. Sie saß viel in ihrem Zimmer und strickte oder nähte. Sie sagte, sie produziere eine Serie von Lederhausschuhen für das Geschäft einer Bekannten. Wenn Lora sie zum Essen rief, behauptete sie zwar wie früher, keinen Hunger zu haben, aber dann kam sie doch zu uns in die Küche. Für Ulrike war es eigentlich immer zu früh zum Essen. Sie aß erst, wenn sie einen Heißhunger hatte, und dann aß sie ganz viel auf einmal und klagte über Bauchschmerzen.

Jürgen saß nur noch selten allein vor dem Fernseher auf seinem großen Bett. Er lud uns ein mitzusehen und machte uns aus Kissen und Decken eine bequeme Sitzgelegenheit. Irgendwann fing er sogar selber zu kochen an. Er briet sich Spiegeleier oder kochte Nudeln mit irgendeiner Soße. Wenn er fertig war, fragte er uns, ob wir mitessen wollten oder mit ihm ein Bier tränken.

Ab und zu gingen wir sogar zu viert in eine Kneipe, in ein Konzert oder ins Kino. Wenn einer von uns nicht mitkommen wollte, fragten wir nach, was los sei. Wir versuchten, einander aufzumuntern, wenn es uns schlecht ging, aber wir begannen uns auch miteinander zu streiten und mussten lernen, Kompromisse zu schließen. Lora konnte gut vermitteln.

Ich half Lora gerne beim Kochen. Ich schnitt irgendwelches Gemüse oder Zwiebeln klein. Ich folgte ihren Anweisungen und schaute ihr zu, wie sie mit Messern, Töpfen und Kellen hantierte. Immer wieder probierte sie die Speisen mit einem kleinen Löffelchen, das sie nach jedem Gebrauch sorgfältig abwusch. Wenn sie mit dem Resultat zufrieden war, pfiff sie durch die Zähne. Was das eigentliche Geheimnis von Loras Essen war, habe ich nie herausgefunden. Aber es schmeckte immer gut. Es roch erdig und ursprünglich. Es roch nach der Umgebung, aus der das Produkt stammte. Wenn sie Fleisch anbriet oder Speck, dann roch man noch das Tier, von dem das Fleisch stammte, das Rind oder das Schwein oder das Lamm. Aber vielleicht bildete ich mir das alles nur ein, weil ich wusste, dass Lora vom Land kam, und weil ich mir vorstellte, dass Menschen vom Land alle große Gemüsebeete hatten und Tiere im Stall stehen, die sie selber schlachteten. Dabei erzählte Lora eigentlich fast nie vom Landleben. Bauern kamen in ihren Erzählungen überhaupt nicht vor. Sie erzählte nur von ihren Geschwistern und ihren Eltern, die die kleine Postfiliale im Dorf führten. Ihr Vater verteilte die Post und die Mutter betreute den Schalter.

Brachten wir Gäste an Loras »Kochtagen« mit, mussten wir sie vorher anmelden. Lora wollte nicht, dass zu wenig da war. Wir holten dann Jürgens Tisch, der genau wie Loras nur auf zwei Böcken stand, und schoben ihn mit ihrem zusammen. An Ulrikes dreiundzwanzigstem Geburtstag waren wir fast zwanzig Leute. Und ich erinnere mich, dass Lora, als alle etwas auf dem Teller hatten, ganz selbstverständlich die Rolle der Gastgeberin übernahm, ihr Glas hob, einen Toast auf Ulrike sprach und mit diesem schweizerischen Wort für Prost, »Viva«, endete, das sie uns schon bei einem unserer ersten gemeinsamen Essen beigebracht hatte. Es bedeutete: Leben oder Auf das Leben! Wir mochten dieses Wort sehr. Nie mehr wurde in unserer Wohnung ein Glas Wein getrunken, ohne dass wir anstießen und laut »Viva« sagten. Es wurde zu einer Art Losungswort unserer Gemeinschaft, zu der wir uns unter Loras Einfluss gewandelt hatten.

9

Leif hat mich heute schon dreimal angerufen, und jedes Mal hinterließ er eine Nachricht auf meinem Anrufbeantworter. Ich hörte, wie in der Küche seine Stimme aufs Band sprach. Ich wollte aufstehen und zum Telefon gehen und den Hörer abnehmen, aber dann war die Nachricht jedes Mal schon zu Ende, bevor ich überhaupt aufgestanden war, und ich versenkte mich wieder in meine Notizen.

Mara, hier ist Leif, ich wollte nur hören, ob du zu Hause bist. Das war die erste Nachricht. Mara, wir wollten doch heute Nachmittag spazieren gehen. Das war die zweite Nachricht. Und die dritte: Hallo. Ruf mich doch an.

Leif tut mir leid. Beim vierten Mal werde ich ganz sicher aufstehen und den Hörer abnehmen und ihm alles erklären. Ich werde ihm erzählen, dass ich seit drei Tagen hier in diesem Stuhl sitze und über Lora schreibe und über mich, weil plötzlich tausend Erinnerungen in mir hochkommen, die ich nicht mehr zurückhalten kann. Und dass ich schreibend versuche, eine Ordnung zu schaffen in meinen Gedanken. Und ich werde ihm sagen, dass ich mich heute Morgen an allen Schulen krankgemeldet habe, nur um ungestört hier weitersitzen zu können und zu schreiben, und dass ich mich auch in der Schülerhilfe abgemeldet habe und morgen nicht dort sein werde und auch nicht am Donnerstag und dass ich vorhätte, erst nächsten Dienstag wieder zu unterrichten. Dann würde ich Morten auch sicherlich nach Hause begleiten, wie ich es die letzten Monate am Dienstag immer getan habe, um bei ihnen zu bleiben.

Ich weiß nicht, ob Leif das verstehen wird. Als wir auf unserer Reise waren, hat er sich die ganzen drei Wochen lang nie beklagt und alles mitgemacht, obschon er Lora gar nicht gekannt hatte. Er war sogar einverstanden gewesen, mit Leos Auto zu fahren, obwohl er sich nur sehr ungern in ein Auto setzt wegen der Umweltverschmutzung. Er tat alles mir zuliebe, weil ich unbedingt dieselbe Strecke fahren wollte, die Lora gefahren war, denn ich hatte große Angst, ihre Spur noch einmal zu verlieren. Er hat mir sehr viel geholfen. Aber vielleicht ist seine Geduld jetzt aufgebraucht, und er wird wütend, wenn ich ihm erzähle, dass ich jetzt auch noch alles aufschreibe. Er wird mir sagen, dass ich endlich einen Schlussstrich ziehen und Lora vergessen soll, so wie er einmal einen Schlussstrich unter die Mutter von Morten hatte ziehen müssen, was ihm auch nicht einfach gefallen sei, vor allem weil er ihr immer wieder begegnen musste, um eine Lösung für Morten zu finden. Aber am Ende sei auch das gegangen, höre ich ihn sagen, und dann beginne man ein neues Leben. Und vielleicht würde ich ihm sogar recht geben, wenn er das so sagte. Denn vielleicht schaffe ich es doch nie, alles so aufzuschreiben, wie ich es will, und muss mich ewig mit Einzelteilen herumschlagen, mit Anfängen und mit einzelnen Abschnitten und Einschüben, und werde nie eine richtige Geschichte zusammenbringen.

Endlich bin ich aufgestanden und in die Küche gegangen. Ich wollte Leif anrufen, um doch noch mit ihm spazieren zu gehen. Ich wollte ihm sagen, dass wir uns am Mauerpark treffen könnten und im Kinderhof die jungen Schweine anschauen, von denen Morten letzte Woche so geschwärmt hatte. Wir könnten draußen vor dem Hof Kaffee trinken und Kuchen essen und die

Sonne genießen und danach spazieren gehen, bis es Zeit sein würde, Morten von der Schule abzuholen.

Aber als ich in der Küche stand, sah ich den welken Salatkopf, den ich am Abend zuvor aus dem Kühlschrank genommen und nicht gegessen hatte. Und schon war ich dabei, den Salatkopf auseinanderzureißen und in Stücke zu schneiden und zu waschen. Und ich machte eine Salatsoße und schmiss den Salat hinein, dazu Möhren und fein geschnittenen Kohl, und dann setzte ich mich an meinen Küchentisch und aß Salat und Brot und trank dazu Tee, anstatt Leif anzurufen.

Und als ich fertig war, fand ich, dass es nun zu spät war, um noch spazieren zu gehen. Die Sonne stand schon tief am Himmel, und bald würde Leif Morten von der Schule abholen müssen. Es lohnte sich gar nicht mehr rauszugehen. Ich stand auf und ging zurück in meinen Erker und nahm mir vor, Leif später anzurufen. Und jetzt beim Schreiben habe ich immer noch ein schlechtes Gewissen. Ich muss Leif heute Abend unbedingt anrufen, sobald Morten im Bett ist und er Zeit hat, mit mir zu sprechen. Er muss wissen, was los ist und dass ich morgen nicht in der Schülerhilfe sein werde.

10

Obwohl die Spielzeit noch gar nicht angefangen hatte, studierte Lora schon die Theatervorschauen. Bereits Ende August wusste sie, was sie alles sehen wollte. Welche Inszenierungen, welche Regisseure, welche Schauspieler. Sie schrieb sich auf, welche Stücke sie noch lesen wollte. Ein paar davon kannte sie noch nicht, die andern müsse sie »auffrischen«, sagte sie. Sie meinte, es sei sinnvoller, all das jetzt zu tun, nicht erst, wenn die Uni schon begonnen habe.

Sie entschied sich, in Berlin ausschließlich Theaterwissenschaften zu studieren. In der Schweiz gebe es diese Studienrichtung nicht, darum wolle sie so viel wie möglich profitieren. Sie kreuzte beinahe alle Veranstaltungen im Vorlesungsverzeichnis an. Sie ging davon aus, dass vor allem aktuelle Aufführungen in den Seminaren besprochen würden. Sie glaubte, dass dieses Studium eine Art theoretischer Rahmen sei, um sich mit der Theaterpraxis auseinanderzusetzen. Sie war richtig begeistert, und ganz euphorisch las sie mir die Kommentare zu den Lehrveranstaltungen vor, die sie gewählt hatte. Ich fand die Kommentare langweilig und nichtssagend. Von Theaterpraxis war in meinen Ohren nicht die Rede. Mir schien das alles sehr wissenschaftlich und abgehoben. Ich konnte Loras Begeisterung überhaupt nicht nachvollziehen.

Irgendwann fragte Lora mich, ob ich nicht Lust hätte, mit ihr zusammen wieder zur Uni zu gehen, und malte mir in langen Sätzen aus, wie viel Spaß wir miteinander haben würden. Wir würden über alles, was wir gehört hätten, diskutieren können und vielleicht sogar zusammen »einen Schein machen«. Als ich sie wohl irritiert ansah, räumte sie schnell ein, dass wir ja nicht unbedingt »einen Schein machen« müssten. Das sei ja nicht das Wichtigste. Scheine seien im Grunde genommen überhaupt nicht wichtig. Die Möglichkeit, sich fundiert mit Theater auseinanderzusetzen, sei wichtig. Überhaupt Neues über das Theater zu lernen. Und dann erklärte sie mir, dass sie eigentlich nur wegen des Theaters und wegen Theaterwissenschaften nach Berlin gekommen sei, und zählte auf, wie toll das Angebot an der Uni sei und dass ich überhaupt keine Ahnung hätte, was für Möglichkeiten wir »hier« hätten. Ich solle doch meine Zeit nicht in »dieser Wohnung« verplempern und in »dieser Apotheke«.

»Diese Apotheke« sprach sie übertrieben langsam aus wie ein Fremdwort, als wollte sie mir damit zeigen, wie abwegig und unnütz meine Beschäftigung dort war. Aber Lora konnte mich nicht beleidigen, mir war selber klar, dass meine Arbeit in der Apotheke nur dem Zweck diente, das zu meinem Lebensunterhalt nötige Geld zu verdienen. Als ich nicht reagierte, hob sie sogar zu einem richtigen kleinen Vortrag über die Bedeutung von Bildung an. Sie erklärte mir, wie unersetzbar sie sei und welche Türen einem Bildung öffne, nicht nur beruflich, sondern vor allem geistig, denn entscheidend sei, nicht nur Neues zu erfahren, sondern vor allem zu lernen, die Dinge zu hinterfragen und nicht alles wie ein Schaf hinzunehmen.

Als Lora den Vergleich mit dem Schaf machte, musste ich lachen, und Lora sah mich böse an. Aber dann lachte sie plötzlich auch und fing an, wie ein Schaf zu blöken und mit hängenden Schultern vor mir herumzutrotten. Ich ging hinter Lora her, und wir spielten zusammen Schaf und trotteten hintereinander im Kreis in Loras Zimmer herum. Wir spielten, dumm und ungebildet zu sein. Und ich spürte, wie meine sture Abwehrhaltung gegen die Uni, die noch aus der Zeit stammte, als mich meine Eltern zum Weiterstudieren gedrängt hatten, dahinschmolz. Und zum Schluss willigte ich tatsächlich ein, mit Lora ein Seminar zu besuchen. Nicht der Inhalt von Loras Rede hatte mich überzeugt, sondern Loras Lebensfreude, ihr Humor, ihre Fähigkeit, den Dingen eine Leichtigkeit zu geben.

Abends beim Essen sagte ich zu Ulrike und Jürgen, dass Lora einfach nicht lockergelassen habe, und möglicherweise sei das gut wegen BAföG und alldem. Ulrike und Jürgen antworteten, Lora hätte mich »eingeseift«, und lachten mich aus. Sie glaubten nicht daran, dass ich auch nur einen einzigen Fuß in die Uni setzen würde. Wenn ich es trotzdem täte, würden sie eine Kiste Bier spendieren. Zu Lora sagten sie mit gespielter Verzweiflung: Tut uns furchtbar leid. Wir sind leider alle nicht so intelligent und so zielstrebig wie du. Sonst würden wir auch mit dir zur Uni gehen. Sie lachten Lora und mich hemmungslos aus.

Als das Semester begann, fuhr ich tatsächlich einmal pro Woche mit Lora zur FU und wieder zurück, und ich war erstaunt, wie leicht mir das alles fiel. Ich saß die ganze lange Strecke vom Hermannplatz bis zur Krummen Lanke neben Lora, stieg mit ihr aus, besuchte mit ihr »unser Seminar« und wartete in einem leeren Hörsaal, bis sie mit ihren anderen Veranstaltungen fertig war. Ich machte sogar die Hausaufgaben während dieser Zeit. Ich las die Aufsätze, die zu lesen waren, und machte mir Notizen dazu. Wenn wir nach Hause fuhren, war ich Lora meist schon ein Stückchen voraus, und sie bezeichnete mich lachend als »Streberin«. Mir gefiel diese Bezeichnung. Sie passte genau zu diesem ganzen Spiel, das wir hier spielten. Das An-die-Uni-gehen-Spiel, in dem ich meinen festen Platz hatte neben Lora und das mich eigentlich nur darum interessierte.

Zum Spaß kauften Lora und ich uns zusammen sogar eine dieser braunen, ledernen Umhängetaschen, die damals alle Studenten trugen. Die Taschen lagen auf unseren Knien, wenn wir in der U-Bahn zur Uni fuhren, und hingen an unseren Schultern, wenn wir das Unigebäude betraten. Mit Schwung hievten wir sie auf die alten wackligen Tische in unserem Seminarraum und markierten unsere Präsenz. Sie rochen frisch und ledrig und neu. Sie rochen nach Studium und Aufbruch und nach neuem Lebensabschnitt. Mit ihnen waren die miefigen Mappen und Rucksäcke aus unserer Gymnasialzeit definitiv entsorgt. Sie enthielten nicht nur unsere Unterlagen für das Seminar, sondern auch all diese kleinen privaten Dinge, die zu einem Studentinnenleben gehören: Agenda, Stifte, Notizblätter, Kaugummis, Deo, Tampons und eine Trinkflasche. Von außen musste mich jeder als eine ganz normale Studentin wahrnehmen. Und auch das gefiel mir. Es war ein Verkleidungsspiel, eine Art Versteckspiel. Es machte mir Spaß, die Leute an der Nase herumzuführen. Auch Lora.

Wir sahen uns im Seminar Videos von Aufführungen an. Wir glitten durch alle möglichen Epochen und verglichen sie miteinander. Das Spiel der Schauspieler, die Kostüme, die Bühnenbilder. Wir gingen zum Vergleich in aktuelle Aufführungen, sprachen über die Art der Inszenierungen und diskutierten verschiedene Interpretationsweisen. Die Diskussionen, die geführt wurden, waren oft sogar interessant. Lora gehörte zu der Gruppe jener zehn Leute, die in jedem Seminar die Gespräche dominieren, und genoss viel Ansehen. Unsere Dozentin nickte ihr anerkennend zu, wenn sie in der Pause mit uns draußen vor dem Unigebäude eine Zigarette rauchte. Die Dozentin sah selber noch aus wie eine Studentin.

Irgendwann mochte ich Theaterwissenschaften sogar. Zumindest mochte ich es, in diesem Seminar mit Lora zu sitzen und zusammen mit ihr für oder gegen irgendetwas Stellung zu beziehen. Ich mochte dieses Zusammen-für-etwas-Kämpfen, dieses wilde Argumentieren, das sich immer weiter hinaus auf die Äste einer Idee wagte. Dieses waghalsige Weiterhangeln von Aussage zu Aussage. Und dass es nicht weiter schlimm war, wenn wir verloren und nachgeben mussten. Denn wir waren immer zu zweit, und wenn wir fielen, fielen wir gemeinsam.

Wenn ich mit Lora zusammen war, spürte ich jetzt manchmal so etwas wie eine große Freude in mir aufsteigen. Ich wurde von Gefühlen überschwemmt, und alles erschien mir ganz leicht und einfach. Ab und zu nahm ich sogar alleine die U-Bahn und musste nicht zu Fuß bis zur Apotheke gehen oder hoffen, dass Leo mich abholte, um mit mir in den U-Bahn-Schacht hinunterzusteigen. Und jedes Mal, wenn ich es geschafft hatte, war ich sehr stolz auf mich. Ich stieg aus dem Schacht und sog die Luft ein, die mir in diesen Momenten unendlich frisch und verheißungsvoll erschien.

Als ich einmal eine Station zu weit fuhr, entdeckte ich eine neue Buchhandlung ganz in der Nähe, und als ich mich anschließend auf dem Weg zur Apotheke verirrte, stieß ich auf einen kleinen Park, in dem ich bei schönem Wetter von da an Mittagspause machte. Und ich erinnere mich, wie ich in diesem Park plötzlich die Kraft der Sonne auf meinem Gesicht spürte.

11

Auf einem unserer Streifzüge zeigte ich Lora auch Imeldas Laden, der nicht weit von uns in der Anzengruberstraße lag und in dem man fast alles fand, was man brauchte. Kleider, Schuhe, Hüte, Schallplatten und sogar ein paar Teesorten. Imelda kaufte billigen Ramsch in allen möglichen Trödelläden zusammen, putzte ihn und arrangierte alles in ihrem Laden neu nach Farben und Formen, und schon wollte ihn jeder kaufen. Sie hatte einen untrüglichen Sinn dafür, was im Moment gerade angesagt war.

Imelda hatte mir, als ich noch ganz neu in Berlin war, sofort meine Bluejeans ausgeredet und mir eine schwarze Satinhose verkauft, die ich dann sechs Wochen lang ununterbrochen trug, weil ich mich mit etwas anderem nicht mehr aus dem Haus traute. Irgendwann ließ ich mich von ihr sogar zu schwarzem Lippenstift und schwarzem Nagellack überreden, die mich wie eine Grufty-Braut aussehen ließen. Später versuchte ich, so etwas wie meinen eigenen Stil zu finden, aber ich kaufte noch immer fast alle meine Kleider bei Imelda und ließ mich von ihr beraten. Ich wusste, zu welchen Tageszeiten niemand sonst im Geschäft war und sie Zeit für mich hatte. Und oft ging ich auch nur einfach hin und saß mit ihr in ihrer »privaten Ecke«, wie sie die zwei gelben Sofas nannte, die im hintersten Teil ihres Geschäfts standen, und sie erzählte mir von ihren Einkaufstouren oder ihren Liebhaberinnen, und während sie redete, half ich ihr neue Knöpfe an Kleidungsstücke zu nähen oder Löcher zu flicken. Einmal lief auch sexuell etwas zwischen uns, nach Feierabend, nachdem Imelda ihr Geschäft sorgfältig mit einem Blechrollladen verschlossen hatte. Sie zeigte mir ein kompliziertes englischsprachiges Handbuch für Sexualpraktiken gleichgeschlechtlicher Paare. Aber irgendwie funktionierte das alles bei uns nicht, oder es war einfach zu kalt in dem Laden.

Lora fand Imeldas Geschäft wohl ziemlich seltsam. Verwundert ging sie zwischen den Kleiderständern und zwischen den pinkfarben angemalten Regalen herum, in denen Gürtel lagen, Handschuhe, Taschen und alle möglichen Accessoires. Lora trug an diesem Tag schlichte weiße Turnschuhe, ein T-Shirt und einen kurzen Rock und war für Berliner Verhältnisse sicherlich eher gewöhnlich angezogen, aber was sie trug, war keineswegs bieder. Und besonders die Farbkombination – braun, rostrot und hellblau – war interessant. An diesem Tag aber schien Lora die große Herausforderung zu sein, nach der sich Imelda die ganze Woche schon gesehnt hatte. Denn kaum hatte sie uns erblickt, sprang sie von ihrem Teller Shortbread auf, den sie vor sich stehen hatte, kam auf uns zugeeilt und sagte: Mein Gott, Mara, wen bringst du denn da mit? Was für eine Erscheinung. Was für'n süßes Mädel. Das Mädel müssen wir sofort neu einkleiden.

Sie küsste und umarmte mich und sprach dabei aufgeregt weiter und streifte die Shortbread-Krümel, die an ihrem leuchtstiftgelben Pullover klebten, an mir ab. Und zwei Minuten später hatte sie schon einen ganzen Berg Kleider angeschleppt und vor uns auf einen der Kleiderständer gewuchtet. Hemden, Hosen, Röcke und Gürtel, die sie nacheinander vor Lora hinhielt und kommentierte: Das musste probieren, Mädel. Is 'n echter Hammer. Das ziehst an für uf 'n Kreuzberg. Da dreht sich jeder nach dir um. Und das für die Uni. Gehst sicher auf die Uni. Das macht schön gescheit. Kannst mir glauben, Mädel. Und das is was für 'n Abend, zum Tanzen. Das dreht mit dir rum. Rum und rum. Und mit die blonde Haar und die braune Augen und das schlanke Hinterteil wie 'n Antilopenpopo.

Lora machte mit und zog all die Kleider an. Am Anfang hatte ich das Gefühl, dass es ihr sogar Spaß machte, in die Sachen reinzuschlüpfen, sich im Spiegel zu betrachten und immer wieder neu zu verwandeln. Aber irgendwann hatte sie genug. Und ich merkte, dass sie nur noch widerwillig aus den Kleidern schlüpfte und in neue hineinstieg. Aber sie sagte nichts. Sie machte einfach weiter. Aus Höflichkeit oder mir zuliebe, was weiß ich. Erst als ihr Imelda ein Hundehalsband umlegen wollte, das sie mit einem gekonnten Dreh zu einer Art Schmuck verwandelt hatte, sagte Lora: Ich mag nicht mehr. Und dann ganz laut: Ich mag nicht mehr, zog all die Kleider aus, warf sie auf den Boden und ging aus dem Laden.

Ich räumte hastig die Sachen weg, die Lora auf den Boden geschmissen hatte, und eilte hinter ihr her. Ich fasste sie am Arm und sagte: Tut mir leid. He, tut mir echt leid. Hätt ich nicht tun sollen, dich da reinschleppen. War eine Scheißidee. Aber Lora riss sich los, rannte von mir weg und steuerte stur auf den Hermannplatz zu. Ich folgte ihr. Ich schwitzte, und meine Füße, die in diesen unbequemen Schnürsandalen steckten, taten mir weh. Ich wiederholte mich. Ich entschuldigte mich nochmals und nochmals und schrie: Scheißladen, Scheißkleider. Ist doch egal, was ein Mensch anhat. Ist doch vollkommen egal. Ist doch nur elende Maskerade. Fassade. Versteckspiel. Und ich merkte plötzlich, wie gut es mir tat, einfach so loszubrüllen und all diese Dinge zu sagen. Dinge, die ich seit ewigen Zeiten nicht mehr ausgesprochen hatte, weil sie so sehr nach Vernunft klangen und nach Eltern und Lehrern und nach Schulaufsatzthema. Und ich blieb weiter auf derselben Höhe von Lora und redete und nannte Gründe, warum es doch vollkommen egal war, wie ein Mensch sich nach außen hin zeigte. Und ich versicherte ihr, dass mir die Kleider, die sie trug, sehr wohl gefielen und dass sie zu ihr passten und ich extrem froh wäre, wenn ich bloß nicht aus Eitelkeit diese elenden Schnürsandalen angezogen hätte, in denen ich jetzt kaum gehen konnte. Und kurz vor dem Hermannplatz zog ich sie sogar aus und rannte barfuß neben Lora weiter. Und da endlich blieb sie stehen und zeigte auf meine Füße und sagte: Das ist doch Blödsinn, Mara. Zieh deine Schuhe wieder an. Und ich zog meine Schuhe tatsächlich wieder an.

Am nächsten Tag wollte sich Lora unbedingt bei Imelda entschuldigen, obwohl ich ihr zuvor hundertmal gesagt hatte, dass das nicht nötig wäre. Dass Imelda es gewohnt sei, von ihren Kundinnen nicht immer nur nett behandelt zu werden. Aber Lora bestand darauf, und so gingen wir gemeinsam noch einmal zu Imelda und wurden in ihre private Ecke zum Tee eingeladen. Lora entschuldigte sich sicher dreimal und merkte erst beim vierten Mal, dass Imelda den Vorfall längst abgehakt hatte. Und dann sprachen wir über Tee und Teezubereitung und Indien, wo Imelda den Tee, den sie verkaufte, in einem Ashram selber jedes Jahr einkaufte, wo sie gleich mehrere Wochen blieb und die »Seele baumeln ließ«, wie sie das nannte. Aber es entstand kein richtiges Gespräch, und ich fühlte mich die ganze Zeit wie bei einer steifen Teezeremonie.

Bevor wir wieder gingen, kaufte Lora noch einen roten Schal mit fein geflochtenen orangefarbenen Tressen. Sie tat ziemlich begeistert und bedankte sich bei Imelda überschwänglich dafür, dass sie den Schal so günstig bekommen hatte. Aber ich erinnere mich, dass sie diesen Schal nur ein einziges Mal trug: als wir zu ihr nach Hause fuhren, zu ihren Eltern in dieses kleine Bergdorf, in dem sie aufgewachsen war. In Berlin hat sie diesen Schal kein einziges Mal getragen.

12

Als die Theatersaison begann, begleitete ich Lora so oft ich konnte zu Aufführungen. Ich mochte es, mit ihr im Halbdunkel zu sitzen und in dieses hell erleuchtete Viereck zu schauen, in dem Geschichten und Menschen zum Greifen nahe waren und trotzdem weit entfernt blieben.

Im Theater war es auch, dass ich mich in Lora verliebte. Ich spürte plötzlich jede Regung ihres Körpers, als ob ein Magnetfeld angeschaltet worden wäre, das zu mir herüberstrahlte. Meine Hände wurden feucht, und ich getraute mich nicht mehr, Loras Blick zu erwidern. Wenn ich merkte, dass sie ihren Kopf zu mir drehte, sah ich schnell weg. Ich starrte geradeaus auf die Bühne. Ich beobachtete, wie Julia den Becher mit dem Schlaftrunk austrank und wie Romeo sie beweinte, wie Medea in Rage geriet über ihren verräterischen Mann und wie Elisabeth voller Verachtung zu ihrem Schupo sprach. Immer ging es dort vorne auf der Bühne um große Gefühle, aber ich selber war nicht imstande, meine eigenen Gefühle Lora gegenüber zu zeigen.

Ich begann Lora auszuweichen. Abends, wenn ich von der Spätschicht nach Hause kam, setzte ich mich nicht mehr zu den anderen in die Küche. Ich gab vor, zu müde zu sein. Ich begann mir Ausreden auszudenken, warum ich nicht an die Uni oder ins Theater mitkommen konnte. Ich umgab mich mit einem Netz von Lügen, das immer dichter wurde. Ich gab vor, ständig in irgendwelche Aktivitäten verwickelt zu sein, aber in Wahrheit irrte ich in den Straßen der Stadt umher oder setzte mich allein in ein Café, um die Zeit totzuschlagen.

Ich versuchte, wieder an mein Leben vor Lora anzuknüpfen. Wenn ich nicht arbeitete, schlief ich am Morgen lange aus und saß dann in der Buchhandlung am Savignyplatz und las stundenlang auf diesem roten Klappstuhl, der neben den Kinderbüchern stand. Ich las Neuerscheinungen, die ich mir nicht leisten konnte, oder Texte von Autoren, die ich mochte, die aber nur in dicken Sammlungen zu lesen waren. Ich mochte Schriftsteller, die in einer anspruchsvollen, unkonventionellen Sprache schrieben. Ihre Texte fanden keine Verlage, und deshalb waren sie meistens nur in irgendwelchen Spezialausgaben und teuren Literaturzeitschriften zu lesen. Dass sie keine Verlage fanden, gefiel mir sogar. Es machte sie noch besonderer. Manchmal notierte ich mir ein paar Sätze oder lernte sie sogar auswendig, wenn ich keinen Stift und kein Papier bei mir hatte. Abends, zu Hause, spuckte ich die Sätze auf große, weiße, unlinierte Blätter aus und pinnte sie an die Wände meines Zimmers.

Ich ging wieder öfter mit Leo weg. Und wir setzten uns wie früher mitten am Nachmittag in ein Kino oder gingen am Landwehrkanal spazieren. Leo schob meine Tasche, die immer schwer gefüllt war mit Büchern, auf seinem Fahrrad neben mir her. Und wir setzten uns mit einer Flasche Bier oder einem Eis am Stiel neben eine der Türkenfamilien, die hier immer saßen, und schauten aufs Wasser. Das Wasser des Landwehrkanals war ganz dunkel, und obenauf schwammen helle Blätter und Staubpartikel. Und manchmal, unvermittelt, erzählte mir Leo, was er alles unter dem Staub sah. Er sah Rosa Luxemburg da unten oder Sophie und Hans Scholl oder Paul Stretz und Hans-Joachim Wolff, die bei einem Fluchtversuch erschossen worden waren. Leo konnte ganz weit in das Dunkel des Landwehrkanals hinabsehen. Das hatte er von seinen Eltern gelernt. Wenn ich in den Landwehrkanal hineinsah, sah ich immer nur Lora. Ich sah ihren weißen Körper und ihr helles Haar, das unter der Wasseroberfläche wie eine flauschige Wolke rund um ihren Kopf wallte. Ich sah ihre roten Lippen, die halb geöffnet waren und aus denen ich immerzu das Wort »Komm« zu vernehmen glaubte.

Wenn ich von meinen Ausflügen nach Hause kam, verschwand ich eilig in mein Zimmer. Ich hatte Angst, dass Lora nachfragen würde, was mit mir los sei. Aber sie ließ mich einfach in Ruhe. Sie sah mich nur wortlos an und setzte sich zu Jürgen und Ulrike in die Küche, und ich hörte durch die Türe das Klappern des Geschirrs, ihre Stimmen und ihr gelegentliches Lachen. Nach ein paar Tagen war ich beleidigt und wünschte mir nun das Gegenteil: Ich wollte, dass sie mich zur Rede stellte und aufhörte, mich zu ignorieren.

Irgendwann hatte ich einen furchtbaren Streit mit Lora: Ich hatte sie ein weiteres Mal in eine dieser Aufführungen von *Stella* begleitet, über die sie mit ein paar anderen eine Verlaufsanalyse machen musste. Ich langweilte mich sehr während dieser Aufführung, weil ich die Inszenierung mit Lora bereits zweimal gesehen hatte. Nach dem Theater sagte ich zu ihr, was das für ein Quatsch sei, sich mehr als einmal dasselbe Stück anzuschauen und sich jedes Detail zu notieren. So würde man ein Theaterstück nur zerstören, ihm jedes Geheimnis nehmen, aber lernen würde man nichts dabei. Und Lora verteidigte die Aufgabe und fand, man würde ganz viel lernen: das genaue Hinsehen zum Beispiel und dass nichts auf der Bühne zufällig sei. Man würde geschult, Zusammenhänge zu sehen. All das sei wichtig, um die Vielschichtigkeit und Tiefe einer Inszenierung wahrzunehmen.

Ich hatte nicht die Absicht gehabt, mich mit Lora zu streiten, auf keinen Fall vor den andern. Aber ich konnte mir nicht vorstellen, dass sie wirklich einen Sinn in dieser »Analyse« sah. Ihre Angepasstheit ärgerte mich. Ihr kleinliches Achtgeben auf Vorgaben. Ich provozierte sie und rief, wozu sie eigentlich all diese lächerlichen Scheine mache? Die seien doch unnötig, genauso unnötig wie die ganze Uni und all die Theateraufführungen, die sie sich doch nur ansehe, um sie »zu Tode zu analysieren« und die Kunst in ihnen zu zerstören.

Die anderen der Gruppe schalteten sich ein und verteidigten Lora. Sie verteidigten die ganzen Scheine, die sie machten, und ihr ganzes kümmerliches Uni-Leben, das sie führten. Sie redeten und argumentierten und umringten mich. Sie rückten immer näher. Sie klagten mich an, keine Ahnung zu haben und ein Dummkopf zu sein, und warfen mir vor, nur aus Eifersucht so zu sprechen. Ich sah ihre aufgerissenen Augen und offenen Münder und ihre Zungen, die auf mich einredeten. Plötzlich wurde mir schlecht, und ich lief einfach davon. Hinter der nächsten Häuserzeile erbrach ich mich und musste mich an einer Hauswand abstützen. Ich zitterte und konnte kaum mehr weitergehen. Eine Frau, die mich wohl beobachtet hatte, steckte mir ein Papiertaschentuch zu, und ich wischte mir dankbar das Gesicht ab. Auf einer öffentlichen Toilette spülte ich mir den Mund mit Wasser und schaute befremdet in den zerbrochenen Spiegel, der über dem Waschbecken hing.

Ich wandte mich ab, öffnete die Tür und ging nach draußen. Ziellos ging ich umher. Als ich die Gegend um die Hasenheide erkannte, war ich erleichtert. Die Hasenheide gehörte zu meinem Revier. Ich legte mich im Park unter einen der vielen Büsche ins Gras und schlief ein. Als ich frierend aufwachte, war es Abend und ich fühlte mich besser.

Ich ging nach Hause, den ganzen weiten Weg die Boddinstraße entlang und die Falk- bis zur Kopfstraße und von da zur Karl-Marx-Straße. Ich ging so lange in unserer Gegend herum, wie ich nur konnte, und als ich trotzdem bei unserem Haus anlangte, umkreiste ich es noch dreimal, bis ich endlich eintrat und leise die vier Treppen hochschlich.

Als ich unsere Wohnungstür öffnete, war alles still, nur fiel mir der Zigarettengeruch auf. Aber in der Küche, wo wir normalerweise rauchten, war niemand. Schnell ging ich in mein Zimmer und legte mich in mein Bett und zog die Decke über meinen Kopf.

Aber Lora war da und musste in ihrem Zimmer auf mich gewartet haben. Plötzlich vernahm ich an unserer gemeinsamen Zimmerwand ein leises Klopfen. Lora klopfte einen Rhythmus. Zuerst leise und dann immer lauter. Ich presste mein Ohr an die Wand und dann meinen Körper. Ich spürte Loras Rhythmus und mein eigenes Herz, wie es in mir klopfte. Es klopfte mir bis zum Hals. Es pulsierte, klopfte zurück. Ich nahm die Knöchel meiner Finger zur Verstärkung und meine Fingernägel und meine flachen, ausgestreckten Hände. Ich klopfte, ich trommelte. Und als ich keine Antwort mehr hörte, schlug ich mit der Faust gegen die Wand. Und dann ging plötzlich die Tür auf, und Lora trat in ihrem übergroßen gelben Schlafanzug in mein Zimmer und setzte sich zu mir auf mein Bett und schaute mich an.

Ich weiß nicht mehr, ob ich Lora zuerst küsste oder Lora mich. Es spielt auch gar keine Rolle. Wir küssten uns zuerst auf die Wangen, auf die Innenflächen unserer Hände und dann auf den Mund. Lora lachte und flüsterte mir leise Worte in meine Ohren, die ich nicht richtig verstand. Ich rollte zur Seite und machte ihr Platz, und sie rückte ganz nahe neben mich, und ich legte vorsichtig meine Hand auf ihre Brust.

Später sagte mir Lora, dass es für sie das erste Mal gewesen sei, dass sie eine Frau liebte. Hätte sie es mir nicht gesagt, hätte ich es nicht bemerkt. Sie wusste mehr als ich. Sie war diejenige, die meine Hände führte und das Spiel der Liebe immer wieder von Neuem begann, dieses Geben und Nehmen und einander Begehren und Fordern und wieder Loslassen und sich Abwenden, um sich im nächsten Augenblick schon wieder von Neuem aufeinander zuzubewegen. Als sie mein erstauntes Gesicht sah, lachte sie nur und sagte: Was macht es für einen Unterschied? Die Liebe macht doch keinen Unterschied, Mara.

13

Am nächsten Tag ging ich wieder mit zur Uni, und am Abend setzte ich mich mit Lora sogar noch einmal in *Stella* und half ihr bei ihrer Verlaufsanalyse. Ich machte mir sehr viele und sehr genaue Notizen. Ich füllte einen ganzen Schreibblock, und am Ende der Aufführung gab ich Lora die ganzen Unterlagen. Sie bedankte sich und lachte und küsste mich vor ihren Kolleginnen auf den Mund, und ich spürte, wie ich von diesem Moment an anders wahrgenommen wurde: Ich gehörte nun zu Lora, und Lora wurde bewundert und geachtet.

Ich fühlte mich Lora ganz nahe. Ich wollte keinen einzigen Tag und keine einzige Nacht mehr ohne sie sein. Wenn Lora am Abend lange wegblieb, schlich ich mich in ihr Zimmer und legte mich nackt auf ihre Matratze, zog ihre Decke über mich und wartete auf sie. Ich spürte, wie meine Brustwarzen die Decke berührten und wie mich die Berührung erregte. Ich spürte mein Geschlecht, das sich an ihrer Matratze rieb, wenn ich mich umdrehte, und konnte Loras Heimkehr kaum erwarten.

Wann immer möglich, verbrachten wir den Tag jetzt zusammen, und am Abend blieben wir lange auf, saßen in Loras Sitzsäcken, tranken Wein, und Lora las mir vor. Ich bat sie immer wieder, die Gedichte von Silvia Plath und von Hilde Domin vorzulesen, die ich so sehr mochte. Sie las: »Wir werden eingetaucht / und mit den Wassern der Sintflut gewaschen / wir werden durchnässt / bis auf die Herzhaut...« Ich schloss meine Augen und hörte ihr zu. Loras Stimme wurde ganz weich, wenn sie vorlas. Es war, als schmiegte sich ihre Stimme den Wörtern an, die sie aussprach. Ihre Stimme nahm die Form der Wörter an. Lora machte sich zu ihrem Sprachrohr. Noch nie zuvor hatte ich jemanden so vorlesen gehört. Ich habe die Gedichte, die sie mir vorlas, niemals vergessen. Manchmal kam es mir vor, als hätte ich die Schönheit der Literatur erst durch Loras Vorlesen entdeckt. Sie hatte die Fähigkeit, Texte lebendig zu machen, nicht nur die Figuren und den Fortgang einer Geschichte, sie konnte auch die Sprache lebendig machen, ihren Klang, ihren Rhythmus und die Stille, die jeder Text auch enthält.

Mir war, als würden die Literatur und mein Leben miteinander verschmelzen. Als ob es keinen Unterschied mehr gäbe. Loras Stimme drang in mich ein bis in mein tiefstes Inneres, und während wir beieinanderlagen und uns liebkosten, war es, als wären unsere Körper Texte, die sich gegenseitig beschrieben und sich ineinander auflösten wie in einem dicht verwobenen einzigartigen Gedicht.

Nachdem wir uns geliebt hatten, rauchten wir eine Zigarette am geöffneten Fenster. Wir schauten gemeinsam in unseren Hinterhof, zum Mond und zu den Sternen hoch, die in dem Viereck über uns leuchteten. Loras Gesicht schimmerte rötlich, wenn sie an ihrer Zigarette zog. Schnell küssten wir uns, wenn wir eine Sternschnuppe vom Himmel fallen sahen. Ich wünschte mir immer, dass das alles nie aufhören würde. Dass Lora und ich uns nie wieder trennten.

Was Lora sich wünschte, erfuhr ich nicht. Wenn ich fragte, antwortete sie nie. Auch wenn ich mich über ihren Aberglauben lustig machte, Wünsche nicht auszusprechen, blieb sie hartnäckig stumm. Irgendwann erzählte sie mir von ihrem großen Wunsch, Regisseurin zu werden. Sie gestand mir, dass das Studium der Theaterwissenschaften für sie nur eine Vorstufe sei, ein kleiner Baustein eines viel größeren Plans. Sie wolle später an der HdK oder woanders eine Regieausbildung machen. Sie habe sich bereits nach den Möglichkeiten erkundigt. Aber kaum hatte sie das gesagt, schüttelte sie ihren Kopf und fuhr mit beiden Händen durch ihre kurzen Haare und meinte: Was für ein Quatsch. Vergiss das wieder, Mara. Was für ein dummes Gerede von mir. Bis jetzt habe ich noch kein einziges Stück inszeniert, nur mitgespielt auf der Schülerbühne meiner ehemaligen Schule und bei Proben zugeschaut. Und dann lachte sie über sich selber. Und irgendwann musste ich auch lachen und gestand ihr, dass ich früher einmal Schriftstellerin hätte werden wollen. Ich hätte eine Unmenge geschrieben, aber nie wirklich etwas Anständiges zustande gebracht und nicht einmal in einer Schülerzeitung etwas veröffentlicht. Alles nur Abfall, alles nur scheußlicher Abfall, sagte ich, zum Fortwerfen. Und wir fielen einander lachend in die Arme und hielten uns lange umschlungen.

Es tat gut, dieses Lachen. Es befreite uns vor der Scham unseren Wünschen gegenüber. Es ließ sie zusammenschrumpfen und ganz alltäglich werden, so normal wie der Wunsch, Lehrerin oder Ärztin zu werden. Und danach konnten wir auch wirklich über unsere Wünsche sprechen. Wir fragten uns gegenseitig, was uns wichtig sei am Theater, an der Literatur und an der Kunst überhaupt. Was wir damit wollten. Was unser Ziel sei. Das wirkliche Interesse. Für mich war es die Sprache, ihr Rhythmus, der mich interessierte, und für Lora waren es immer die Bilder.

Von da an änderte sich etwas zwischen uns. Unsere Verspieltheit nahm ab, unsere Ausgelassenheit und unser Drang, uns ständig zu küssen. In Loras Sitzsäcken hockend führten wir stundenlange Gespräche. Wir versuchten, einander gegenseitig zu ermuntern und uns darin zu bestärken, unsere Wünsche ernst zu nehmen und auch umzusetzen. Ich forderte Lora auf, eine Regieklasse zu besuchen, und verwies sie auf die Regiekurse an der Uni, für die man sich ohne Aufnahmeverfahren einschreiben konnte. Und Lora drängte mich zu schreiben. Ein paar Zeilen wenigstens jeden Tag, egal, ob sie gut wären oder nicht, sagte sie immer wieder.

Ich schüttelte jedes Mal den Kopf, wenn sie nachfragte. Aber ich log Lora an, denn heimlich hatte ich tatsächlich wieder begonnen zu schreiben. Wenn niemand da war, setzte ich mich an unseren Küchentisch vor meinen Baum und schrieb Briefe an Lora. Ich schrieb ihr von meiner Liebe und von meinem Begehren. Ich schrieb von ihren dunklen Augen, ihrer hellen Haut und ihrem warmen Mund. Ich schrieb, wie ich meine Lippen in ihr Haar grub und mit meiner Zunge in ihr Ohr fuhr und zwischen ihre weißen, kleinen Zähne. Ich schrieb ihr, wie erfüllt und wie glücklich ich war.

Ich las auch meine alten Texte wieder, aus der Zeit, als ich noch im Internat war. Obwohl ich im Grunde genommen nichts an ihnen gut fand, hatte ich sie aufbewahrt. Es waren alles Sachen voller Schmerz, Trauer und Einsamkeit. Ich verachtete dieses pathetische Geschreibe, wie ich es nannte, ich hasste den Schmerz, der sich darin so ungeheuer breitmachte. Aber jetzt, beim Wiederlesen, fand ich einige Sätze sogar schön. Ich las sie laut und ließ sie innerlich in mir nachklingen. Ich las auch die Sätze, die an meine Zimmerwände gepinnt waren und die ich zusammengestohlen hatte aus allen möglichen Büchern. Und aus meinen eigenen und diesen fremden Sätzen entstand manchmal eine Mischung, die mir gefiel. Ich schrieb sie auf ein frisches Blatt Papier und notierte darunter neue Wörter, die mir dazu einfielen. Ich fing an, mit den Wörtern zu spielen. Ich arrangierte sie immer wieder neu zu Zeilen oder Sätzen. Und manchmal entstand daraus tatsächlich so etwas wie ein Gedicht. Eine Mischung aus Wörtern, die auf irgendeine Art zusammengehörten. Zufrieden notierte ich sie in ein Schreibheft, das ich mir gekauft hatte.

Ich spürte, dass mit meinem Schreiben etwas in Gang kam. Die Wörter flossen jetzt manchmal einfach so aus mir heraus, und ich ließ es geschehen. Ich hörte auf, über Pathos, über Kitsch und über abgegriffene Wendungen nachzudenken. Ich zensierte mich nicht mehr andauernd oder verkrampfte mich auf der Suche nach dem richtigen Wort. Ich wollte nur noch einfach schreiben und mich beim Schreiben Lora nahefühlen. Denn alles, was ich schrieb, hatte mit Lora zu tun.

Der schönste Text, der in dieser Zeit entstand, war ein Gedicht darüber, wie ich mit Lora zum ersten Mal tanzte. Jürgen hatte uns alle in eine Diskothek in der Yorckstraße mitgenommen. Es war eine dieser Diskotheken, die man von der Straße aus gar nicht sieht. Eine unscheinbare Metalltür war zu ebener Erde in ein Haus eingelassen. Den Türknauf und den Klingelknopf sah man nur, wenn man lange hinsah. Ulrike drückte auf die Klingel, und die Tür öffnete sich. Ein schmaler Gang führte zu einer Treppe und hinunter in einen Keller, und erst dort unten vernahm man die Musik.

An der Treppe stand ein Mann, der Eintritt verlangte. Er trug graues, langes Haar und ein Netz-T-Shirt, das sich über seinem Körper spannte. An seinen Fingern steckte eine Unmenge von Ringen.

Die Tanzfläche war voll mit Leuten in schwarzen Kleidern. Auch Jürgens damalige Freundin war da. Sie hieß Lilly. Wir sahen sie direkt neben der Bar stehen. Sie hielt einen Drink in der Hand, und darin schwamm eine rote Kirsche, die wie ein kleines Herz aussah, das in einer durchsichtigen Flüssigkeit pulsierte. Dieses Bild benutzte ich später in meinem Gedicht. In dem Gedicht aber legte ich das Glas in Loras Hände, und das kleine Kirschherz war ihr Herz, das sie verwundert wie einen Fremdkörper betrachtete. Dieses Bild war mir zugeflogen in einem einzigen Augenblick. Und ich spürte sofort, dass es stimmte.

Lilly wippte mit dem Kopf im Takt der Musik, und Jürgen küsste ihren wippenden Kopf und nahm einen Schluck aus dem Glas, das sie ihm an den Mund führte. Er sabberte und lachte und verlangte nochmals einen Schluck. Der Rand des Glases war von Lillys schwarzem Lippenstift schon ganz verschmiert. Dann schlang sie ihre Arme mit dem Glas in der Hand mit einer großen Bewegung um Jürgens Hals und schob ihn zwischen die Tanzenden.

Dort ist Ulrike, gehen wir zu ihr, schrie Lora in mein Ohr und zog mich auf die Tanzfläche. Ich sah Ulrikes roten Haarschopf, der sich wie eine Boje auf dem Meer der Tanzenden auf und nieder bewegte, und schloss die Augen und ließ mich von Lora führen. Ich tauchte an Loras Hand unter Wasser und hinab in die Tiefe, und die Körper der Tanzenden wurden zu Korallen, die mich mit ihren fächerartigen Armen berührten. Und es gab einen Strom unter Wasser, der mich mitriss und mit großer Kraft in eine Richtung schwemmte. Ich sah Fische mit bunt gestreiften Körpern und winzige Flossen, die wie kleine Propeller rotierten, und Wasserpflanzen und langhaariges Moos auf Steinen und Muscheln. Dann verlor ich für einen kurzen Moment Loras Hand und tauchte auf und sah Ulrike und Lora vor mir, die sich rhythmisch im wechselnden Scheinwerferlicht bewegten. Schnell ergriff ich Loras Hand wieder und tauchte zurück ins Wasser und ins Meer und glitt zurück in den Strom. Ich spürte Loras Arme, die mich umfingen und mich an sie drückten, und ihre Hände auf meinem Rücken und ihre Wange an meiner Wange und ihren Atem in meinem Ohr. Ich spürte Loras Bewegungen, die mit meinen Bewegungen verschmolzen. Wir wurden zu einem einzigen Körper, durch den unser gemeinsames Blut floss.

All das beschrieb ich in dem Gedicht. Ich schrieb es in einer einzigen Nacht, und als es fertig war, musste ich daran nie wieder einen einzigen Buchstaben ändern.

Nach Loras Verschwinden habe ich es fortgeworfen, so wie alles andere, was ich geschrieben hatte, damals. Ich wollte es nie wieder lesen. Ich schmiss es einfach in unseren Mülleimer in der Küche, und es wurde zusammen mit gammligem Teekraut, Butterpapierresten und Apfelsinenschalen entsorgt, als wäre es gewöhnlicher Abfall. Ich hatte es nicht einmal mit großer Geste in meinem Kohleofen verbrannt oder zerrissen und zerknüllt aus dem Fenster geworfen. Ich war so wütend auf Lora, dass mir nur der Mülleimer als der richtige Ort erschien.

Ich habe später zwei-, dreimal versucht, dieses Gedicht wieder herzustellen. Auch vorhin habe ich es noch einmal versucht. Aber ich bringe es nicht mehr zusammen, obwohl ich es noch genau im Kopf habe. Es gelingt mir nur, einzelne Teile niederzuschreiben, aber sie fügen sich nicht mehr zu einem Ganzen. Ich verstehe nicht, warum man ein Gedicht im Kopf haben kann, aber nicht fähig ist, es aufs Papier zu bringen. Es müsste doch noch da sein. Gedanken sind im Grunde genommen ja auch nur Sprache. Aber vielleicht ist es auch gut so, dass ich es nicht mehr zusammenbringe. Das Vergangene lässt sich doch nicht in die Gegenwart zurückholen.

14

Als das Telefon klingelte, dachte ich, es wäre sicherlich Leif, der wissen wollte, was gestern los war und wie es mir gehe und warum ich heute nicht in der Schülerhilfe war, wie jeden Dienstag und Donnerstag. Und auf dem Weg von meinem Schreibnest zum Telefon überlegte ich mir schon, wie ich ihm alles erklären sollte. Warum ich ihn gestern Nachmittag versetzt und mich nicht gemeldet hatte und ihm erst nach Mitternacht eine kurze Nachricht auf dem Anrufbeantworter hinterlassen hatte. Aber es war meine Mutter, und ihre Stimme klang richtig fröhlich und unternehmungslustig, was ungewohnt war. Meist rief sie mich nur an, wenn ein Arzttermin bevorstand und sie sich davor ängstigte.

Seit meine Mutter zum zweiten Mal geschieden ist, sind wir uns wieder nähergekommen, ganz besonders in den beiden Jahren, als sie Krebs hatte. Einmal bin ich fast drei Wochen bei ihr geblieben. Ich wohnte in ihrer Wohnung und besuchte sie von dort aus jeden Tag im Krankenhaus. Es war sehr seltsam, in ihrer Wohnung zu wohnen, während sie nicht da war, zwischen all ihren Büchern, Bildern und den vielen antiken Möbeln. Es gibt nicht einen einzigen Stuhl, der ein bisschen bequem ist. Selbst auf der Corbusierliege, die vorne an der Fensterfront steht, muss man sich zwei Kissen unter die Arme schieben, damit man entspannt ein Buch halten kann. Vieles erinnerte mich an das Haus, in dem ich aufgewachsen bin. Das Haus, das wir zu dritt bewohnten, als meine Eltern noch zusammen waren.

Das Haus war so still, und ich fühlte mich darin immer irgendwie einsam. Meine Mutter bereitete ihre Kurse meist zu Hause vor. Sie unterrichtete Philosophie und Literatur an verschiedenen Volkshochschulen. Wenn ich von der Schule nach Hause kam, machte sie die Türe zu ihrem Arbeitszimmer zu, und ich musste mich alleine beschäftigen. Manchmal denke ich, es wäre besser gewesen, meine Mutter hätte irgendwo ein Büro gemietet und wäre gar nicht zu Hause gewesen. Ich wäre mir in dem großen Haus weniger einsam vorgekommen.

Wenn mein Vater abends heimkam, ging meine Mutter zum Unterrichten, und mein Vater und ich kochten zusammen. Fast immer Reis oder Nudeln mit roter Soße. Mein Vater war kein guter Koch, aber es machte Spaß, mit ihm zu kochen, weil er nicht viel mehr konnte als ich und mich nie belehrte. Auch meine Mutter war keine gute Köchin. Wenn Besuch kam, bestellten meine Eltern immer eine kalte Platte beim Metzger und kauften verschiedenes Brot dazu. Sie fanden beide, dass gute Gespräche wichtiger waren als essen.

Die Gespräche drehten sich bei uns fast nur um Kunst. Mein

Vater war Programmleiter in einem Kunstbuchverlag und erzählte immer, woran er gerade arbeitete und was ihn beschäftigte. Er liebte seine Arbeit. Schon als ich ganz klein war, sah ich mit ihm dicke Bildbände an. Bei seinen Erklärungen hörte ich gar nicht hin; ich dachte mir selber Geschichten zu den Bildern aus. Aber ich mochte es, mit ihm auf unserem Sofa im Wohnzimmer mit einem dieser großen Bücher auf unseren Knien zu sitzen. Ich fühlte mich unter dieser schweren Buchdecke mit meinem Vater sehr verbunden. Wenn ich ihm eine der Geschichten erzählte, die ich mir zu den Bildern ausgedacht hatte, freute er sich. Und oft spann er mit mir gemeinsam den Faden einer Geschichte weiter, die ich begonnen hatte, so wie ich es heute mit den Kindern mache, die zu mir in die Schülerhilfe kommen.

Ihre Krebserkrankung hat meiner Mutter und mir nach den Jahren, in denen wir uns nicht mehr gesehen hatten, die Chance gegeben, noch einmal neu aufeinander zuzugehen. Das klingt vielleicht übertrieben, aber es ist doch irgendwie so. Ich konnte meiner Mutter plötzlich mit all der Fürsorglichkeit begegnen, die ich als Kind an ihr vermisst hatte, und sie konnte mir all die Dankbarkeit zeigen, die sie von mir nie bekommen hatte. Die Dankbarkeit dafür, dass sie all die Jahre mit mir zu Hause geblieben war und ihr Berufsleben rund um meine kindlichen Bedürfnisse herum arrangiert hatte. Und all das hat sehr viel zwischen uns beiden verändert.

    Stundenlang saß ich an ihrem Krankenbett, hielt ihre Hand und unterhielt mich mit ihr. Ich beruhigte sie vor jeder Operation, und während der Zeit der Chemotherapien las ich ihr die *Buddenbrooks* vor, um sie abzulenken von der Übelkeit und all den andern Nebenwirkungen. Sie genoss es, dass ich für sie da war, und ich genoss es, jeden Tag beim Abschied von ihr zu hören, wie dankbar sie sei und was für eine wundervolle Tochter sie habe.

    Auch meinem Vater begegnete ich am Krankenbett meiner

Mutter wieder. Er besuchte sie ganz selbstverständlich, brachte ihr Blumen, sprach mit den Ärzten und dem Pflegepersonal und kümmerte sich um Administratives. Ich stellte fest, dass meine Eltern in den Jahren, in denen wir uns nicht gesehen hatten, in freundschaftlicher Verbindung zueinander standen. Diese ungebrochene Nähe zu erleben, war zuerst schmerzhaft für mich, aber dann war ich irgendwie auch froh darüber. Ich wusste, dass meine Mutter nicht allein blieb, wenn ich nach Berlin zurückfuhr. Mein Vater würde sich um sie kümmern.

Meine Mutter kündigte mir am Telefon ihren Besuch an. Ich erschrak ein wenig und konnte nicht sofort antworten, und meine Mutter sagte schnell, sie komme mit Verena und wohne im Hotel, als ob sie spürte, dass mir ihr Besuch nicht wirklich passte. Ich hatte große Angst um meine kleine Schreiboase, die ich mir hier eingerichtet hatte. Ich wollte um keinen Preis, dass mich etwas ablenkte, dass ich keine Ruhe mehr haben würde. Aber als meine Mutter mir sagte, sie käme erst kurz vor Weihnachten, war ich beruhigt und konnte mich über ihr Kommen auch freuen.

Ich stellte mir vor, dass Leif, Morten, meine Mutter und ich für ein paar Tage wie eine Familie zusammenleben würden. Dass wir gemeinsam auf den Weihnachtsmarkt gingen und Kugeln und Kerzen kauften für mein Fest oder dass wir ein Konzert besuchten, von denen es in der Vorweihnachtszeit ja viele gibt. Oder dass wir hier einfach in der Gegend herumspazierten und in meiner oder in Leifs Wohnung einen Glühwein tranken und von den Weihnachtsplätzchen aßen, die ich bis dahin mit Morten gebacken haben wollte.

Meine Mutter fragte mich nach meiner Schule. Welche Klassen ich neu bekommen hätte und was für ein Niveau und welche nationale Zusammensetzung sie hätten. Diese Dinge interessierten sie immer. Sie war, obwohl sie seit zwei Jahren in Rente war, bis in ihr Innerstes eine Lehrerin geblieben, und ich war mir sicher, sie war die bessere Lehrerin als ich. Sie wollte ihren Schülern unbedingt etwas beibringen. Sie dachte stundenlang über ihre Unterrichtsziele nach und darüber, was sie genau vermitteln wollte und warum. Jede Unterrichtseinheit wurde von ihr minutiös vorbereitet, während ich oft einfach nur zur Schule ging, mit meinen Schülerinnen und Schülern ein bisschen redete und danach wieder heimging. Mir war es nicht wirklich wichtig, ob sie etwas lernten oder nicht. Ich interessierte mich einfach für sie als Menschen und war gerne mit ihnen zusammen.

Ich fragte meine Mutter nach ihrer derzeitigen Lektüre, ihrem Lieblingsgesprächsstoff. Obwohl sie so viele Jahre lang den ganzen Kanon der deutschen Literatur unterrichtet hatte, las sie immer noch fast ausschließlich Klassiker. Adalbert Stifter, Gottfried Keller und Thomas Mann. Manchmal denke ich, die Seele meiner Mutter ist nicht wirklich eingerichtet für das einundzwanzigste Jahrhundert und eigentlich noch nicht einmal für das zwanzigste. Möglicherweise hat das mit dem Krieg zu tun, den sie als Kind erlebt und der sie mit Sicherheit traumatisiert hatte. Sie sehnte sich zurück nach einer Welt, die noch intakt, die nicht vor ihren Augen in Flammen aufgegangen war und sich skurril und unbegreiflich neu formiert hatte.

Meine Mutter erzählte mir begeistert, dass sie gerade die *Wahlverwandtschaften* von Goethe wiederlese, aber beinahe mitten im Satz brach sie das Gespräch ab und sagte, sie müsse jetzt los, sie habe einen Termin beim Friseur, sie rufe mich später am Abend noch einmal an, wenn sie wisse, welchen Zug sie nehme und in welchem Hotel sie und Verena übernachten würden. Das machte sie oft, wenn sie das Gefühl hatte, mir die Zeit zu stehlen oder mich zu langweilen. Sie gab vor, dringend irgendwohin zu müssen oder etwas Wichtiges vorzuhaben.

Verloren stand ich in der Küche, den Hörer noch immer in der Hand. Ich vermisste meine Mutter plötzlich. Ich hätte mich gerne weiter mit ihr unterhalten, die Nähe zu ihr gespürt. Aber es blieb mir nichts anderes übrig, als den Hörer wieder aufzulegen. Ich öffnete den Kühlschrank und suchte nach etwas Essbarem und fand nur ein bisschen Reis und ein Ei. In einer kleinen Pfanne briet ich beides an. Bevor er heiß war, hatte ich schon die Hälfte vom Reis gegessen. Mit dem Rest ging ich zurück in mein Zimmer und setzte mich wieder in meinen Sessel.

15

Ich war sehr stolz auf das Gedicht, das ich nach unserem Besuch in der Diskothek geschrieben hatte. Ich hielt es für gut, darum zeigte ich es Lora. Es war das erste Mal, dass ich ihr etwas von den Sachen zeigte, die ich heimlich geschrieben hatte. Ich tat es nicht, weil ich mir wünschte, dass sie mich lobte, ich tat es, weil ich mir erhoffte, dass sie mir antworten würde und dass daraus eine Art Dialog entstünde. Ein Dialog der Liebe, den wir gemeinsam fortschreiben würden. Ich weiß nicht warum, aber ich hatte immer dieses Bedürfnis, unsere Liebe nieder- und festzuschreiben, so als hätte ich von Anfang an gespürt, dass sie nicht von Dauer sein würde. Manchmal wünschte ich mir sogar, Lora und ich wohnten nicht in derselben Stadt und in derselben Wohnung, damit wir uns gegenseitig hätten Briefe schicken können. Briefe, die ich wieder und wieder hätte lesen können, um mich unserer Liebe zu vergewissern.

Als Lora das Gedicht las, hatte ich das Gefühl, sie freute sich gar nicht richtig darüber, und war enttäuscht. Sie lobte die Sprache und die Bilder, die ich gefunden hatte, und die kunstvolle Art, wie ich die Zeilen gebrochen hatte, aber sie sagte nichts zum Inhalt des Gedichts. Es war, als hätte ich in ihren Augen zwei fremde Personen beschrieben, die in einer Diskothek tanzten, und nicht sie und mich. Sie schien unsere Liebe gar nicht zu bemerken, die ich versucht hatte in Worte zu fassen. Sie forderte mich auf, noch weitere Gedichte zu schreiben, und wies auf all die Texte, die vereinzelt an meinen Zimmerwänden hingen und deren wechselnde Existenz sie längst beobachtet hatte. Das ist doch nur der Anfang!, rief sie. Bald wirst du Gedichte für ein ganzes Buch zusammenhaben! Wir werden eine Lesung organisieren, eine Zimmerlesung!

Lora war ganz begeistert von der Idee, eine Lesung zu veranstalten. Sie meinte, sie würde sich an der Uni sofort umhören, wer auch noch schrieb und seine Sachen gerne vorlesen würde. Von solchen »Berliner Zimmerlesungen« habe sie schon in der Schweiz gehört, und sie finde, dass wir so etwas unbedingt selber auf die Beine stellen sollten. Sie wolle ihr Zimmer, weil es größer war als meines, leerräumen und Matratzen und Kissen auf dem Boden verteilen und vor dem Fenster einen kleinen roten Teppich auslegen, auf dem die Vorlesenden sitzen könnten. Eine Lampe, am Fenster befestigt, würde die Ecke so ausleuchten, dass sie wie eine kleine Bühne erschiene. Ausführlich und sehr detailliert erklärte sie mir, wie man diese Bühne gestalten und ausnutzen könne, damit man die bestmögliche Wirkung erziele.

Als ich Lora sagte, dass ich das Gedicht nur für sie geschrieben habe und nicht für andere, schaute sie mich befremdet an, so als hätte sie mit dieser Möglichkeit überhaupt nicht gerechnet. Dann wandte sie sich ab, und als sie mich wieder ansah, sah ich, dass sie verärgert war. Über ihrer Stirn hatte sich eine steile Falte gebildet. Sie warf mir vor, nur Angst vor Kritik zu haben und mich deshalb nicht aus meinem Schneckenhaus hinauszuwagen. Sie sagte, ich solle endlich an mich selber glauben und aufhören, mein Talent zu verstecken. Ein so schönes Gedicht sei viel zu schade für sie alleine. Es sollten sich doch noch andere Menschen darüber freuen können. Wir hätten doch beschlossen, Künstlerinnen zu werden. Ob der Entschluss für mich keine Bedeutung mehr habe? Alles nur leere Worte, Mara?

Ich hatte das Gefühl, Lora sah in mir in diesem Moment einzig ihre Mitstreiterin, mit der zusammen sie ihre Laufbahn planen wollte, nicht mehr ihre Freundin und Geliebte. Sie wollte nur, dass ich schrieb, um mich vor irgendwelchen Leuten zu produzieren und um Erfolg zu haben. Was ich schrieb und warum, war ihr gleichgültig. Ich hätte genauso gut über ein Fußballspiel schreiben können oder über die Erhöhung der Mieten. Verärgert zerknüllte ich das Gedicht und warf es in den Papierkorb, und dann kickte ich mit dem Fuß gegen ihn, sodass er umkippte und der Papierball auf den Fußboden rollte. Lora griff nach ihm, aber ich entwand ihn ihr, und wir stritten miteinander und taten uns gegenseitig weh, und zum Schluss saßen wir beide auf dem Boden und weinten.

Später versöhnten wir uns wieder. Wir stellten die Missverständnisse klar und entschuldigten uns gegenseitig. Ich glaubte, Lora zu verstehen, die sagte, sie sei extra nicht auf den Inhalt des Gedichts eingegangen, weil sie mir zeigen wollte, dass sie dieses Gedicht als mehr betrachtete als einen privaten Ausdruck unserer Beziehung. Sie habe mich nur in meinem Schreiben bestärken und ermutigen wollen. Und Lora schien zu verstehen, dass das Gedicht für mich einen so hohen Wert hatte, dass ich es mit niemand anderem als mit ihr teilen wollte.

Aber ich behielt das Gedicht trotzdem für mich, und später war es auch nicht unter den Gedichten, die ich Lora zum Geburtstag schenkte. Diese kleine Sammlung von Texten, die ich in ein bunt eingebundenes Heft geschrieben hatte, über das ich in einer schnörkligen Kinderschrift »Für Lora« geschrieben und darunter ein rotes Herz geklebt hatte. Dieses Gedicht blieb in meiner Schreibtischschublade unter Rechnungen und Ausweisen und allem möglichen Papierkram versteckt, bis zu dem Tag, als Lora mich verließ.

16

Im nächsten Semester schrieb sich Lora tatsächlich für einen Regiekurs an der Uni ein. In dem Kurs wurden kurze Stücke unter Anleitung eines Regisseurs inszeniert. Loras Gruppe wählte einen Einakter von Brecht: *Er treibt einen Teufel aus*. Ich erinnere mich, dass es ein sehr kurzes, leider etwas moraltriefendes Stück war. Die Dialoge aber waren alle sehr schön. Es ging um einen Jungen und ein Mädchen, die ihre ersten Küsse austauschen und dabei vom strengen Vater des Mädchens überrascht werden. In ihrer Angst fliehen sie auf das Dach des Hauses, in dem das Mädchen wohnt, und bald werden sie vom ganzen Dorf gesehen und verspottet.

Die Inszenierung dieses Stücks war Loras erste Regiearbeit, und sie hatte am Anfang große Angst, mit den Schauspielern nicht richtig umgehen zu können. Es waren alles Laien, Studienkollegen von ihr. Aber Thomas, der Kursleiter, half ihr, und bald fasste sie Vertrauen in ihre Fähigkeiten. Sie bereitete das Stück sorgfältig vor, strich sich die sogenannten Wendepunkte im Text an, so wie sie es gelernt hatte, und leitete die Schauspieler mit Improvisationen an, ihre Figur näher kennenzulernen.

Wann immer ich Zeit hatte, begleitete ich Lora zu den Proben. Ich saß ganz hinten im Saal und beobachtete, was auf der Bühne passierte. Wie Lora Anweisungen gab und die Schauspieler verschiedene Möglichkeiten ausprobierten. Dieser Vorgang faszinierte mich. Ich konnte stundenlang einfach nur dasitzen und zuschauen. Aus der eigentlichen Probenarbeit hielt ich mich raus. Nur wenn ich gefragt wurde, gab ich einen vorsichtigen Kommentar ab.

Mir fiel auf, wie viel Lora in der kurzen Zeit lernte und es jedes Mal schneller schaffte, eine konzentrierte Atmosphäre auf der Bühne herzustellen. Mit vier, fünf Sätzen skizzierte sie den Schauplatz, gab die Temperatur an, die Gerüche, die Geräusche, die Lichtverhältnisse, die in der Szene herrschten, und machte den beiden Hauptdarstellern, Frank und Christine, noch einmal klar, dass sie vom Vater oder von der Mutter jederzeit überrascht werden konnten. Für die beiden war es leicht, in die Szene einzusteigen und die Umgebung, in der sie sich befanden, Teil ihres Spiels werden zu lassen. Lora, die selber inmitten von Kühen und von Wiesen, die vom Frühling bis im Sommer nach Heu dufteten, und inmitten von Menschen, die einander von klein auf kannten, aufgewachsen war, konnte ihre eigenen Erfahrungen einbringen. Dass sie eine ähnliche Liebe erlebt hatte, kam mir damals nicht in den Sinn. Von Corsin erfuhr ich erst, als Lora schon weg war.

Aber von Anfang an hatte ich das Gefühl, dass sie etwas ganz Bestimmtes verfolgte, das aus dem Text heraus nicht ersichtlich war, aber das sie unbedingt auf der Bühne sehen wollte. Immer wieder forderte sie Frank und Christine auf, eine alte kindliche Vertrautheit und zugleich eine pubertierende Neugierde zu spielen, die sich nur auf das andere Geschlecht konzentrierte. Man sollte immer spüren, dass in ihrer Annäherung etwas Neues, aber zugleich etwas sehr Vertrautes lag, das schnell auch zu eng wurde. Das zu spielen, war schwierig für Christine und Frank, und Lora war nie zufrieden mit den beiden. Immer und immer wieder wollte sie dieselben Szenen proben. Und erst als Thomas sich bei einem seiner Probenbesuche sehr erfreut zeigte über das Ergebnis, gab sie nach und fing endlich an, auch die letzten Szenen, in denen der Vater und der Pfarrer und die anderen Dorfbewohner auftreten, anzugehen.

Alle Inszenierungen wurden am Ende des Semesters vor den anderen Kursteilnehmern, vor Interessierten und vor Freunden gezeigt. Dass Loras die beste war, hat jeder gesehen, der an jenem Nachmittag im Bühnensaal an der Schaperstraße saß. Sie war von Anfang bis Schluss durchdacht, und das Spiel der Schauspieler war voller Überraschungen und von einer hohen Konzentriertheit. Lora nahm auch den Rhythmus der Sprache auf, etwas, das in den anderen Inszenierungen gar nicht beachtet wurde. Und sie arbeitete viel mit Bildern. Ihre Inszenierung war im Grunde genommen eine einzige Abfolge von großartigen Bildern. Die Position der Schauspieler, die Farben ihrer Kleider, die Lichtstimmungen, nichts war zufällig. Alles gehörte zu einem großen, sich stetig verändernden, durchkomponierten Bild.

Thomas lobte Lora sehr und riet ihr, weiterzumachen. Er meinte, er würde sie und die ganze Gruppe sehr gerne weiterbegleiten. Lora war richtig aufgekratzt nach der Aufführung, und am Abend lud sie die ganze Truppe in unsere Wohnung zu einem Umtrunk ein. Sie machte Bruschette, und während die Brote im Backofen waren, öffnete sie zwei Flaschen Sekt und ließ die Korken gegen die Decke ihres Zimmers knallen. Sie wollte unbedingt, dass die ganze Gruppe beisammenblieb und bei ihrer nächsten Inszenierung wieder mitmachte. Sie küsste und umarmte alle und bedankte sich bei jedem Einzelnen für seinen Einsatz. Frank und Christine und auch Leonie, die die Mutter gespielt hatte, wollten auf jeden Fall weitermachen. Die anderen waren noch unentschieden.

Spät in der Nacht, als alle gegangen waren, überreichte ich Lora einen großen Strauß roter Rosen, den ich im Schrank meines Zimmers versteckt gehalten hatte. Auf eine Karte, die zwischen die Rosen gesteckt war, hatte ich geschrieben, dass ich sehr stolz auf sie sei und mir ein Beispiel an ihr nehmen wolle.

Lora lachte und umarmte mich, als sie die Karte gelesen hatte. Ohne dich hätte ich all das niemals geschafft, sagte sie und zerzauste mein Haar und küsste mich innig. Ohne dich, Mara, hätte ich es nicht einmal gewagt, mich für den Kurs anzumelden. Du verdienst einen Orden. Einen richtigen Lora-Verdienst-

Orden. Und mit der Hand fuhr sie unter mein T-Shirt und zeichnete mit ihren Fingern zärtlich einen Stern auf meine Brust.

Im nächsten Semester begann Lora mit einem neuen Projekt. Sie hatte lange nach einem geeigneten Stück gesucht und entschied sich dann für *Fräulein Julie* von Strindberg. Sie inszenierte es wieder unter Anleitung von Thomas. Diesmal übernahmen aber Frank und Leonie die Hauptrollen.

Lora verwendete noch mehr Zeit für die Vorbereitungen. Sie dachte sehr viel über die einzelnen Figuren nach. Ließ sie Briefe schreiben an entfernte Verwandte und Freunde, die in dem Stück gar nicht vorkamen, schrieb kleine, zusätzliche Szenen, in denen sie sich in anderen Zusammenhängen zeigten. Sie wollte sie, so gut es nur möglich war, kennenlernen, um sie den Schauspielern näherbringen zu können. Sie diskutierte viel mit Frank und Leonie und leitete sie zu ersten Improvisationen an, auf einer kleinen Bühne in Kreuzberg, die der Gruppe auf Vermittlung von Thomas zur Verfügung stand.

Dieses Stück spielte in einer ganz anderen Welt als das erste. Es spielte in einem Herrschaftshaus und widerspiegelte Herrschaftsverhältnisse. Auf den ersten Blick gab es ein klares Oben und ein klares Unten, und man konnte Jean, den Diener von Fräulein Julie, zu Beginn des Stücks als Opfer und zum Schluss als Täter sehen, der sich an seiner Herrin schamlos für die niedrige gesellschaftliche Stellung rächt, in die er hineingeboren wurde. Aber Lora interessierte sich nicht für diese Gegensätze und für den dramaturgischen Höhepunkt, der im Stück die Wende einleitet. Sie interessierte sich vor allem für die innere Verwandtschaft der beiden Figuren, für ihre Abgründigkeit, die Bosheit und gleichzeitige Liebessehnsucht, die in ihnen steckte. Über diese Dinge konnte sie stundenlang reden, mit mir, mit Frank, Leonie, Christine und Thomas. Und sie konnte dabei einen Eifer entwickeln, der weit über das Engagement hinausging, das sie zuvor in dem Seminar an der Uni gezeigt hatte. Oft wurde Lora richtig laut und bestimmend und ließ keine andere Meinung mehr gelten.

Zu Beginn der Proben nahm ich wieder ganz selbstverständlich meinen Beobachterposten ein, obwohl mich Lora gefragt hatte, ob ich bei dieser Inszenierung nicht auch mitmachen wolle. Sie hatte mir sogar die Rolle der Kristin angeboten, als Christine kurz vor Probenbeginn aussteigen wollte, weil sie plötzlich unbedingt die Hauptrolle spielen wollte. Aber ich konnte mir nicht vorstellen, mich so vor anderen Menschen zu zeigen. Ich war viel zu gehemmt. Ich war froh, als Christine bald einlenkte und sich mit ihrer Rolle zufriedengab und das ganze Projekt endlich starten konnte.

Aber mit jeder Probe spürte ich mehr, wie die Vertrautheit zwischen Leonie, Frank, Christine und Lora wuchs, und ich wollte plötzlich doch ein fester Bestandteil der Truppe werden und richtig dazugehören. Und als Lora eine Souffleuse suchte und jemanden, der sich um die Requisiten kümmerte, sagte ich sofort, dass ich diese Aufgaben übernehmen wolle.

Ich musste nun vor jeder Probe das Messer bereitlegen, die Weingläser auf den Tisch stellen und den kleinen Bauer mit dem Vogel. Ich saß vorne, vor der Bühne, mit dem Text auf meinen Knien, dem Geschehen ganz nahe. Das gefiel mir. Ich musste meist einige Passagen kurz vor Probenbeginn noch einmal mit den Schauspielern durchgehen und dann Leonie und Frank ihre Sätze zuspielen, wenn sie nicht mehr weiterwussten. Bald konnte ich den ganzen Text auswendig. Ich verfügte über ihn, als hätte ich ihn selber geschrieben. Ich flüsterte ihn, warf ihn auf die Bühne, und Leonie und Frank fingen ihn geschickt auf wie einen Ball, verwandelten ihn, machten ihn lebendig, ließen ihn laut oder leise werden, zerdehnten ihn oder zogen ihn zu einem harten Wurfgeschoss zusammen, das sie in den Zuschauerraum zurückschleuderten, zu Lora und mir.

Ich hatte sogar zeitweilig den Plan, mir an einem Theater eine Stelle zu suchen und mit dem Soufflieren Geld zu verdienen. Aber je länger ich diese Arbeit machte, desto starrer und lebloser erschienen mir meine eigenen Texte. Ich hatte plötzlich das Gefühl, sie bestünden nur aus toten Buchstaben, die mich unbeweglich von meinen Zimmerwänden herunter anstarrten. Und nach einer der Proben riss ich alle meine Texte von den Wänden herunter und trampelte wild auf ihnen herum. Ich riss die Schublade auf, in der mein Schreibheft lag, und warf es in den Papierkorb. Lora, die mich durch die Tür beobachtet hatte, schrie entsetzt: Halt. Lass das. Die sind doch gut. Hör auf. Hör endlich auf damit. Sie stürzte in mein Zimmer und sammelte alle die losen Blätter vom Boden auf und nahm das Schreibheft aus dem Papierkorb und legte es sehr bestimmt auf meinen Tisch zurück. Sie sagte: Deine Texte sind gut. Hörst du? Sie sind richtig gut, und wir werden endlich die Zimmerlesung machen. Ich werde Leonie und Christine fragen. Sie werden deine Gedichte vorlesen, und du wirst endlich merken, wie gut sie funktionieren. Glaub endlich an das, was du schreibst.

Das sagst du doch nur, rief ich aufgebracht. Das sagst du doch nur, um mir einen Gefallen zu tun. Du bekommst doch viel bessere Texte. Du bekommst doch alles, was du willst. Was ich produziere, ist doch nichts wert. Nur Dekoration. Lächerliche Faschingsdekoration.

Und dann schmiss ich die Blätter und das Schreibheft wieder vom Tisch, hockte mich neben dem Schreibtisch auf den Boden und vergrub meinen Kopf in meine Arme, damit Lora meine Tränen nicht sah.

Lora setzte sich neben mich und streichelte über meine

Arme und über meinen Kopf, bis ich endlich aufhörte zu weinen. Ich schämte mich dafür, dass ich so eifersüchtig reagiert hatte und ihr nicht gönnte, dass sie im Gegensatz zu mir den Anfang geschafft hatte. Und ich schämte mich dafür, dass ich Lora angeschrien hatte und mich trotzig und kindisch verhielt. Und am meisten schämte ich mich dafür, dass Lora mich verstand und mich tröstete.

Ich nahm mir vor, dass das nie wieder passieren sollte, aber im Grunde genommen spürte ich schon damals, dass das nur der Anfang war von viel größeren Auseinandersetzungen zwischen uns. Unsere Beziehung war ins Ungleichgewicht geraten. Während Lora mit jedem Tag glücklicher schien, weil ihre Inszenierung immer mehr zu dem wurde, was sie sich vorgestellt hatte, begann ich mehr und mehr an dem zu zweifeln, was ich schrieb. Ich wurde von einer lähmenden Unsicherheit befallen, die mit jedem Tag anwuchs.

Ich setzte mich noch immer jeden Morgen in die Küche an meinen Platz und schrieb, aber meist klagte ich beim Schreiben nur noch über das Schreiben, statt dass ich wirklich schrieb. Die Quelle, die sich in meinem Innern seit Lora da war so unerwartet geöffnet hatte, schien wieder zu versiegen. Und das Heft, das ich mir angeschafft hatte, um darin die endgültigen Fassungen meiner Gedichte zu sammeln, füllte sich nicht. Es lag unbenutzt auf meinem Schreibtisch, beschwert von ein paar vertrockneten Gouache-Tubenfarben, die ich einmal gekauft hatte, um ein Bild zu malen. Mein Schreiben stagnierte. Es entstand nichts Neues. Es blieb bei den wenigen Texten, an denen ich immer und immer wieder herumfeilte und die ich bis zur Bedeutungslosigkeit umschrieb.

Für Lora war das alles nur vorübergehend, so etwas wie die Krise vor dem Neuanfang. Bald würde ich richtig arbeiten können, und alles würde sich entwickeln, sagte sie. Ich weiß nicht, woher sie diese Zuversicht nahm. Wie sie es schaffte, mich immer wieder zu ermuntern und mir jeden Tag neu mein Ziel vor Augen zu führen. Und mit der Zeit konnte ich gar nicht mehr sein ohne dieses Angetriebenwerden, Loras Lob und Loras Unterstützung, die ich abzulehnen vorgab. Wären sie ausgeblieben, hätte ich überhaupt nichts mehr zustande gebracht.

Aber glücklich beim Schreiben war ich nur noch, wenn ich mitten in der Nacht aufwachte und Lora neben mir lag und ich ihren schlafenden Körper beobachtete und mir plötzlich Sätze durch den Kopf gingen wie: Auf deinem Gesicht sehe ich die Sterne und den Mond und den ganzen Nachthimmel. Meine Gedanken wandern zu einem deiner Ohren rein und zum andern wieder raus, aber was sie gehört haben, erzählen sie mir nicht. Oder: Wenn ich deine Augen nicht sehe, weiß ich nicht mehr, wohin ich gehöre.

In einem tranceartigen Zustand schrieb ich die Sätze auf und legte mich wieder neben Lora.

17

Erschrocken fuhr ich zusammen, als ich das Telefon in der Küche hörte. Schnell stand ich auf und legte mein Notizbuch weg. Ich war überzeugt, es wäre Leif. Morten hatte ihm sicherlich erzählt, dass ich heute wieder nicht in der Schülerhilfe war.

Ich sagte: Hallo, hallo, hier ist Mara. Aber niemand antwortete. Keine Stimme. Kein Ton. Nur ein kaum vernehmbares Atmen am anderen Ende der Leitung. Hallo, sagte ich nochmals. Hallo, wer ist da? Dann knackte es in der Leitung und der Piepton hob an. Einen Moment lang war ich ratlos, legte den Hörer auf, füllte mechanisch den Wasserkessel und machte den Herd an. Wer war das? Wer rief mich an und meldete sich dann nicht? Aber mit einem Mal war mir klar, wer es war: Morten. Er hatte meine Stimme hören wollen. Er hatte wissen wollen, warum ich heute wieder nicht gekommen war. Was mit mir los war.

Hastig wählte ich Leifs Nummer, und als er abnahm und ganz selbstverständlich »Hallo« sagte, schrie ich förmlich ins Telefon, dass es mir leidtue, dass ich das nicht gewollt habe, dass ich mich längst habe melden wollen, aber einfach nicht dazu gekommen sei, dass ich... Schon gut, unterbrach mich Leif ruhig. Wir wollten nur hören, wie es dir geht. Und als ich nicht sofort etwas sagte, fuhr er fort: Morten wollte dich fragen, ob du dir nicht das Raumschiff ansehen willst, das er gestern in der Schule gebastelt hat und das er dir heute zeigen wollte. Die Landebrücke besteht aus einer Tesafilmdose und zwei Gabeln. Und es ist richtig schön bunt angemalt. Nicht bunt, hörte ich Mortens Stimme in diesem Moment. Das sind Tarnfarben, damit man es im Weltall nicht sieht, Papa.

Beinahe hätte ich geweint, als ich Mortens aufgebrachte Stimme hörte. Seine leise, leicht heisere Stimme. Ich sah ihn vor mir, wie er am Ärmel seines Vaters zupfte und mit den Füßen auf und nieder wippte. Und ich wusste, dass er das Raumschiff in der Schule eigentlich für mich gebastelt hatte und dass er es mir zeigen wollte, um mich zurückzuholen, weil er mich vermisste und weil er Angst hatte, dass ich wie seine Mutter eines Tages einfach wegbleiben würde. Am liebsten wäre ich in diesem Moment gleich losgerannt und hätte alles einfach liegen lassen, mein Notizheft und mein ganzes Vorhaben. Ich wollte sogar mein Fahrrad aus dem Keller holen, damit ich schneller bei Leif wäre, egal wie kalt es draußen war. Ich sah das Raumschiff vor mir, das auf mich wartete und das wir zu dritt bestiegen und gemeinsam darin spielten, bis es Zeit für Morten war, ins Bett zu gehen. Mondlandung oder das Betreten des Syrus, das sehr gefährlich war, weil es dort ein Glibbervolk gab, mit dessen Überfall man jederzeit rechnen musste, wie mir Morten einmal erklärt hatte. Aber dann fiel mein Blick durch die Küchentür zurück zu meinem Sessel und auf mein Notizbuch, das ich achtlos auf den Boden geworfen hatte, und plötzlich sagte ich: Nein, das geht leider nicht. Ich kann nicht. Ich kann nicht kommen. Ich muss arbeiten. Weißt du, der Auftrag vom Lehrmittelverlag. Ich muss alles schon bis Montag fertig haben. Viel schneller, als sie mir sagten. Und dann noch die Prüfungen und Einstufungstests für die neuen Gruppen. Alles gleichzeitig. Deshalb hab ich mich heute früh nochmals krankschreiben lassen. Ich kann erst am Dienstag wieder. Ganz sicher. Nach der Schülerhilfe bringe ich Morten nach Hause und bleibe bei euch.

Ich wusste in diesem Moment nicht, warum ich Leif anlog und ihm nicht erzählte, was ich wirklich tat, dass ich mich bei allen Schulen abgemeldet hatte und seit sechs Tagen nur zu Hause saß und schrieb und überhaupt keine Hefte korrigierte und keine Prüfungen anstanden und der Abgabetermin vom Lehrmittelverlag noch immer derselbe war. Vielleicht, weil ich keine Fragen beantworten wollte. Selbst Leif nicht. Ich wollte mich nicht für etwas erklären müssen, das ich selber noch nicht richtig begriff, das mich einfach überkommen hatte, wie andere Menschen das seltsame Bedürfnis, nackt in einem See zu baden oder Florentiner zu backen oder sich die Haare zu färben. Wenn ich verstanden hatte, warum ich das alles tat, konnte ich es Leif vielleicht erklären und es notfalls auch verteidigen. Aber im Moment ging das noch nicht.

Leif sagte nichts. Ich hörte nur sein Atmen durch den Hörer. Und dann vernahm ich Morten, der »Blöde Kuh« sagte, und erschrak. Ich spürte in diesen Worten seine ganze Enttäuschung und Angst. Blöde Kuh, sagte er nochmals lauter, damit ich es sicher hören konnte. Und dann vernahm ich die Stimme von Leif, die ihn zurechtwies, und danach war es wieder still am anderen Ende der Leitung. Und ich vermutete, dass Leif Morten jetzt mit einem bösen Blick bannte und Morten sich auf das orangefarbene Sofa in ihrer Küche warf und demonstrativ an seinen Nägeln kaute.

Er ist einfach nur enttäuscht, sagte Leif. Er hat sich so gefreut, dass du kommst und dir das Raumschiff ansiehst. Wir haben sogar einen Kuchen gekauft. Wir dachten, du kommst heute ganz sicher.

Es tut mir leid, sagte ich leise. Aber ich kann nicht. Ich komme am Dienstag wieder. Wie immer. Ganz sicher. Und dann bringe ich einen neuen Kuchen mit. Einen Igelkuchen. Ich kaufe ihn mit Morten auf dem Heimweg von der Schülerhilfe.

Gehts dir gut?, fragte Leif, und ich schämte mich so in diesem Moment und hätte ihm beinahe alles gesagt. Aber dann antwortete ich ganz schnell, ja, ja, es geht mir gut. Nur etwas viel los. Ich freu mich auf Dienstag. Und ich freu mich, wenn ich diesen Auftrag endlich fertig habe. Und die Prüfungen. Fünfzig Prüfungen. Und all die Kommentare zu den Lehrbuchtexten, die ich auch noch korrigieren muss.

Leif schwieg und dann sagte er: Vergiss nicht, ab und zu eine Pause einzulegen. Es ist jetzt so schön draußen bei der Kälte. Kauf für mich Baklava bei dem Türken am Zionskirchplatz.

Ja, sagte ich leise. Das mach ich. Und dann verabschiedeten wir uns, und ich setzte mich in der Küche auf meinen hellblauen, alten, wackligen Stuhl und weinte. Ich hatte Leif und Morten angelogen und ich kam mir so jämmerlich vor wie nie zuvor in meinem Leben. Ich wusste überhaupt nicht, warum ich das getan hatte. Aber mich noch einmal zu melden und alles zu widerrufen, kam mir noch jämmerlicher vor. Und mir blieb nur, zurück in mein Zimmer zu gehen und weiterzuschreiben, um dem, was ich getan hatte, vielleicht noch einen Sinn zu geben.

18

Einen Monat vor der Premiere von *Fräulein Julie* feierte Loras Großmutter ihren achtzigsten Geburtstag, und Lora und ich fuhren für ein paar Tage in die Schweiz. Zuerst beklagte Lora sich und wollte nicht hinfahren so kurz vor der Premiere, aber dann ging sie doch zum Bahnhof Zoo, kaufte Tickets und reservierte für uns Plätze im Liegewagen. Für Lora war es selbstverständlich, dass ich mitkam. Ich glaube, sie fragte ihre Mutter nicht einmal. Sie wollte unbedingt, dass ich sie begleite, und ich freute mich sehr auf diese Reise und noch mehr darüber, dass Lora mich so selbstverständlich mitnahm. Ich war neugierig, das kleine Dorf, in dem sie aufgewachsen war, und ihre Familie kennenzulernen.

Am Freitagabend fuhren wir los. Nachdem wir unser Gepäck im Abteil verstaut hatten, stellten wir uns draußen auf den Flur und rauchten am geöffneten Fenster. Lora streckte ihren Kopf der untergehenden Sonne entgegen und schloss ihre Augen. Der Rauch wehte mir ins Gesicht, aber sie bemerkte es nicht. Ich umarmte Lora und drückte mich an sie. Ich spürte ihren warmen Körper und ihre zarte Haut an ihrem Nacken, an den ich mein Gesicht schmiegte. Die Landschaft glitt undeutlich an uns vorüber. Farbflecken und verschwommene Formen, Häuser und Bäume. Wir blieben eine halbe Ewigkeit so stehen, ich eng an Loras Rücken gepresst und Lora, die ihren Kopf in den Wind hielt. Wir waren uns so nahe, aber ich spürte, dass Lora in Gedanken irgendwo anders war.

Die anderen Mitreisenden schliefen schon, als wir in unser Abteil zurückkehrten. Im Dunkeln krochen wir unter unsere Decken. Ich spürte Loras Hand, die sich mir vom Bett gegenüber entgegenstreckte. Schlaf gut, flüsterte sie. Ich hielt ihre Hand fest, streichelte sie und nahm mir vor, sie die ganze Nacht über nicht loszulassen. Ich suchte nach Loras Augen in der Dunkelheit, aber ich fand sie nicht. Vielleicht lag Lora auf dem Rücken und sah nach oben zur Deck, von mir abgewandt. Das gleichmäßige Rattern der Räder unter mir beruhigte mich und wiegte mich in den Schlaf.

Als das Rattern ausblieb, wachte ich auf. Durch einen Spalt im Vorhang spähte ich nach draußen. Der Zug musste irgendwo im Osten stehen geblieben sein. Grelle Scheinwerfer erleuchteten ein einsames Gelände. Eine lange Bretterwand. Ein Schuppen. Dazwischen kurzes, gelbes, stoppliges Gras. Ein Grenzer, der mit einem Schäferhund an der Leine auf dem gegenüberliegenden Schienenstrang ging. Er suchte etwas, bückte sich, kehrte um. Ich legte mich wieder hin, hörte dem leisen Schnarchen eines der Männer über mir zu. Und wieder Stille. Die Dunkelheit lag wie ein großes Tuch zwischen unseren Betten. Ich wünschte mir, ich könnte es zerreißen. Dann Schritte. Laute Stimmen. Die Tür, die aufging. Ein Schaffner machte Licht in unserem Abteil und ein Grenzer trat ein. Ich schloss die Augen, schirmte sie mit meinem Arm ab, öffnete sie vorsichtig wieder. Mit schnellen Blicken überprüfte der Grenzbeamte unsere Gesichter. In der Hand einen Stapel Pässe. Es ging alles sehr rasch. Im Abteil waren nur Westdeutsche und Ausländer. Dann löschte der Schaffner das Licht wieder und schloss die Tür unseres Abteils.

Ich war aufgewachsen ohne ein Bewusstsein für die Teilung Deutschlands. Meine Eltern hatten den Krieg als Kinder erlebt, aber was sie erlebt hatten, erzählten sie mir nicht. Als ich in der Schule mit unserer Vergangenheit konfrontiert wurde und Fragen an meine Eltern stellte, antworteten sie mir nur ausweichend. Sie lasen beide jeden Tag die Zeitung, aber eigentlich interessierten sie sich nicht für Politik. Die Zeitung war für sie nur eine Art Pflichtlektüre für gebildete Menschen, die sie kurz überflogen. Nur das Feuilleton lasen sie wirklich.

Zu meinem zwanzigsten Geburtstag besuchten sie mich zum ersten und letzten Mal in Berlin. Sie flogen mit dem Flugzeug, und vom Flughafen ließen sie sich mit dem Taxi ins Zentrum chauffieren und wollten nicht, dass ich sie abholte. Beide stiegen im selben Hotel in der Nähe des Kurfürstendamms ab. Die Zimmer hatte mein Vater schon lange im Voraus gebucht. Sie sagten mir, von Berlin wollten sie sich nur die Kunstmuseen ansehen, deshalb verabredeten wir uns vor dem Martin-Gropius-Bau. Sie hatten gelesen, dass dort eine Hopper-Ausstellung zu sehen sei.

Als sie gut gelaunt auf mich zukamen, mich umarmten und mir alles Gute zum Geburtstag wünschten, sahen sie aus wie ein altvertrautes Ehepaar und nicht wie meine geschiedenen Eltern, die schon seit acht Jahren nicht mehr zusammenwohnten. Und später im Restaurant, in das wir nach der Ausstellung essen gingen, bestellten sie das gleiche Menü und entschieden sich ohne die kleinste Diskussion für denselben Wein. Beim Essen fragten sie mich, was ich an dieser Stadt finden würde, die doch noch immer aussah wie nach dem Krieg. Und erst da verstand ich, warum sie Berlin so überhaupt nicht mochten und immer versucht hatten, mich zu überreden, in einer anderen Stadt zu studieren.

Meine Eltern liebten beide das Schöne und das Gute, wie sie selber oft sagten. Beide hatten ein großes Harmoniebedürfnis. Ich habe nie erlebt, dass bei uns gestritten wurde. Bei einer Meinungsverschiedenheit wurde höchstens geschwiegen. Als meine Eltern sich nach fünfzehn Jahren Ehe trennten, konnte ich überhaupt nicht begreifen, warum. In meinen Augen hatten sie gar keinen Grund, sich scheiden zu lassen. Als sie mir erklärten, dass sie sich auseinandergelebt hätten und dass es besser wäre, sich im Frieden zu trennen, drehte ich fast durch. Ich weinte tagelang, und es wurden mir von unserer Hausärztin Tabletten verschrieben, die mich in eine Art Dämmerzustand versetzten.

Meine Mutter zog aus, und ein Jahr lang wohnte ich allein mit meinem Vater in dem großen Haus. Als es verkauft wurde, zog ich zu meiner Mutter in die Nachbarstadt. Die letzten Jahre vor meinem Abitur schickten sie mich auf ein Internat in der Nähe des Bodensees, weil sie beide wieder geheiratet hatten, jeder einen Partner, der auch schon Kinder hatte. Die Zumutung, meine Eltern plötzlich mit andern Kindern teilen zu müssen, wollten sie mir ersparen. Aber ich glaube, der wahre Grund war, dass sie Angst vor Streitereien hatten. Sie fürchteten sich vor Anschuldigungen, vor der großen Explosion, die ihr neues Leben wieder zerstört hätte. Sie legten mir nahe, nur dann zu Besuch zu kommen, wenn die Kinder ihrer Partner nicht da waren, und meinten, so gäbe es weniger Probleme.

Als ich ins Internat kam, begann ich offen gegen meine Eltern zu rebellieren. Ich wurde schwierig, und für meine Eltern wurde erst recht deutlich, dass sie mich nicht mehr bei sich haben konnten. Ich sah sie nur noch alle paar Wochen, genau geregelt nach einem Plan mit Besuchszeiten. Zusätzlich zu Weihnachten und an meinem oder ihrem Geburtstag. Und mit jedem Besuch wurden sie mir fremder, auch wenn sie sich sehr um mich bemühten, wenn ich bei ihnen war. Sie gingen mit mir ins Kino, schenkten mir Bücher, frühstückten mit mir allein in sehr schönen Cafés. Aber der Graben ließ sich nicht mehr überbrücken, und irgendwann weigerte ich mich, mit ihnen die ausgehandelten zwei Wochen Ferien pro Jahr zu verbringen, egal, wie teuer die Reisen waren, die sie gebucht hatten.

Im Internat, in dem ich jetzt auch alle Wochenenden und Ferien verbrachte, verliebte ich mich in ein Mädchen. Sie war ein Jahr jünger als ich, und sie fiel mir wegen ihrer langen blonden Haare auf, die ihr ein engelhaftes Aussehen verliehen. An einem unserer Schulfeste spielte sie Harfe, und von da an ging sie mir nicht mehr aus dem Kopf. Ich war ganz verrückt nach diesem Mädchen, und irgendwie schaffte ich es sogar, mich mit ihr anzufreunden. Wir aßen zusammen in der Mensa und besuchten uns gegenseitig in unseren Zimmern. Wenn ich mit ihr zusammen war, pochte mein Herz vor Aufregung, und es störte mich nicht, dass man mit ihr im Grunde genommen nur über das Harfenspiel sprechen konnte, das sie mit großem Ehrgeiz betrieb. Stundenlang hörte ich ihr zu, lobte sie oder gab ihr Ratschläge, wenn in meinen Ohren etwas noch verbesserungswürdig erschien. Als ich ihr eines Tages in einem der kleinen Übungszimmer im Dachgeschoss meine Liebe gestand, wies sie mich entsetzt zurück. Sie fand die Liebe zwischen zwei Mädchen ekelhaft, und von da an sprach sie nicht mehr mit mir.

Kurze Zeit später verliebte ich mich in Radka, eine Diplomatentochter, deren Eltern im Ausland lebten und sie nach Deutschland geschickt hatten, damit sie das deutsche Abitur machen konnte. Radka sprach fünf Sprachen und hatte mit sechzehn schon die halbe Welt gesehen. Ihre unkonventionellen Ansichten faszinierten mich. Beinahe jeden Tag stritt sie sich mit einem unserer Lehrer, deren Meinung sie infrage stellte. Einmal verließ sie sogar türeschlagend unser Geografiezimmer, weil sie die Handelsströme eines südamerikanischen Lands völlig falsch dargestellt fand. Die Klasse war genauso verblüfft wie unser Geografielehrer, der später den Rektor einschaltete. Als Radka eine Verwarnung erhielt, tröstete ich sie. Mit Radka erlebte ich meine erste große Liebe, die mich in einen rauschhaften Zustand versetzte. Wir trafen uns heimlich auf dem Schulgelände oder im nahe gelegenen Wald. Leider wurden wir jäh getrennt: Radkas Eltern holten ihre Tochter eines Tages einfach ab, und ich erfuhr nie, ob ich oder Radkas disziplinarische Probleme der Grund dafür waren.

Ein Jahr später verliebte ich mich in einen Jungen. Er war der Anführer einer Gruppe, die im Internat viel zu sagen hatte, und war um vieles älter als die meisten. Seine Bestimmtheit und seine Reife erinnerten mich an Radka. Er wusste über alles Bescheid. Auch über Drogen. Als er mich endlich wahrnahm und mich nach einem Schulfest hinter der Sporthalle küsste, war ich überglücklich. Eine Zeit lang gehörte ich dann zu seiner Gruppe und musste in der Mensa mit meinem Tablett nicht mehr anstehen, und meine Aufgabe, frühmorgens den Tisch zu decken, wurde von jemand anderem übernommen. Ich genoss plötzlich sehr viel Ansehen. Aber als wir an einem Wochenende einmal allein im Internat zurückblieben, schloss er mich in sein Zimmer ein, stellte sich vor mich hin, öffnete seine Hose und zwang mich, sein erigiertes Glied in den Mund zu nehmen. Danach schlug er mir ins Gesicht und nannte mich eine Sau.

Statt ihn bei der Schulleitung anzuzeigen, ging ich ihm von da an aus dem Weg, und plötzlich wurde ich von allen gemieden. Das letzte Jahr im Internat war für mich die Hölle. In dieser Zeit begann ich viel zu lesen. Ich schottete mich in meiner eigenen Welt vollkommen ab. Und irgendwann begann ich Gedichte zu schreiben. Sie retteten mich. Nur wenn ich schrieb, war ich von diesem Selbstekel befreit, der mich seither quälte. Nach dem Abitur zog ich sofort nach Berlin. Ich wollte so weit wie möglich weg, an einen Ort, wo mich niemand kannte. Dass die Stadt von einer Mauer umgeben war, machte sie für mich noch attraktiver.

Ich drehte mich um und stieß die dünne Decke von meinen Füßen. Ich versuchte, wieder einzuschlafen. Mir war viel zu warm. Ich spähte noch einmal nach draußen, beobachtete, wie ein Grenzer etwas rief und winkte. Dann verschwand er hinter dem Schuppen. Auf den hell erleuchteten Schienen lief eine Maus. Endlich setzte sich der Zug wieder in Bewegung und fuhr über die Grenze.

In Zürich mussten wir umsteigen. Ich ging hinter Lora her, zwischen den vielen Menschen hindurch, die durch den Bahnhof strömten und sich ihren Weg bahnten oder vor der großen Anzeigetafel standen und ihre nächsten Anschlüsse suchten. Viele waren mit Rucksäcken und Wanderschuhen ausgerüstet, Rentner, Ehepaare, Familien mit Kindern. Eine Gruppe stieg mit uns in den nächsten Zug ein. Ausflügler, die in die Berge fuhren. Kaum waren wir aus der Stadt raus, packten sie ihre Brote aus und öffneten ihre Thermosflaschen. Lora kaufte bei einem dunkelhäutigen Mann, der sein Wägelchen durch den Zug manövrierte, zwei Becher Kaffee und zwei belegte Brote. Sie las mit einem Stift in der Hand *Der Kampf des Negers und der Hunde* von Koltès und hob lächelnd ihr Buch, als der Mann vorbei war.

Ich schaute nach draußen und kaute an meinem Brot. Wir durchfuhren eine flache Landschaft, dahinter Berge, auf denen noch Schneereste lagen. Als wir ihnen ganz nahe waren, öffneten sie sich wie eine große Tür. Links und rechts hohe Felsen, ein enger Durchlass, durch den sich der Zug schob. Wälder, Wiesen, winzige braune Häuser, die an den Berghängen klebten. Ein enges Tal, schroffe Felswände und tief unten ein tosender Bach, der sich zwischen großen Gesteinsbrocken hindurchzwängte. Ab und zu Schlauchboote, in denen Menschen in Schwimmwesten saßen und ihre Paddel in milchgrünes Wasser stießen. Die Schlauchboote wurden vom Wasser auf und nieder geworfen, als wären es winzige Holzstückchen, die der Fluss fortschwemmte.

19

Zu Loras Dorf war es weit. Das letzte Stück fuhren wir mit einem Postauto eine schmale Straße den Berg hinauf. Lora kannte den Fahrer. Wir setzten uns nach vorne. Lora sprach die ganze Fahrt über mit ihm, aber ich konnte nicht verstehen, was sie redeten. Ihr Dialekt war für mich ein seltsamer Singsang, dem ich nur einzelne Wörter abringen konnte. Ich sah zum Fenster hinaus auf die Wälder und die Wiesen, die voller Blumen waren und wie bunte Teppiche aussahen. Dazwischen tiefe Tobel, Einschnitte, in denen Bäche flossen.

Ich erkannte Loras Dorf sofort. Die Kirche und die braunen Holzhäuser. Der Brunnen mit der reich verzierten, langen Röhre. Es sah alles aus wie auf der Ansichtskarte, die auf Loras Tisch in Berlin stand. Nur der Himmel hinter dem Dorf war grau und nicht blau.

Vor dem Postamt stand Loras Mutter und erwartete uns. Sie war klein und rundlich und ihr Haar auf der Stirn dunkel gekringelt. Auf ihrer Brust lag ein kleines goldenes Kreuz. Sie trug ein Kleid, bunt bedruckt mit Blumen, und als Lora sie umarmte, erschien es, als würde sie in einem Strauß Blumen versinken. Die Mutter strich über Loras kurzes Haar und lächelte. Vielleicht waren Loras Haare noch lang gewesen, als die Mutter sie zum letzten Mal gesehen hatte. Dann gab sie mir die Hand, und ich nannte meinen Vornamen, aber sie siezte mich trotzdem.

Gemeinsam gingen wir durch das Dorf. Die Mutter mit wiegenden Schritten, einen Korb am Arm, neben uns hergehend, vorsichtig Fragen stellend zu unserer Reise, zu Loras Studium und zu unserem Leben in Berlin. Die Welt, in der Lora lebte, musste ihr fremd sein. Lora hatte mir erzählt, dass ihre Mutter noch nie in einer Großstadt gewesen sei und noch nie in einem richtigen Theater. Ob Lora ihr gesagt hatte, dass wir ein Paar waren, wusste ich nicht. Manchmal sah die Mutter mich von der Seite her fragend an, aber ich konnte nicht erraten, was sie dabei dachte.

Das Dorf roch warm nach Sonne und Heu, das durch die Ritzen der Scheunen hervorlugte. Auf der Straße lag Mist, und die Spuren von Traktoren zogen sich über den Asphalt. Katzen rannten zwischen den Häusern herum. Plakate von Schützenfesten und Tanzabenden waren an eine Stallwand gepinnt. Eine Tauschbörse für Spielzeug. Die Menschen, denen wir begegneten, grüßten uns alle. Zwei Kinder, die gemeinsam eine Einkaufstasche trugen, eine Frau in einer weißen Arbeitsschürze mit einem Briefumschlag in der Hand, ein Mann, der auf einer Bank vor einem Stall saß und rauchte.

Das Haus von Loras Eltern stand etwas abseits mitten auf einer großen Wiese. Es sah aus, als hätte ein Wanderer sich hier niedergesetzt und beschlossen, von diesem Ort nie wieder fortzugehen. Vor dem Haus blühte ein Baum, und auch die Blumen auf der Wiese rundherum standen in Blüte. Das Haus sah aus wie ein Dornröschenschloss, ein bisschen unwirklich. Ich hätte es gerne Leo gezeigt. Es sah genau so aus, wie ich mir sein Haus auf dem Land vorstellte, von dem er immer träumte und von dem er mir schon so oft erzählt hatte.

Drinnen war das Haus voller Stimmen, und von allen Seiten wurden wir begrüßt. Zwei von Loras Schwestern waren mit ihren Kindern zu Besuch, um der Mutter bei den Festvorbereitungen zu helfen, und auch die Großmutter war da. Sie weinte, als sie Lora zur Tür hereinkommen sah, und Lora umarmte sie lange. Die Schwestern kochten in der Küche Kaffee und stellten Kuchen ins Wohnzimmer. Kinder rannten herum, schrien und hüpften, und alle redeten wild durcheinander. Ich verstand immer nur: Erzähl, erzähl. Und das Wort »Berlin«. Es war, als würde ich in einer fremden Sprache einen Film ansehen. Übergroß die Gesichter und Gesten und die einzelnen Bewegungen, der Klang der Stimmen aber, der Singsang der Sprache, die Dialoge, die geführt wurden, blieben unverständlich für mich.

Am Abend fuhr Loras Vater mit einem Lastwagen vor. Er brachte Tische, Bänke und einen Kühlschrank. Wir halfen alle beim Ausladen. Der Kühlschrank wurde einfach vor das Haus gestellt und mit Getränken gefüllt, die Tische und Bänke hinter dem

Haus auf einem gemähten Stück Wiese auseinandergeklappt, Ständer für Sonnenschirme dazwischen aufgestellt. Loras Vater begrüßte mich erst, als wir mit der Arbeit fertig waren. Seine Hand fühlte sich an wie ein raues Stück Holz. Lora glich ihrem Vater. Sie hatte seine blonden Haare und dieselbe Form der Augen. Auch das Grübchen in ihrer rechten Wange stammte von ihm. Dann fuhr der Vater den Lastwagen rückwärts zurück zur Straße, und Lora gab ihm mit ihren Händen Zeichen. Als er oben auf der Straße war, winkte sie ihm noch einmal zu, bevor er wegfuhr.

Die Schwestern füllten in der Küche die Spülmaschine und räumten das Wohnzimmer auf. Dann gingen sie mit ihren Kindern nach Hause. Bis morgen, riefen sie an der Tür, und Lora nahm das Kleinste auf den Arm und küsste es zum Abschied. Dann zeigte sie mir im oberen Stock das Zimmer, in dem wir übernachten würden. Sie hatte es früher mit einer ihrer Schwestern geteilt und nach deren Auszug alleine bewohnt. An seine abgeschrägten Wände waren noch immer die Theaterplakate gepinnt, die sie während ihres Studiums in Zürich gesammelt hatte. Vor dem Fenster hingen dünne Tüllvorhänge, in der Mitte gescheitelt, die den Blick freigaben auf zwei graue Bergspitzen. Davor ein wackliger Tisch, beklebt mit ein paar alten, verblichenen Stickern, und darauf eine weiße Schreibunterlage, bekritzelt mit Zahlen und einzelnen Wörtern. Ich konnte mir Loras Kindheit in diesem Zimmer und in diesem Haus nicht vorstellen. Es gab für mich keine Verbindung zwischen der Lora, die ich kannte, und dem Kind, das in diesem Zimmer einmal gewohnt haben sollte. An der Lampe über dem Bett baumelte ein kleines, weißes Schaf mit einer heraushängenden roten Stoffzunge. Vielleicht hatte es die Schwester hier zurückgelassen, als sie auszog, vielleicht hatte es auch Lora einmal aufgehängt. Und plötzlich musste ich an unser Schafspielen denken, damals, als Lora mich überredete, mit ihr wieder an die Uni zu gehen.

Wir begleiteten die Großmutter noch ein Stück weit nach Hause. Am Eingang des Dorfs verabschiedeten wir uns und gingen die schmalere der beiden Straßen den Berg hoch. Als wir uns einmal umdrehten und zurückschauten, stand die Großmutter noch immer am selben Ort. In der einen Hand den Blumenstrauß, den ihr die Mutter im Garten geschnitten hatte, und in der anderen ihren Gehstock, an dem ein gelbes Täschchen hing. Sie winkte uns zu, dann drehte sie sich um und ging langsam in Richtung Kirche.

Auf der ersten Anhöhe legten Lora und ich uns ins Gras und rauchten gemeinsam die letzte der Zigaretten, die wir noch von Berlin mitgebracht hatten. Wir waren beide müde. In der Nacht im Zug hatten wir nur wenig geschlafen. Der Geschmack der Zigarette erinnerte uns an Berlin und an unser Leben, das wir dort zurückgelassen hatten. Lora begann sofort von unserer Aufführung zu sprechen und davon, was alles noch zu tun sei. Aber ich hörte ihr nur mit einem Ohr zu. Berlin kam mir weit weg vor. Mit halb geschlossenen Lidern lag ich da und sah den Gräsern zu, wie sie sich im Wind bogen. Dahinter Wolken, die wie riesige Tiere aus der Urzeit langsam vorbeizogen.

Wir wanderten noch ein Stück weiter den Berg hoch. Ab und zu hielt Lora an und wies mit der Hand auf eine Blume, einen Stein oder ein Tier, das im Gras krabbelte. Sie kannte immer die Namen, und ich wunderte mich. Wenn Lora sie ins Hochdeutsche übersetzte, hatten sie oft lustige Bedeutungen. Die schweizerdeutschen Wörter klangen irgendwie seltsam. Ein paarmal versuchte ich sie wie ein kleines Kind nachzusprechen, und Lora lachte. Sie mochte, wie ich das rollende R aussprach und mich mit dem A abmühte, das weit hinten im Gaumen ausgesprochen werden musste. Irgendwann gab ich es auf.

Am Sonntag kamen die Gäste schon vor Mittag. Loras Vater grillte Würste hinter dem Haus, und dazu gab es Brot und verschiedene Salate, die in Schüsseln auf einem langen Tisch standen. Immer wieder wurde auf das Wohl der Großmutter angestoßen. Man redete und trank und aß im Namen der Großmutter. Man erzählte Familiengeschichten, in denen sie die Hauptrolle spielte, wie Lora mir erklärte. Man ließ ihr Leben Revue passieren, und sie lächelte versonnen dazu. Aber das Feiern machte sie müde, und ab und zu verschwand sie im Haus und legte sich kurz auf das Sofa im Wohnzimmer. Wenn sie zurückkam, trug sie immer etwas in der Hand und tat so, als wäre sie nur schnell ins Haus gegangen, um etwas zu holen.

Ich lernte auch die anderen Geschwister von Lora kennen. Auch ihre älteren Brüder, die in einem der Nachbardörfer ein Baugeschäft führten. Beide trugen lange Haare, die sie mit einem bunten Tuch über der Stirn zusammengebunden hatten. Sie halfen dem Vater beim Grillen. Sie warfen einander Würste zu und jonglierten sie zwei-, dreimal durch die Luft, bevor sie sie auf den Grill legten. Vor dem Grill bildete sich eine ganze Traube von Menschen, die ihnen zusahen und klatschten, wenn ihnen ein besonders schwieriges Kunststück gelungen war. Sie machten eine richtige kleine Show aus dem Braten der Würste. Loras Vater ließ sie lächelnd gewähren. Irgendwann setzte er sich mit einer Wurst, einem Stück Brot und einem Bier an einen der Tische und schaute seinen Söhnen einfach zu.

Einmal sah ich Lora mit einem jungen Mann sprechen, den ich schon vorher beobachtet hatte. Er überragte die meisten Gäste um einen ganzen Kopf. Auch er trug lange Haare, genau wie Loras Brüder. Im Nacken hatte er sie zusammengebunden. Lora stand da, an einen der Tische gelehnt, mit verschränkten Armen, und der Mann sprach wild mit den Händen gestikulierend auf sie ein. Plötzlich packte er Lora am Arm, zog sie mit sich und verschwand mit ihr hinter dem Haus. Ich wollte hinter ihnen hergehen, aber Loras Mutter kam auf mich zu und bat mich, ihr zu helfen, den großen Geburtstagskuchen für die Großmutter in den Garten zu tragen.

Später, als ich Lora wiedersah, waren ihre Haare zerzaust und ihre Wangen gerötet. Als ich sie nach dem Mann fragte, mit dem sie sich gestritten hatte, wich sie mir aus. Ein betrunkener Freund aus meiner Schulzeit, sagte sie und umarmte mich. So sind viele hier, so wie er. Sie trinken, wenn sie sich langweilen. Nimm dich vor ihnen in Acht, Mara.

Ich habe Corsin nie kennengelernt. Ich weiß überhaupt nicht, wie er aussieht. Aber heute bin ich beinahe sicher, dass er es war, der Lora damals am Arm packte und sie hinter das Haus zog. Das war nicht einfach ein betrunkener ehemaliger Schulfreund gewesen, sondern jemand, der sich mit Gewalt Gehör verschaffen wollte. Jemand, der Lora etwas Wichtiges zu sagen hatte. Ich sah den Mann am Fest nur noch ein einziges Mal. Er starrte mich unverhohlen an, als ich mit Lora in der Schlange vor der Geburtstagstorte stand. Danach war er verschwunden.

Am nächsten Tag lieh sich Lora das Auto ihres Vaters, um mir die Gegend zu zeigen. Wir fuhren einfach los, zuerst zurück ins Tal, dann auf die Autobahn und in Richtung Italien. Irgendwann bog Lora wieder auf die Landstraße. Sie wurde schmal und steil. In Kurven fuhren wir den Berg hoch. Oben war alles unwirtlich und kahl. Es gab keine Bäume mehr, nur noch ein paar Büsche und dünne Gräser, durch die der Wind fuhr wie durch einen löchrigen Kamm, und Geröll. Mir gefiel die Gegend nicht, aber Lora wollte immer noch weiterfahren. Zuoberst auf dem Pass hielten wir an. Und ich erinnere mich, wie sie nur in Sandalen zwischen den Schneeresten herumhüpfte und lachend Schneebälle nach mir warf, weil ich nicht aussteigen mochte. Die Bälle klebten an meinem Fenster. Durch sie hindurch sah ich hinüber zu Lora, die sich immer wieder bückte, in den Schnee griff und neue Bälle formte. Dann kletterte sie auf einen der großen Felsbrocken, die weiter hinten herumlagen.

Aus der Entfernung sah sie aus wie eine Zirkusartistin, die auf einem hohen Seil balancierte. Um ihren Hals flatterte der rote Schal, den sie bei Imelda gekauft hatte und später nie mehr trug.

Als Lora wieder neben mir im Auto saß, strich sie mir mit ihren kalten Händen über die Wangen und sagte: Am liebsten würde ich immer weiterfahren, einfach los und bis ans Meer und nie wieder zurückkehren. Aber als sie mein erschrockenes Gesicht sah, lachte sie und zeigte mir auf der Karte den kleinen Weiler, bis zu dem sie noch fahren wolle und von dem eine kleine Straße in einer Abkürzung zum Dorf zurückführe.

Am Abend verabschiedeten wir uns von Loras Eltern und machten uns auf den Weg zurück nach Berlin. Die Mutter begleitete uns bis zur Post, wo der Bus wieder abfuhr. Sie umarmte Lora zum Abschied, und dann umarmte sie auch mich und sah mich lange an, so als wollte sie mir sagen, dass ich auf Lora aufpassen solle.

Beim Abfahren sahen wir die Großmutter mit einem weißen Taschentuch aus dem Fenster ihrer Wohnung winken. Wir sahen ihre Hand noch, als wir bereits um die zweite Kurve bogen.

Die Großmutter lebte nicht mehr lange. Drei Monate nach ihrem großen Fest starb sie. Zu ihrer Beerdigung fuhr Lora allein.

20

Zwei Wochen vor der Premiere verliebten sich Leonie und Frank ineinander, und Lora ärgerte sich darüber, weil das Stück jetzt eine ganz neue Ausstrahlung bekam. Sie fand, man müsse immer merken, dass es sich zwischen Julie und Jean nicht wirklich um Liebe handle. Sie stritt sich deswegen sogar mit Leonie und Frank, und unsere ganze Aufführung drohte zu scheitern. Ich versuchte zu vermitteln und bekam wieder eine Bedeutung auf den Proben, die ich verloren hatte, weil alle ihren Text längst auswendig konnten. Ich versuchte Frank und Leonie zu erklären, was Lora meinte. Einmal hockten wir zu dritt fast eine Stunde draußen beim Kaffeeautomaten und unterhielten uns, während Lora mit Christine im Probenraum saß und auf uns wartete.

Irgendwann renkte sich die Sache wieder ein. Vielleicht wegen mir, vielleicht aber auch nur, weil Frank Leonie einmal dabei überraschte, wie sie Dieter, unseren Lichttechniker, umarmte. Frank machte Leonie eine große Szene, und danach war ihr Verhältnis irgendwie distanzierter und brüchiger, und ich musste Lora recht geben, dass das besser für unsere Inszenierung war.

Ich sollte den Flyer für unser Stück gestalten und die ganze Werbung für die Aufführung in die Hand nehmen. Ich zeichnete eine kleine, unbeholfene Skizze und ging damit zu Leo und hoffte, dass er mir helfen würde. Leo war damals der einzige Mensch, den ich kannte, der von Grafik eine Ahnung hatte und sogar einen Kopierer zu Hause stehen hatte.

Wie immer musste ich mindestens fünfzigmal klingeln, bis Leos verschlafenes Gesicht im Türspalt erschien und er mich hereinließ. Aber er war sofort bereit, mir zu helfen. Er setzte sich gleich hin und fing an, den Flyer für mich zu gestalten, und es ist nicht verwunderlich, dass er heute als Webdesigner sein Geld verdient. Er nahm das Bild einer groß gewachsenen, langhaarigen Frau aus einer Zeitschrift, bearbeitete es und schrieb in fetter, schnörkliger Schrift *Fräulein Julie* darüber und all die Angaben zu unserer Aufführung. Dann veränderte er das Ganze sicher noch hundertmal, bis er mit dem Ergebnis zufrieden war.

Ich setzte mich währenddessen auf seine gammlige Matratze auf den Boden und sah mich in dem ganzen Durcheinander, das in dem Zimmer herrschte, nach etwas Lesbarem um. Während ich meinen Blick umherschweifen ließ, entdeckte ich eine aufgerissene Kondomtüte auf dem Bettlaken. Mit einer schnellen Bewegung zog ich die Decke darüber. Aber Leo hatte die Bewegung bemerkt und sagte zu mir: Ich habe eine Freundin, du bist nicht mehr die einzige. Dann lachte er und wandte sich ungerührt wieder seiner Arbeit zu. Ich starrte angestrengt in die Illustrierte, die ich mechanisch in die Hand genommen hatte, und tat so, als wäre ich vollkommen gelassen. Aber innerlich war ich ganz durcheinander. Und als Leo mit der Vorlage des Flyers fertig war und sie mir zeigte, hauchte ich ihm nur ein kurzes Dankeschön zu und verließ seine Wohnung.

Ich wusste, dass es keinen Grund gab, eifersüchtig zu sein. Ich hatte Leo sicher schon tausendmal von Lora vorgeschwärmt und ihn ganz verrückt gemacht mit der Lobpreisung von Loras Schönheit und Charakter und ihrer Kenntnis aller wichtigen Bücher, die es auf dieser Welt gab. Aber ich spürte doch einen Stich in meiner Brust. Ich hatte Leo bis jetzt nur als Neutrum wahrgenommen. Als guten Freund, der sich nachmittags mit mir in dunkle Kinos setzte oder am Abend fraglos drei Ritz hintereinander trank. Und plötzlich war alles anders. Leo hatte einen Penis, und mit diesem drang er in den Körper von Frauen ein. Und vielleicht hatte er mir sogar absichtlich die aufgerissene Kondomtüte zeigen wollen, damit ich endlich wahrnahm, dass er ein Mann war und nicht mehr dieses große, aufgedunsene tablettensüchtige Kind, das er einmal gewesen war, als ich ihn kennengelernt hatte.

Ich wusste lange nicht mehr, wie ich Leo begegnen sollte. Und es brauchte viel Zeit, bis ich wieder Zutrauen zu ihm fasste und unsere Freundschaft sich erneut festigte und die Form bekam, die sie heute noch immer hat: zwei Menschen, die füreinander da sind, egal, was für seltsame und unverständliche Dinge sie sonst in ihrem Leben tun.

Als Lora Leo als Dank für den Flyer zu einem chinesischen Essen bei uns einlud, sah ich Leos Freundin zum ersten Mal. Sie war ein kleiner, bleicher Vogel, der verwirrt unter einem riesigen Wuschel wild toupierter Haare hervorblickte. In ihrer Nase und in ihren Ohren und Augenbrauen steckten Piercings, und an ihrer Hose baumelte ein langer Strick mit ausgefransten Enden. Trotzdem sah sie aus wie ein hilfloses Anhängsel an der Seite von Leo, und ich hätte tatsächlich nicht eifersüchtig auf sie zu sein brauchen. Sie sprach fast nichts und schien vollauf damit beschäftigt, mit ihren Stäbchen Reis und kleine Fleischstückchen in ihren Mund zu schieben. Sie hatte noch nie zuvor Chinesisch gegessen, und es sah so aus, als wollte sie es besonders gut machen und uns alle beeindrucken wie ein kleines Kind, das Anerkennung von den Eltern sucht. Trotzdem mochte ich sie nicht. Ich hätte Leo eine gesprächigere Freundin gegönnt. Eine, die nicht nur den ganzen Abend stumm dasaß und Essen in sich hineinbeförderte. Eine, die eine eigenständige Persönlichkeit war und ihn wirklich liebte und nicht nur bewunderte.

Vielleicht habe ich Nina später sogar von Leos Seite vertrieben. Als Lora verschwand, rief ich ihn zu jeder Tages- und Nachtzeit an und wollte, dass er mit mir sprach, weil ich mich so alleingelassen fühlte. Ich besuchte ihn oft unangemeldet und blieb einfach ohne zu fragen bei ihm, auch wenn Nina da war.

Leo machte mir nie Vorwürfe. Aber mich packt noch heute wegen Nina ein schlechtes Gewissen, und das obwohl Leo längst alle möglichen anderen Freundinnen und viele Chancen, mit einer Frau glücklich zu werden, gehabt hat. Ich werfe mir vor, Nina wäre vielleicht genau die richtige gewesen, und sie hätten sich ohne mich nie zerstritten und wären noch heute ein Paar. Und vielleicht hätten sie zusammen tatsächlich ein Häuschen auf dem Land gekauft und eine richtige kleine Existenz aufgebaut mit Kindern und Haus und Auto und allem, was so dazugehört.

Anfangs dachte Leif, dass Leo und ich auch einmal ein Paar gewesen wären. Er begriff unsere Beziehung überhaupt nicht. Und vielleicht war sie von außen auch schwer zu begreifen, weil wir uns so nahe waren und so viel Zeit miteinander verbrachten, aber nicht ein einziges Mal miteinander geschlafen hatten. Aber dann erzählte ich Leif an einem Abend einmal mein ganzes Leben. Auch von Lora und ihrem Verschwinden erzählte ich ihm und von Leos Hilfe damals. Leif umarmte mich danach lange und flüsterte in mein Ohr: Für mich zählt nur unsere Geschichte.

21

Heute Nacht habe ich von Leonie geträumt. Sie ist mir in der Rolle der Nora erschienen, die, wie in dem Stück von Ibsen, für ihre Kinder Weihnachtseinkäufe macht. Aber dann ist sie in einem hellgrünen Kleid und mit einem winzigen Sonnenschirmchen am Arm, was gar nicht zu der Jahreszeit passte, in das Weihnachtszimmer getreten, wo alle Geschenke schon unter dem Baum lagen. Und dieses Weihnachtszimmer sah genau so aus wie in diesen alten Kinderbüchern, wo noch Äpfel und Nüsse und Lebkuchenherzen am Christbaum hängen. Und Leonie setzte sich zuerst artig auf ein schönes altes Sofa, das auch in dem Zimmer stand, aber dann begann sie plötzlich mit ihrem Schirmchen in den Geschenken, die unter dem Baum lagen, herumzustochern. Und eines der Geschenke fing zu wimmern und dann zu schreien an, so als wäre es ein lebendiges Wesen, dem Leonie mit ihrem Schirmchen wehgetan hätte. Ich wusste im Traum sofort, dass es das kleine Jesuskind war, das weinte, und dass ich es zwischen den Geschenken hervorholen und retten musste. Aber stattdessen wachte ich auf und war ganz durcheinander und wusste lange Zeit nicht, wo ich war, bis ich endlich herausfand, dass ich in meinem Bett lag.

Es ist eigenartig. Seit ich auf unserer Reise mit Leif, Morten und Leo in Loras Dorf war und dort in der Kirche das kleine Jesuskind gesehen habe, das mit einem Buch auf dem Schoß der Maria sitzt, träume ich fast jede Nacht von ihm. Es sitzt auf meinem Schoß und umarmt mich, oder es klammert sich wie ein kleines Äffchen an meinen Rücken und krallt seine kleinen Hände in meine Haare, bis es mir wehtut und ich es abschütteln muss. Und immer und immer wieder muss ich es aus einer misslichen Lage befreien und retten, genau wie in dem Traum von gestern Nacht. Ich habe angefangen, diese Träume aufzuschreiben, in einem neuen Notizbuch. Es ist so etwas wie mein Traumbuch. Es liegt unter meinem Bett, und wenn ich aus einem Traum aufwache und nicht mehr einschlafen kann, schreibe ich ihn auf. Manchmal zeichne ich auch nur. Das Jesuskind ist oft auf den Bildern zu sehen.

Ich möchte Leonie wiedersehen. Ich würde gerne wissen, was aus ihr geworden ist. Wo sie lebt und was sie heute macht und worüber sie jeden Tag nachdenkt. Das Einzige, was ich von Leonie weiß, ist, dass sie eine private Schauspielschule in Berlin besucht hat und dass diese Schauspielschule irgendwann eine Vorstellung von Ibsens *Nora* zeigte und sie in dieser Aufführung die Nora spielte, genau wie in meinem Traum von heute Nacht. Ich hatte den Flyer der Vorstellung in der Kneipe vom *Tacheles* liegen sehen. Und ich glaube, ich war an dem Wort »Nora« hängen geblieben, weil es fast wie »Lora« aussah, so wie es da geschrieben stand mit dieser übergroßen, breiten Schrift. Und da sah ich auf der Besetzungsliste den Namen von Leonie, und ich freute mich, dass sie tatsächlich Schauspielerin geworden war und vermutlich als Einzige von uns allen ihren Traum hatte verwirklichen können.

Ich wollte mir die Aufführung unbedingt ansehen und Leonie Guten Tag sagen. Aber dann merkte ich plötzlich, dass das nicht ging. Es war unmöglich, Leonie zu sehen, ohne an Lora erinnert zu werden, und diesem Schmerz wollte ich nicht mehr begegnen. Deshalb ging ich nicht hin und ließ alle Spieldaten verstreichen, auch das letzte. Und Leonie und ich begegneten uns nicht wieder, und dieser einzige, dünne Faden zu unserer gemeinsamen Vergangenheit wurde zerrissen.

Heute ist alles anders. Heute möchte ich nicht nur Leonie wiedersehen, sondern auch Frank und Christine und den ganzen Rest der Truppe. Und ich möchte mit ihnen allen Weihnachten feiern, wie ich es geplant habe. Es ist für mich nicht nur das Fest der Liebe und das Fest der Geburt des kleinen Jesuskindes. Es ist für mich auch das Fest meiner Wiedergeburt, auch wenn das verrückt klingen mag.

Aber ich muss zuerst das Fest und alles rundherum mit Leif besprechen. Und mit Morten. Und mit Leo. Ich hatte noch gar keine Gelegenheit dazu, weil ich seit einer Woche abgekapselt in meiner Wohnung hocke. Aber wenn ich hier fertig bin mit Schreiben, dann will ich alles in Angriff nehmen. Weihnachtsbäume gibt es ja bereits an jeder Ecke zu kaufen. Ich will einen großen kaufen, der bis an die Decke meines Zimmers reicht. Nicht so einen kleinen, wie ihn meine Mutter immer kaufte, der Bequemlichkeit halber und weil sie Weihnachten eigentlich nicht mag. Und ich will nicht nur Nüsse und Äpfel an den Baum hängen wie in meinem Traum heute Nacht. Ich will alles Mögliche an die Zweige hängen. Auch Lametta und kleine Engelchen und Schneemänner und Monde und Sterne und alle Sorten von Kugeln in allen Farben und Formen.

Ich will das Fest mit Morten zusammen vorbereiten. Wir gehen in ein Kaufhaus, und ich kaufe die Weihnachtssachen, die er gerne haben möchte und die wir dann zusammen an unseren Baum hängen. Und wenn er möchte, werden wir auch alle gemeinsam um den Baum tanzen wie bei seinen Großeltern in Dänemark, wo er früher mit Leif zusammen immer an Weihnachten war. Es ist mir wichtig, dass er nicht enttäuscht ist. Denn Kinder haben immer ganz genaue Vorstellungen von Weihnachten und wie alles sein muss. Das weiß ich von den Kindern, die zu mir in die Schülerhilfe kommen. Vor Weihnachten sind sie immer ganz aufgeregt und können von fast nichts anderem mehr reden. Und dann lasse ich sie Wunschlisten erstellen für den Weihnachtsmann oder ich lasse sie das Fest planen oder ich lasse sie ganz einfach von Weihnachten erzählen, so als ob das Fest schon vorüber wäre. Sie schreiben fast alle dasselbe, obwohl ich sicher bin, dass Weihnachten bei jedem Kind zu Hause ganz anders aussieht. Sie beschreiben ihre Wünsche und Vorstellungen und nicht das wirkliche Fest, und diese Wünsche und Vorstellungen gleichen sich seltsamerweise sehr.

Am Dienstag kommt Morten wieder zu mir in die Schülerhilfe. Und ich weiß, dass ich die Stunde auf keinen Fall ausfallen lassen darf. Ich muss hingehen. Und ich muss bis Dienstag unbedingt mit meiner Geschichte fertig sein. Und morgen Abend will ich Leif anrufen. Ich will ihnen die Wahrheit sagen. Ich will, dass sie wissen, dass ich keinen Stress mit meiner Arbeit habe, sondern hier zu Hause sitze und schreibe. Und ich will ihnen nochmals sagen, dass ich ganz sicher am Dienstag in der Schülerhilfe auftauchen und Morten am Abend nach Hause begleiten werde und bis zum nächsten Morgen bei ihnen bleibe, wie immer in den letzten paar Monaten.

Ich habe schon oft darüber nachgedacht, wie es möglich ist, dass man mit einem Kind wie Morten nicht unbedingt jeden Tag zusammen sein möchte. Wie man die Trennung über Wochen, ja über Monate erträgt. Warum Mortens Mutter eines Tages so weit wegzog, dass jede Begegnung eine komplizierte aufwendige Angelegenheit wurde. Vielleicht war es die Hilflosigkeit und Bedürftigkeit eines Kindes, was sie nicht ertrug. Als ich Leif einmal nach dem Grund fragte, sagte er nur, sie habe in der anderen Stadt die Möglichkeit gehabt, eine hohe Leitungsfunktion zu übernehmen. Aber ich spürte, dass er das alles selber nicht begriff und nicht mehr darüber nachdenken wollte. Er gab sich Mühe, vor Morten von seiner Mutter nie schlecht zu sprechen, aber in der Art, wie er sie immer nur »deine Mutter« nannte, spürte ich eine große Bitterkeit. Es war nicht Bitterkeit darüber, dass sie ihn und das Kind verlassen hatte, das hatte Leif längst akzeptiert, es war Bitterkeit darüber, dass sie sich kaum meldete und mit Morten nur etwas unternahm, wenn er sie darum bat.

Morten liebte seine Mutter trotz allem. Das wusste ich. Er hatte mir schon damals, als ich nur seine Lehrerin gewesen war, oft von ihr erzählt. Wie sie gemeinsam ins Hallenbad gingen oder auf den Jahrmarkt oder wie sie Pfannkuchen zusammen buken und seine Mutter seine Hand führte beim Hochwerfen und Wenden der Kuchen. Sie musste ein besonderer Mensch sein, zumindest für Morten. Sogar ein sehr liebenswerter Mensch. Aber in meinem Kopf brachte ich die beiden Seiten nicht zusammen.

22

Kurz nach unserer Rückkehr aus der Schweiz klingelte eine junge Frau an unserer Tür und wollte unbedingt mit Lora reden. Sie sprach mit demselben Akzent Hochdeutsch wie die Leute aus Loras Dorf. Jürgen bat sie herein, weil Lora gerade im Bad war. Aber die Frau blieb im Türrahmen stehen.

Ich grüßte sie freundlich und fragte, ob sie nicht in der Küche warten wolle, aber sie stand einfach nur an den Türpfosten gelehnt auf unserer Schwelle und trat von einem Bein auf das andere und klimperte mit den vielen Armreifen, die sie um ihr Handgelenk trug. Sie machte keinen Schritt in unsere Wohnung.

Als Lora endlich aus dem Bad kam, nur in Unterwäsche und mit einem Tuch um ihren Kopf geschlungen, trat sie wenigstens einen Schritt herein, und Lora begrüßte sie mit drei Küssen auf die Wangen. Lora bat sie in ihr Zimmer, aber sie verharrte jetzt im Flur draußen und setzte sich nicht einmal auf den Stuhl, der neben unserem Telefontischchen stand. Während sich Lora in ihrem Zimmer anzog, sprachen sie miteinander durch die halb offene Tür. Ich verstand nicht viel, nur, dass die Frau mit Lora irgendetwas Wichtiges besprechen wollte.

Als Lora angekleidet aus ihrem Zimmer trat, sagte sie zu mir: Silvana ist zu Besuch hier. Sie ist aus meinem Dorf. Wir gehen zusammen essen. Dann kniff sie mich zum Abschied in die Wange und schon war sie weg.

Mir wurde ganz heiß und ich spürte, wie die Eifersucht in meinen Hals kroch und ihn mit einem dicken Klumpen verstopfte. Warum behandelte mich Lora so herablassend? Warum fragte sie mich nicht, ob ich mitkommen wollte? Warum tat sie vor dieser Frau so, als würden wir gar nicht zusammengehören? Wer war sie? Warum war sie hier? Was verbarg Lora vor mir?

Ich ging in die Küche und schenkte mir ein Glas Wein ein. Ich trank es in einem Zug leer und ein zweites hinterher. Dann ging ich in mein Zimmer und legte mich auf mein Bett und starrte zur Decke. Dort sah ich Lora, wie sie diese Frau küsste und Zärtlichkeiten mit ihr austauschte, und von überall her hörte ich das Klimpern von Armreifen. Angestrengt versuchte ich, die Bilder wegzuschieben, aber sie kehrten immer wieder zu mir zurück.

Irgendwann schlief ich ein. Mitten in der Nacht wachte ich schwitzend auf. Ich hatte die Lampe, die wie ein Scheinwerfer auf mich gerichtet war, vergessen zu löschen. Ich hörte Lärm in der Küche. Dinge fielen zu Boden. Zuerst dachte ich, es wäre Jürgen oder Ulrike, aber dann hörte ich das Pfeifen des Wasserkessels und wusste, dass es Lora war. Aber warum machte sie um diese Uhrzeit einen solchen Lärm? War sie betrunken?

Ich wollte aufstehen und nachsehen, was los war. Aber meine Decke schien zentnerschwer auf mir zu liegen. Ich konnte mich nicht rühren. Dann hörte ich Schritte vor meiner Zimmertür. Ich löschte schnell das Licht. Die Tür ging auf, und durch die halb geschlossenen Lider erkannte ich Loras Gestalt im Flurlicht. Sie war nach vorne gebeugt, als wollte sie in mein Zimmer hineinhorchen. Ich hielt die Augen geschlossen und tat so, als würde ich schlafen. Ich wollte nicht, dass Lora dachte, ich hätte auf sie gewartet. Reglos verharrte ich so, bis die Tür wieder zuging.

Am nächsten Tag sprachen wir nicht über den vergangenen Abend. Auch nicht am übernächsten. Ich war zu stolz. Ich wollte nicht, dass Lora meine Eifersucht bemerkte. Ich fragte nicht, was los war, warum Lora einen solchen Lärm in der Küche gemacht hatte und warum sie mich mitten in der Nacht hatte wecken wollen. Ich spürte, dass Lora seit dem Abend etwas beschäftigte, dass sie verändert war, und trotzdem schwieg ich.

Eine Art Unruhe hatte sie ergriffen. Mitten im Gespräch konnte sie aufstehen und aus meinem Zimmer gehen oder plötzlich vor sich hin starren. Und sie rauchte auch mehr, das merkte ich deutlich. In ihrem Zimmer und in der Küche lagen jetzt überall in kleinen, zu Aschenbechern umfunktionierten Gefäßen angerauchte Zigaretten. In Tassen, Tellern, Joghurtdeckeln. Oft nahm sie nur ein paar Züge und drückte die Zigarette hastig wieder aus. Sie verfuhr sich mit der U-Bahn, sodass sie zu spät zur Uni oder zu irgendeinem ihrer Treffen erschien. Oft rief sie mich an und sagte, dass sie später nach Hause komme. Und wenn sie endlich kam, verschwand sie mit der Entschuldigung, arbeiten zu müssen, in ihrem Zimmer. Sie sagte, sie sei mit ihrer Semesterarbeit wegen der Aufführung in Rückstand geraten.

Lora war plötzlich ständig unterwegs. Sie behauptete, an der Uni oder in der Bibliothek zu sein oder bei Studienkolleginnen, um an einer ihrer Seminararbeiten zu schreiben. Oft blieb sie lange weg. Wenn ich nachfragte, wich sie mir aus. Das Kochen für uns gab sie auf. Hätte Jürgen es nicht übernommen, hätte es die gemeinsamen Essen in unserer Küche nicht mehr gegeben.

Ich spürte, wie sich unsere Beziehung veränderte, wie sich eine Distanz zwischen uns einnistete, aber ich unternahm nichts. Ich war wie gelähmt vor Angst, dass Lora mir gestehen würde, dass sie jetzt mit dieser Frau zusammen war.

Dass Silvana Corsins Schwester war, konnte ich nicht ahnen. Dass sie nur gekommen war, um Lora zu ihrem Bruder zurückzuholen.

23

Als das Telefon am Sonntagmorgen klingelte, sprang ich richtiggehend von meinem Schreibnest auf. Der Kugelschreiber glitt mir aus den Händen, und mein Notizbuch fiel auf den Boden. Ich wollte den Anruf von Leif und Morten um keinen Preis verpassen. Ich wollte alles richtigstellen. Ich wollte meine Lüge erklären und mich entschuldigen und dann sofort zu ihnen fahren. Ich riss den Hörer förmlich von der Gabel.

Aber es war abermals meine Mutter, die mich begrüßte, und ich sagte »Hallo«, und dann fiel mir nichts mehr ein. Ich hörte ihr Atmen am anderen Ende der Leitung. Dann nannte sie die Ankunft ihres Zugs und den Namen ihres Hotels, in dem sie und Verena wohnen würden, und als ich noch immer nicht reagierte, wiederholte sie alle ihre Angaben. Und plötzlich sprach sie wieder in diesem geschäftigen Tonfall von früher, den ich so gut kannte. Sie fragte nicht, wie es mir gehe und was los sei und warum ich nicht rede. Sie überspielte alles, ihre Sorge um mich und ihre Angst, dass zwischen uns etwas nicht stimmte und ich verärgert sein könnte. Und ich unterbrach sie nicht und ließ sie einfach reden. Ich machte dieses Spiel mit, als hätte es diese zwei Jahre nicht gegeben, in denen wir einen anderen Umgang miteinander gefunden hatten.

Meine Mutter schwärmte von den *Wahlverwandtschaften* und redete von den Figuren, ihren interessanten Charakteren, der beispiellosen Anlage des Romans. Sie tat so, als wäre sie vollkommen glücklich mit diesem Buch und als bräuchte sie in ihrem Leben nichts anderes mehr. Und ich sagte kein einziges Wort von meiner Lüge und von meiner Angst, Leif zu verlieren, der mir so wichtig war und von dem ich ihr im Sommer erzählt und für den sie sich sehr interessiert hatte.

Die Beziehung zu Leif war die erste in meinem Leben, die ich meiner Mutter gegenüber überhaupt erwähnt hatte. Nicht einmal über Lora sprach ich mit ihr. Dass ich bisher nur Beziehungen zu Frauen gehabt hatte, spielt dabei keine Rolle. Ich glaube, weder meine Mutter noch mein Vater hätte ein Problem gehabt, das zu erfahren. Aber es ergab sich einfach keine Gelegenheit. Meine Eltern waren immer so mit sich selber beschäftigt. Besonders nach ihrer Scheidung, als sie neue Beziehungen eingingen, die schwierig waren. Vielleicht fragten sie deshalb nie nach, wenn sie anriefen. Es war ihnen einfach alles zu viel. Von mir aus meine Probleme zu erwähnen, kam mir nicht in den Sinn, obwohl ich vor allem in meiner Internatszeit froh gewesen wäre, ihnen davon zu erzählen, was dort passiert war. Aber die Distanz zwischen uns war schon viel zu groß.

Selbst während der Zeit der Krebserkrankung meiner Mutter, als wir über vieles, auch sehr Persönliches redeten, konnte ich darüber nicht sprechen. Es ging nicht. Es gab keine Sprache des Schmerzes zwischen meiner Mutter und mir. Aber vielleicht ist das auch gut so. Vielleicht können wir uns so besser gegenseitig respektieren und unsere Wertschätzung zeigen.

Als meine Mutter eine Redepause machte, sagte ich zu ihr, dass ich hoffte, dass sie bei ihrem Besuch in Berlin auch Leif und Morten kennenlernen werde. Und plötzlich spürte ich, wie sich die Verkrampfung in ihrer Stimme löste, wie sie ruhiger wurde und aufhörte, so hastig zu sprechen.

Sie fragte plötzlich, wie es den beiden gehe und ob Morten immer noch so gute Fortschritte beim Schreiben und Lesen mache. Und ich sagte, ich hoffte, gut, ich hätte sie seit einer Woche nicht mehr gesehen und Morten käme erst am Dienstag wieder zu mir in die Schülerhilfe. Meine Mutter fragte nicht, warum ich Morten und Leif so lange nicht gesehen habe, was los sei, ob wir uns gestritten hätten und all das. Sie sagte nur, dass sie sich freue, die beiden endlich kennenzulernen, und trug mir auf, sie zu grüßen. Aber es war in Ordnung so. Ich spürte ihre Anteilnahme und Sorge in ihrer Stimme, und das genügte mir.

Als sie mich zum Abschied fragte, ob sie mir die *Wahlverwandtschaften* mitbringen solle, sagte ich, ja, gerne. Und ich freute mich tatsächlich auf dieses Buch. Sein Titel hatte mich schon früher neugierig gemacht, und ich wollte herausfinden, was genau hinter ihm steckte. Ich musste an meine Familie denken, die so früh auseinandergebrochen war, und an Leif und Morten, in denen ich so etwas wie »Wahlverwandte« gefunden hatte, und auch an Leo. Aber vielleicht ging es in dem Buch um etwas ganz anderes. Vielleicht machte ich mir ganz falsche Vorstellungen.

24

Am Tag der Premiere von *Fräulein Julie* schliefen Lora und ich miteinander, zum letzten Mal. Lora war bereits sehr früh am Morgen aufgewacht und hatte in der Küche für uns beide Tee gemacht. Das Tablett mit dem Krug und den Tassen stellte sie neben mich auf den Boden. Schlaftrunken zog ich Lora zu mir ins Bett und küsste sie und schob meine Hand unter ihren Schlafanzug. Ich fuhr über ihre Brüste, ihren Bauch und ihre runden Schenkel, die ich so gerne liebkose. Ich spürte Loras Angst vor dem heutigen Tag. Ich versuchte, sie mit meinen Fingern und mit meinen Lippen wegzustreicheln. Langsam und zärtlich. Aber so sehr ich mir auch Mühe gab, in Loras Körper blieb eine Anspannung zurück, die sich nicht wirklich löste. Mir kam es so vor, als wäre sie nicht wirklich bei mir, als ließe sie alles einfach geschehen.

Am Abend trafen wir uns schon zwei Stunden vor der Vorstellung mit den Schauspielern. Lora machte mit ihnen ein paar Lockerungsübungen und ein Konzentrationsspiel, bei dem sie sich einen Ball zuwarfen und Textpassagen dazu sprachen. Ich wischte den Boden im Saal und putzte die Klos. In dieser alten Fabrik schien sich niemand um die Reinigung zu kümmern. Als ich fertig war, sah ich nach den Kostümen und den Requisiten, dem Vogelbauer mit dem kleinen, gelben Vogel, den Weingläsern und dem Messer. Alles musste exakt am richtigen Ort sein, auch der Tisch und die Stühle. Ihre Position hatte ich am Boden mit Klebeband markiert. Die Kostüme hängte ich an Bügeln auf, sodass sie griffbereit waren. Sie machten bereits einen recht mitgenommenen Eindruck, und ich warf mir vor, sie für die Aufführung nicht gewaschen zu haben. Dann öffnete ich die Kasse und riss in aller Eile die Münzrollen auf, die ich auf der Bank geholt hatte. Um die Münzen sorgfältig in den Münzrechen zu reihen, fehlte mir die Zeit. Vor mir standen bereits ein paar Gäste. Ich war froh, als mir Dieter zu Hilfe kam. Er versprach, mir auch beim Verkauf der Getränke in der Pause zu helfen.

Thomas stellte mir einen älteren Mann mit Bart und runder Brille vor, den ich gratis in die Vorstellung hereinlassen sollte. Er würde Fotos machen. Ich wunderte mich, dass ein Mann in diesem Alter überhaupt in unsere Vorstellung kam. Alle von uns waren sehr jung. Aber er war ein Bekannter von Thomas, und Thomas war der Organisator von allem, und wir hatten ihm sehr viel zu verdanken.

Ich drückte dem Mann eine Karte in die Hand, die er mir beim Einlass pflichtbewusst wieder aushändigte.

Als die Vorstellung begann, schloss ich die Tür zum Saal. Ich selber blieb draußen. Ich wollte die Leute abfangen, die zu spät kamen, um ihnen leise die Tür zu öffnen. Aber nur eine Studienkollegin kam zu spät, und sie öffnete die Tür selber. Trotzdem blieb ich bis zur Pause draußen stehen. Nur gedämpft hörte ich die Stimmen von Leonie, Frank und Christine. Ich hatte Angst, dass etwas schiefgehen könnte, dass wir uns blamieren würden. Ich wollte nicht dabei sein, wenn die Leute über uns lachten.

Aber alles lief gut. In der Pause hörte ich nur positive Kommentare. Die Inszenierung wurde sehr gelobt. Loras Einfälle, die Genauigkeit, mit der sie das Stück gelesen hatte, und die Spielfreude der Schauspieler. Nach der Pause setzte ich mich auf einen der freien Plätze ganz hinten. Ich staunte, wie hemmungslos Frank, Leonie und Christine spielten, obwohl so viele Zuschauer da waren. Ich hatte das Gefühl, sie spielten noch besser als sonst. Die Spannung und die Neugierde im Publikum schienen in ihnen nochmals etwas geöffnet zu haben, eine versteckte Energie.

Als ich den Applaus des Publikums vernahm, war ich sehr

stolz auf sie und auch auf Lora. Unser Einsatz hatte sich gelohnt, all die Nachmittage und Abende, die wir in diesem Probenraum verbracht hatten, all der Streit, den wir ausgefochten hatten, und die ganze Mühsal, die die Organisation mit sich gebracht hatte.

Ich glaube, Lora war vollkommen glücklich an diesem Abend. Sie umarmte uns alle immer und immer wieder. Auch Dieter, den wir noch nicht lange kannten, und sogar Thomas, der ihr Lehrer war. Sie spürte, dass sie etwas Überzeugendes geschaffen hatte, dass all das Lob, das sie bekam, echt war. Ihr Wunsch, Regisseurin zu werden, war nicht mehr nur eine vermessene Idee, ein Hirngespinst, wie sie ihn bisher bezeichnet hatte. Er war plötzlich real und greifbar geworden.

Ein paar Wochen später schaffte Lora mit der Videoaufzeichnung unserer Aufführung die Aufnahmeprüfung an die HdK. Ohne das Gelingen dieses Abends und ohne den Zuspruch des Publikums hätte sie sich sicher nicht einmal beworben.

Ich gönnte Lora ihren Erfolg. Ich hatte hautnah miterlebt, welchen Einsatz sie dafür geleistet hatte, wie oft sie am Abend zum Umkippen müde nach Hause gekommen war und kaum mehr etwas essen mochte vor Erschöpfung. Was mich eifersüchtig machte, war nur, dass sie den Erfolg nicht mit mir teilte und ich in diesem Moment unwichtig war. Dass sie nicht allen zeigte, dass wir zusammengehörten und ich nicht nur ein Teil ihrer Schauspielertruppe war. Ich hätte mir gewünscht, dass Lora mich zum Schluss auf die Bühne geholt und umarmt und vor allen geküsst hätte.

Als sie mich nach der Vorstellung irgendwo im ganzen Durcheinander des Publikums stürmisch umarmte und ein Dankeschön in mein Ohr flüsterte, spürte ich, wie ihr Glück wild gegen meine Brust klopfte. Aber es war ihr Glück und nicht unseres. Es gehörte nur ihr. Ich hätte es gern zurückgestoßen, wie verrückt dagegengetreten und Lora verletzt, so wie sie mich verletzte. Aber ich tat es nicht. Ich verharrte in ihren Armen, starr wie ein Gegenstand, an den sie sich anlehnte, um sich auszuruhen, wie eine Boje, weit im See draußen, an der sie sich festhielt. Ich rührte mich nicht. Und später, als Lora weg war, dachte ich oft an diesen Moment zurück, der mir plötzlich wie ein Zeichen erschien, ein Zeichen für alles, was später geschah.

Nach der Aufführung lud Thomas uns alle zu sich nach Hause ein. Auch Freunde von Frank, Leonie und Christine und ein paar Studenten aus anderen Kursen, die sich die Aufführung angesehen hatten. Es wurde gefeiert, geraucht, gelacht und auch sehr viel getrunken. Bier und Wein waren genug da. Jeder hatte irgendeine Flasche mitgebracht. Und jemand hatte Nudeln gekocht, die in der Küche in einem großen Topf auf dem Herd standen. Lora und ich saßen auf dem Boden in Thomas' Wohnzimmer und teilten uns einen Teller. Wir waren sehr hungrig nach dem langen Tag. Seit dem Frühstück hatten wir nichts Richtiges mehr gegessen. Neben uns auf einem der Sessel saß der Fotograf, den ich in die Aufführung hereingelassen hatte. Er stellte sich sehr förmlich mit Vor- und Nachnamen vor: Maxime Varlin. Dann machte er Lora ein paar Komplimente für die Inszenierung, legte einen neuen Film ein, schraubte ein neues Objektiv auf seine Kamera, machte ein paar Fotos von der Party, kam dann zu uns zurück und sagte, er müsse jetzt leider wieder gehen. Als wir ihn fragten, ob er tatsächlich für eine Zeitung fotografiere, schüttelte er lachend den Kopf und erklärte, dass das Fotografieren nur sein Hobby sei. Er arbeite auf der französischen Botschaft in Ostberlin. Wenn die Bilder etwas geworden seien, würde er sie uns vorbeibringen.

25

Wie Maxime und Lora sich näher kennengelernt haben, weiß ich nicht. Ich weiß nur, dass Maxime nach der Premiere mit den Bildern tatsächlich zu uns gekommen sein muss, weil sie irgendwann im ganzen Zimmer von Lora verstreut herumlagen. Bilder von Leonie, Frank und Christine, aber auch ein paar Bilder von Lora, die sich zwischen den Schauspielern auf der Bühne verneigt oder die Glückwünsche des Publikums entgegennimmt. Nur von Lora und mir war kein einziges Bild zu finden.

Lora klebte die Bilder in ein Album ein, das sie extra gekauft hatte. Sie schrieb sogar kleine Texte dazu. Ich saß auf Loras Bett, rauchte und sah ihr zu, wie sie ganz vertieft arbeitete und vollkommen glücklich zu sein schien.

Irgendwann stand ich auf und sagte gequält: Wenn nicht ich, so wenigstens du. Ich hatte diesen Satz nicht böse gemeint. Eher wie eine Feststellung, die zwar wehtat, aber den Tatsachen entsprach. Was blieb mir anderes übrig? Wenigstens Lora sollte Künstlerin werden und den Weg gehen, den wir uns beide gewünscht hatten.

Aber kaum hatte ich den Satz ausgesprochen, stand Lora auf, packte mich an den Schultern und schüttelte mich so stark, dass es mir wehtat. Ich will diesen Satz nie wieder von dir hören. Hörst du? Hörst du mich? Nie wieder. Ich kann dein Gejammer nicht mehr ertragen. Warum glaubst du nicht endlich an dich? Warum hängst du den ganzen Tag hier herum und tust nichts? Warum schaust du mir nur immer zu, statt selber etwas zu tun?

Ich riss mich los und sagte, alles, was ich tue, sei doch nur verschwendete Zeit. Es hätte alles keinen Sinn. Ich hätte keine Lust mehr, mich an meinen Tisch zu setzen, nur um zu erleben, wie ich versage. Sie habe ja keine Ahnung, was sich in meinem Inneren abspiele, ihr würde doch immer nur alles gelingen. Sie sei doch die Gewinnerin und ich die Verliererin. Ob sie denn blind sei?

Dann rannte ich einfach aus dem Zimmer und warf die Tür hinter mir zu. Und als Lora später mit mir reden wollte, blieb ich stur und verweigerte jede Antwort.

Ein paar Tage später fuhr Lora mit Maxime nach Potsdam, um sich ein Heiner-Müller-Stück anzusehen. Der Regisseur, der es inszenierte, war ein Bekannter von Maxime. Lora erzählte mir am nächsten Abend begeistert von der Aufführung. Und eine Woche später erklärte sie mir, dass der Regisseur von dem Stück jetzt etwas in Ostberlin mache, sie könne vielleicht bei den Proben dabei sein. Maxime würde ihr ein Wechselvisum verschaffen, damit sie zwischen West und Ost problemlos hin- und herreisen könne. Sie brauche nur noch die Empfehlung von einem Uni-Professor.

Ich sagte nichts. Ich wollte nicht wieder eifersüchtig reagieren. Ich beneidete Lora in diesem Moment, aber ich bewunderte sie auch. Sie machte ernst mit ihren Plänen. Sie ergriff jede Chance, die sich ihr bot. Sie probierte alles aus. Sie ging Schritt um Schritt in die richtige Richtung, während ich stehen blieb und nur um mich selber kreiste und nichts auf die Reihe bekam.

Dass Lora während der Zeit der Proben bei Maxime wohnte, war zwischen uns kein Thema. Dass sie drüben übernachten würde, war mir gar nicht in den Sinn gekommen. Und als Lora dann eine große Tasche mit ihren Sachen packte, um in den Osten zu gehen, war ich außer mir vor Wut und schrie und weinte. Ich warf ihr vor, sie hätte sich diese Hospitanz nur organisiert, damit sie von mir wegkäme, damit ich sie nicht mehr mit meiner Sehnsucht nach Liebe und Nähe und meinen ewigen Klagen bedrängte.

Lora behauptete das Gegenteil, aber sie blieb sachlich und ruhig. Sie sprach von einer einmaligen Chance, von Alex, einem

Regisseur, bei dem sie sehr viel lernen könne, von einem sehr guten Theater. Sie sprach von einer neuen Welt, die sie kennenlernen würde. Sie sprach mit mir wie mit einem begriffsstutzigen Kind, das noch zu klein war, alles zu verstehen. Und das, worauf ich eigentlich am meisten wartete, erwähnte sie nicht: dass sie mich vermissen würde, wenn sie drüben war.

Als ich tags darauf Lora mit ihrer Tasche zum Übergang Friedrichstraße begleitete, hatte ich Angst, es wäre ein Abschied für immer. Ich hielt Lora lange fest und versuchte, mir ihren Geruch einzuprägen, ihren Körper, ihre zarte Haut, die mir so vertraut waren. Ich wollte Lora in Erinnerung behalten mit all meinen Sinnen. Als Lora sich von mir löste, legte sie für einen Moment ihr Gesicht in meine Hände und küsste mich zum Abschied. Dann drehte sie sich um und schaute nicht mehr zurück.

Ich sah Lora nach, wie sie die Treppe zur Zollkontrolle hinabschritt. Ich wusste, von nun an lag eine der bestbewachten Grenzen der Welt zwischen uns. Wir lebten getrennt.

26

Aber anders als ich es erwartet hatte, kehrte Lora immer wieder zu uns in die Karl-Marx-Sraße zurück. Sie holte Bücher oder neue Kleider, erledigte Telefonanrufe, wusch Wäsche, und bei jedem Besuch setzte sie sich eine Weile zu mir in mein Zimmer. Die äußere Distanz zwischen uns schien in ihr wieder eine Sehnsucht nach mir zu bewirken. Aber immer, wenn es Momente von Nähe zwischen uns gab, zog sich Lora unvermittelt wieder zurück. Was blieb, waren unsere Gespräche.

Lora erzählte mir lange und ausführlich von ihrem Leben drüben, von Maxime und vor allem von den Proben. Es war, als müsste sie all die Eindrücke, die auf sie einwirkten, verarbeiten. Sie sagte, sie gehe über die Grenze in eine andere Welt. Sogar die Luft rieche anders. Drüben sei eine andere Zeit, vielleicht noch immer die Nachkriegszeit. Wenn sie die Grenze überschreite, habe sie das Gefühl, sich zwischen den Zeiten bewegen zu können. Es scheine ihr, als sei alles in die Vergangenheit gerichtet. Aber anders als bei ihr auf dem Dorf. Die Vergangenheit existiere unverändert, nicht zurechtgemacht, nicht nur für die Touristen. Sie existiere tatsächlich. In den alten Hausfassaden seien noch immer die Einschusslöcher aus dem Krieg zu sehen; dann die Geschäfte mit den schnörkligen Anschriften, die verstaubten Auslagen in den Fenstern, die schummrigen Straßenbeleuchtungen, die Eisdiele auf dem Weg zum Theater, die nur zwei Sorten Eis anbiete. In den Geschäften werde die wenige Ware zu hohen Türmen gestapelt. Dosentürme, Gläsertürme. Türme aus eingelegten Gurken, Sauerkraut oder Marmelade. Leider schmeckten die eingemachten Sachen nicht gut, irgendwie künstlich. Zum Glück kaufe Maxime immer im Westen ein.

Einmal erzählte sie, sie habe Panzer durch die Straßen fahren sehen wie im Krieg. Männer in altmodischen Uniformen hätten oben in den geöffneten Luken gestanden. Mit Lederkappen und Fliegerbrillen. Niemand habe von ihnen Notiz genommen. Vielleicht, habe sie gedacht, sei es normal, dass hier Panzer durch die Straßen fuhren.

Vom Theater erzählte Lora am ausführlichsten. Sie war ganz erfüllt davon, jeden Tag im Probenraum sitzen zu dürfen und zu sehen, wie eine Inszenierung entstand. Sie bewundere Alex, sagte sie immer wieder. Sie könne viel von ihm lernen. Er gebe den Schauspielern viel Freiheit, lasse sie eine Szene auf alle möglichen Arten ausprobieren und entscheide sich dann zusammen mit ihnen für eine Variante. Er gebe den Schauspielern Raum, ihre Zweifel auszusprechen. Sogar wenn sie ihn kritisierten, höre er ruhig zu. Er habe sehr viel Verständnis für ihre Sensibilität. Nur wenn es um die Stückinterpretation gehe, gebe er nie nach. Dann dulde er nur eine Spielweise. Bestimmte Sätze müssten besonders genau ausgesprochen sein. Sätze, die für das ganze Stück oder für das Verständnis einer Figur von großer Bedeutung seien.

Einmal, erzählte Lora, hätten sie Heiner Müller in der Kantine getroffen. Er sei mit Alex befreundet. Er habe Kartoffelpuffer an einem der Stehtische gegessen, umringt von allen möglichen Leuten. Er sei sehr klein. Das könne man sich gar nicht vorstellen, dass ein so großer Autor so klein sei. Diesen Anblick würde sie ihr Leben lang nicht vergessen.

Das Theater selber sei halb zerfallen. Nur der Eingangsbereich sei im Grunde genommen schön. Dahinter und hinter dem Zuschauerraum sei alles muffig und alt. Unter dem Theater würden sich lange, schmutzige Korridore winden, an ihren Decken hinge ein Wirrwarr von Röhren. Aus einigen tropfe es herunter und Lappen seien darum gewickelt worden, wie um die verwundeten Beine von Kriegsheimkehrern. Der Probenraum sei in einem alten Bunker untergebracht. Eine dicke Metalltür führe in ihn hinein, und um zur Bühne zu gelangen, müsse man einen langen, dunklen Gang passieren. Der Probenraum passe zum Stück. Es spiele auf einer Festung, irgendwo, in einer Art Niemandsland. Nur Männer spielten mit. Soldaten, Offiziere und der Festungskommandant. Es sei ein sehr politisches Stück, das sich auf die DDR und auf den Mauerbau beziehe. Alex und die Schauspieler hätten auch aktuelle Bezüge in das Stück eingearbeitet. Zum Beispiel die Niederschlagung der Studentenproteste auf dem Tiananmen-Platz durch die chinesische Regierung und die positiven Kommentare dazu in den DDR-Medien. Auf den ersten Blick merke man das natürlich nicht, erst auf den zweiten, aber das sei gerade gut so, betonte Lora.

Von Maxime erzählte Lora wenig. Sie sagte nur, er arbeite

tagsüber auf der Botschaft und abends sei er meist zu Veranstaltungen eingeladen. Sie sähen sich eigentlich nur nachts. Dann führen sie oft durch Ostberlin und machten Bilder. Maxime fotografiere eigentlich immer. Es sei seine große Leidenschaft. Sein Job auf der Botschaft interessiere ihn gar nicht. Er habe ihr eine Kamera und ein Stativ ausgeliehen und zeige ihr, wie man bestimmte Effekte erzielte. Das sei sehr spannend. Er lehre sie das Fotografieren. Sie würden die Bilder in der Dunkelkammer, die Maxime im Badezimmer seiner Wohnung eingerichtet habe, selber entwickeln und vergrößern.

Einige dieser Bilder habe ich kurz nach der Wende einmal gesehen. Sie wurden in einer Galerie im Westen gezeigt. Es war Maximes erste Ausstellung überhaupt.

Es waren alles Aufnahmen mit wenig Licht. Nur ein paar Straßenlaternen erhellten die Szenerie. Häuserfronten, die kantige Schatten warfen, gebrochen durch Bordsteine und dunkle Mauernischen, unscharfe Umrisse von Gegenständen. Die Bilder zeigten alle eine Stadt im Zerfall. Von Rost zerfressene Straßenschilder, Häuser, durch deren kaputte Fenster Efeu wuchs, rissige Fassaden und immer wieder die Mauer. Die Bilder hatten alle etwas Trostloses, aber irgendwie auch etwas sehr Poetisches.

Von den Bildern, die Maxime von Lora gemacht hatte, war keines dabei. Ich sah sie alle erst, als ich die Schachtel mit den Fotos öffnete und den braunen Umschlag von Maxime fand. Aber im Grunde genommen unterscheiden sie sich nicht von den Bildern, die in der Ausstellung zu sehen waren. Lora ist abgelichtet vor halb eingefallenen Baustellen, zwischen abgestorbenen, kahlen Bäumen, im fahlen Licht einer Straßenlaterne an eine Hausmauer gelehnt. Sie steht zwischen den abgeschlagenen Hufen einer Reiterstatue oder vor den verschlossenen Toren einer

Kirche. Lora fügt sich perfekt in diese düsteren Stadtbilder ein. Ihr Gesichtsausdruck ist immer ernst, die Augen auf einen unbestimmten Punkt fixiert. Von all den Bildern, die ich in der Schachtel fand, sind es die traurigsten. Aber vielleicht sind es auch die ehrlichsten. Und heute denke ich, dass Maxime möglicherweise der einzige Mensch war, der Lora wirklich gekannt hat, so wie sie war.

Hätte ich heute noch einmal die Gelegenheit, ihn zu sehen, würde ich ihn nicht mehr belächeln und in ihm nur einen alten Mann sehen, der einer jungen Frau hinterherläuft. Ich bereue es, dass ich ihn damals, als er mir die Bilder vorbeibrachte, nicht einmal in unsere Wohnung hereingelassen und keine fünf Sätze mit ihm geredet habe. Vielleicht wäre alles anders gekommen. Vielleicht hätte mich Maxime auch auf Loras Brief, der in dem braunen Umschlag steckte, aufmerksam gemacht.

27

Einmal fragte mich Lora, ob ich mit Maxime und ihr nach Potsdam fahren wolle. Maxime fotografiere das Schloss und den Park für einen Auftrag. Ich sagte sofort Ja. Ich freute mich, dass wir zusammen etwas unternahmen, dass ich einen Tag mit Lora verbringen konnte.

Sie holte mich an der Grenze ab, und wir gingen von dort direkt in Richtung Unter den Linden, um Maxime von der Botschaft abzuholen. Ein Wachsoldat stand vor dem Gebäude, und über der Tür steckte eine schmutzige französische Fahne, die ziemlich traurig herunterhing. Die ganze Gegend machte einen traurigen Eindruck. Auf den breiten, ausladenden Gehsteigen ging kein einziger Mensch, und die Straße endete vor einer Baustellenabsperrung. Dahinter waren die Mauer und das Brandenburger Tor, von dem man nur den obersten Teil sehen konnte.

Der Kopf des Botschaftspförtners schob sich wie der Kopf einer Schildkröte langsam aus seinem Kragen, als wir nach Maxime fragten. Lange sah uns der Pförtner einfach nur an, als ob er uns nicht richtig verstanden hätte. Dann fragte er nach unseren Namen, notierte sie und betätigte irgendeinen Schalter an seinem wackligen Pult und sagte: Monsieur Varlin wird gleich kommen. Aber Maxime tauchte erst nach einer Viertelstunde auf. Mit schnellen Schritten kam er die Treppe herunter auf uns zu, in der einen Hand einen Regenschirm, in der anderen seine Kameratasche, und gab uns beiden die Hand. Er entschuldigte sich mehrmals für sein Zuspätkommen.

Draußen öffnete er uns zuvorkommend die Tür seines Dienstwagens. Er behandelte uns ein wenig wie offizielle Gäste, auch Lora. Er war sehr höflich und freundlich, aber auch ein wenig distanziert. Während der Fahrt erklärte er uns die Gegend und ergänzte seine Ausführungen mit langen geschichtlichen Exkursen. Wenn man ihn etwas fragte, gab er nie direkt Antwort. Er sagte »man« oder »es«, »man könnte sagen« oder »es ist anzunehmen«. Jede persönliche Frage verwandelte er in eine allgemeine, und ich fragte mich, ob er auch so sprach, wenn er mit Lora allein war.

In Potsdam führte er uns in ein Restaurant, das direkt am See lag. Wir aßen gebratenen Fisch und Kartoffeln und tranken Weißwein dazu. Im Lokal waren kaum Gäste, und alles sah ein wenig heruntergekommen aus. Auf den weißen Tischdecken waren Flecken, und die großen Fotos an den Wänden, die das Restaurant und den See von schräg oben zeigten, waren verblichen. Zur Nachspeise gab es Eis mit Schlagsahne, das in grauen Plastikbechern serviert wurde. Als wir fertig gegessen hatten, stand Maxime auf, ging zu einem der beiden Kellner, die hinter dem Tresen standen, und bezahlte die Rechnung. Dass er uns einlud, schien für Lora selbstverständlich zu sein. Das irritierte mich.

Das Schloss und sein Park waren alt und verwittert. Kleine Pavillons, in denen früher einmal Tee getrunken oder kleine Feste gefeiert wurden, Palmen, die in großen Kübeln wuchsen, tropische Pflanzen, die hinter den schmutzigen Scheiben eines riesigen Gewächshauses vor sich hin welkten. Aber mir gefiel der Park, und während Lora und Maxime fotografierten, streifte ich überall herum. Ich spazierte über die verschlungenen Wege, unter den alten Baumriesen hindurch, streifte durchs hohe Gras und sog die wechselnden Düfte durch die Nase ein. Ich legte mich auf eine der steinernen Bänke, den Kopf auf meiner Jacke, und sah zum Himmel hoch, zu den Wolken, die wie flauschige Federn über mir vorüberzogen. Ich dachte über Lora und über mich nach und über die Distanz zwischen uns beiden und ob ich das alles noch länger aushalten konnte oder ob es nicht besser wäre, wenn wir uns nicht mehr sehen würden. In meiner Vorstellung versuchte ich, Lora loszulassen und mich von ihr zu verabschieden, aber es gelang mir nicht. Immer wieder holte ich Lora zu mir zurück. Ich griff nach ihren Armen und Händen. Ich umschlang sie und hielt sie fest. Selbst in meiner Fantasie gelang es mir nicht, mich von Lora zu trennen.

Die Stimmen von Maxime und Lora weckten mich. Sie standen ganz in der Nähe mit ihren Stativen, die Kameras auf ein steinernes Treppengeländer gerichtet, das hell zwischen dunklen Büschen hervorleuchtete. Maxime sprach von Einstellungen, Blenden, Lichtverhältnissen. Von Hell-Dunkel-Kontrasten. Lora fragte nach. Deutete auf etwas. Maxime nahm ein graues, kleines Kästchen aus seiner Anzugtasche hervor, hielt es in der ausgestreckten Hand von sich weg, zeigte es Lora und steckte es wieder in seine Tasche. Vermutlich ein Lichtmessgerät. Sie verstellten ihre Stative, veränderten etwas an ihren Objektiven und fotografierten.

Ich weiß nicht, was Lora an Maxime so gemocht hat. Ob es diese Empfindsamkeit war, die ich auf seinen Fotos später entdeckte, oder ob es im Gegenteil seine förmliche Sachlichkeit war, die er ständig zur Schau trug. Vielleicht war es auch beides zusammen. Das Wichtigste, denke ich heute, war wohl, dass Maxime Lora bei sich aufnahm und sich nicht in ihr Leben einmischte. Er ließ Lora bei sich wohnen und erklärte ihr das Fotografieren, das war alles. Er war einfach da. Irgendwo am Rand ihres Lebens, das aus den Fugen geraten war, ohne dass ich es bemerkt hatte. Er gab ihr Halt, und sie konnte sich auf ihn verlassen, während ich launisch und eifersüchtig war und sie mit Vorwürfen traktierte oder mich verstockt von ihr abwandte.

28

Ich habe es gestern früh nicht übers Herz gebracht, bei der Schülerhilfe anzurufen und mich abermals krankzumelden, obwohl ich noch lange nicht alles aufgeschrieben habe. Am Mittag fuhr ich mit all meinen Heften, Büchern und auch mit meinen Sachen zum Übernachten einfach los. Ich wollte unbedingt, dass dieser Dienstag so sein würde wie all die Dienstage in den letzten Monaten zuvor: dass ich in der Schülerhilfe unterrichtete und nachher mit Morten nach Hause ging.

Yussuf kam zu spät, und ich saß eine ganze Weile allein im Zimmer. Aber es war mir egal. Ich genoss es, wieder dort zu sein, in der vertrauten Umgebung, in der ich so viele Stunden meines Lebens zugebracht hatte. Als Yussuf endlich hereingestürmt kam, zeigte er mir stolz zwei Bildchen, die er sich auf die Arme geklebt hatte: einen Koala und eine kleine gezündete Bombe. Und er erzählte mir aufgeregt, wie der Koala vor der gezündeten Bombe flüchte und über seinen ganzen Körper klettere bis auf seinen Kopf und dort von der Bombe zerfetzt werde. Dann machten wir uns an die Arbeit.

Als Yussuf zwischendurch einmal aufs Klo ging, sah ich, dass Morten schon draußen auf der Bank in der Eingangshalle unter den Garderobehaken saß. Er trug seine rote Mütze und seine Winterjacke mit dem Skateboarder auf dem Rücken. Später rief ich ihn herein, und er hatte die Mütze und die Jacke noch immer an und zog sie auch in unserem Schulzimmer nicht aus. Ich begrüßte ihn, aber er antwortete nicht. Und als ich ihn fragte: Ist dir nicht zu warm?, schüttelte er nur den Kopf und setzte sich schnell an das Tischchen, an dem ich mit meinen Schülern immer die schriftlichen Sachen erledige: Verbesserungen von Aufsätzen, Sprachübungen und die Vorbereitung auf Prüfungen. Aus seinem Schulranzen nahm er ein zerknittertes Blatt Papier hervor, legte es vor sich hin und starrte wortlos darauf. Als ich mich hinter ihn stellte und ihm über die Schultern sah, las ich: Eichhörnchen im Winter. Es war ein Diktat, das er üben sollte.

Ich spürte, dass ich Morten nicht anfassen, nicht einmal an den Schultern berühren durfte. Er hatte sich in seiner dicken Jacke unter seiner Mütze verkrochen wie in einer Höhle. Und es gab nur eins: Ich musste ihn von dort hervorlocken.

Zuerst versuchte ich es ganz sachlich. Ich sagte: Morten, vielleicht solltest du einmal die schwierigen Wörter mit einem Stift anstreichen. Und als er nicht reagierte, fuhr ich fort: Letztes Mal haben wir es doch auch so gemacht, und danach ging das Üben ganz schnell. Aber Morten regte sich nicht. Er saß nur weiter schweigend in seiner Höhle, hielt den Blick gesenkt und schniefte ab und zu mit der Nase. Er verweigerte sich mir und meinem Unterricht vollkommen, und im Grunde genommen hatte er recht: Ich hatte ihn versetzt und angelogen. Ich hatte mich seit Donnerstag bei ihm und Leif nicht gemeldet und war nicht einmal vorbeigegangen, um mir das Raumschiff anzusehen, das er für mich gebastelt hatte.

Ein Kind wie Morten hat einen siebten Sinn für die Lügen der Erwachsenen. Leute, die ihn versetzten, hasste er, und Leute, die zu spät kamen, strafte er mit Missachtung. Es gab keine Ausflucht und kein Darumherumreden mehr. Ich musste ihm alles sagen.

Ich setzte mich auf den anderen der beiden Kinderstühle, die an dem kleinen Tisch standen, und sagte: Schau, Morten, es tut mir leid, aber ich konnte nicht kommen. Morten hielt sich mit beiden Händen die Ohren zu, kaum fing ich an zu reden. Suchend sah ich mich im Schulzimmer um, ob ich etwas fand, das mir half, seine Verweigerung aufzubrechen. Aber natürlich war da nichts außer ein paar Ringordnern in den Regalen und ein paar Töpfen mit Grünpflanzen. Und irgendwann sprach ich einfach weiter. Und beim Reden schaute ich geradeaus zu der Wandtafel, auf die eine Kollegin ein Reh und ein Rehkitz gemalt hatte. Das Hinterteil des Rehs war dick mit weißer Kreide schraffiert. Und ich hatte das Gefühl, ich würde eigentlich zu diesem Reh sprechen und gar nicht zu Morten. Ich redete über mein Schreiben und warum es für mich so wichtig war, sagte, dass ich über Lora schrieb, aber auch über mich selber, und dass ich ganz viele Dinge, die ich Morten damals auf unserer Reise erzählt hatte, erst jetzt wirklich begriff. Aber ich bräuchte viel Ruhe, um mich konzentrieren zu können, und deshalb hätte ich mich so zurückgezogen.

Das Reh zeigte mir geduldig sein Hinterteil, und während ich so auf seinen weißen Hintern starrte, erzählte ich Morten plötzlich, dass ich Leif vorgestern am Telefon angelogen hätte, eigentlich hätte ich überhaupt nicht viel in der Schule zu tun gehabt, sondern sei krankgemeldet gewesen und hätte einfach nur zu Hause in meiner Wohnung gesessen und geschrieben. Und in diesem Moment, nachdem ich das gesagt hatte, nahm Morten die Hände von seinen Ohren.

Ich wusste, dass ich weitersprechen musste, dass ich auf keinen Fall aufhören durfte, dass ich noch lange nicht gewonnen hatte. Und ich begann nun von Leif und ihm zu erzählen und was mir damals alles durch den Kopf gegangen war, als ich sie beide kennengelernt hatte. Wie ich dachte, was das für ein ängstlicher Junge sei, dieser Morten, der nur in der Schülerhilfe bleiben wollte, wenn sein Vater auch dablieb. Und wie wir zuerst nur zeichneten und fast nicht miteinander sprachen und auch nichts schrieben. Und wie Morten plötzlich anfing, mir Geschichten zu erzählen, die er gezeichnet hatte. Es waren die Geschichten von einem anderen Jungen, der auf dem Mond wohnte und Serafin hieß. Und dieser Serafin war ziemlich mutig und konnte sogar ein bisschen zaubern. Zumindest konnte er sich Spielsachen zaubern, wenn er welche brauchte. Einmal gelang ihm sogar eine ganz lange Rutschbahn und ein andermal eine Schneehütte, in der er mit einem kleinen Hund, den er sich auch gezaubert hatte, übernachtete. Und ich erzählte Morten, wie ich anfing, diese Geschichten aufzuschreiben, und wie ich ihm jedes Mal, wenn er wieder zu mir in die Schülerhilfe kam, vorlas, was für Abenteuer Serafin letztes Mal erlebt hatte. Und wie Morten irgendwann begann, diese Geschichten selber zu schreiben, und sein Vater von da an nicht mehr mitzukommen brauchte.

Plötzlich unterbrach mich Morten und sagte: Jetzt musst du erzählen, wie wir in die Pizzeria gegangen sind! Und das war das erste Mal nach einer halben Stunde, dass er mit mir sprach, und ich musste mir verkneifen, ihn zu umarmen und zu küssen, so sehr freute ich mich darüber. Ich erzählte, wie es war, als sein Vater eines Abends nicht gekommen war, um ihn von der Schülerhilfe wieder abzuholen, und wie ich mich zuerst gar nicht traute, Morten zu sagen, dass es schon längst nach sechs Uhr war und dass sein Vater eigentlich schon seit mehr als einer halben Stunde hätte da sein sollen. Und wie ich ihm irgendwann sagte, dass wir wohl am besten in die Pizzeria um die Ecke gehen sollten, denn ich hätte fürchterlich Hunger. Und wie Morten sofort einwilligte und mit dickem Filzstift für seinen Vater einen Zettel schrieb: Wir sind in der Pizzeria, Grüße, Morten und Mara, und diesen Zettel mit viel Tesafilm an die Tür der Schülerhilfe klebte. Und wie Leif tatsächlich eine halbe Stunde später in der Pizzeria auftauchte und sich tausendmal für die Verspätung entschuldigte. Und wie er sich auch eine Pizza bestellte und wir alle drei danach einen richtig gemütlichen Abend miteinander verbrachten.

Und dann hast du dich in Papa verliebt, sagte Morten und sah mich unter seiner Mütze mit großen Augen an. Ja, das habe ich, sagte ich und lachte, genau, so war es. Zumindest war das die Geschichte, die Leif und ich ihm schon so oft erzählt hatten, und im Großen und Ganzen stimmte sie auch. Dass alles viel komplizierter gewesen war, stand in einer anderen Geschichte, in einer Geschichte für Erwachsene, und die brauchte Morten nicht zu kennen. Die andere Geschichte handelte davon, wie es nach jenem Abend in der Pizzeria noch Wochen dauerte, bis sein Vater und ich uns zum ersten Mal küssten. Und dass wir auch danach noch ewig lange nicht wussten, ob das mit uns beiden tatsächlich etwas würde. Es war ein kompliziertes Hin und Her zwischen Ja und Nein und Nein und Ja gewesen. Aber vielleicht war es gerade unsere Unsicherheit, die uns einander finden ließ. Keiner hat den anderen gedrängt. Ich musste meine Angst vor Männern, die mich zwangen, ihren Penis in meinen Mund zu nehmen, überwinden und Leif seine Angst vor Frauen, die ihn mit einem Kind sitzen ließen.

Das Eichhörnchen-Diktat übten Morten und ich nur noch während der letzten Viertelstunde. Wir strichen gemeinsam die schwierigen Wörter an, und Morten schrieb sie auf einen Notfall-Zettel, auf den er ein rotes Kreuz gemalt hatte, damit er sie sich besser merken konnte. Und heute habe ich ein schlechtes Gewissen, weil ich fürchte, dass Morten wieder dreiundzwanzig Fehler im Diktat machen wird wie letztes Mal. Und ich hoffe, dass ganz viele von den schwierigen Wörtern, die er gestern unter das rote Kreuz geschrieben hat, in seinem Kopf hängen geblieben sind.

Als wir nach Hause kamen, erzählte Morten Leif nichts von meiner Lüge. Er erzählte auch nichts von unserem Gespräch in der Schülerhilfe. Er hatte sicherlich Angst, dass Leif und ich uns sonst streiten würden. Da bin ich mir sicher. Und er hatte recht: Wir stritten uns tatsächlich deswegen. Aber wir stritten uns erst, als Morten schon lange im Bett war und nachdem wir bei Kerzenlicht zu Abend gegessen hatten und Elfer Raus gespielt und Leif Morten aus *Michel aus Lönneberga* vorgelesen hatte, während ich die Küche aufräumte. Und ich bin sehr froh, dass Morten unseren Streit nicht mitbekommen hat.

Ich wollte Leif unbedingt die Wahrheit sagen. Ich wollte nicht, dass diese Lüge weiter zwischen uns stand. Und als er aus Mortens Zimmer kam und mich umarmte und zärtlich küsste, da sagte ich es ihm, rundheraus und ohne Umschweife: Ich habe dich angelogen.

Diese Direktheit war dumm. Aber ich kanns nicht mehr ändern. Ich musste diesen Satz einfach loswerden. Genau diesen. Ich weiß, ich hätte noch eine Weile warten sollen, bis wir auf dem Sofa in der Küche gesessen und ein Glas Wein getrunken hätten. Ich hätte alles von Anfang an gut vorbereiten und in den richtigen Zusammenhang stellen sollen. Ich bin mir fast sicher, Leif wäre nicht explodiert und hätte mich nicht angeschrien und von mir verlangt, dass ich »diese Lora« endlich vergesse und mit dieser »Schreiberei« aufhöre und endlich einen »Strich unter diese Angelegenheit« ziehe. Ich bin sicher, es wäre alles anders gekommen. Weniger hässlich und weniger unverständlich, und ich säße an diesem Morgen nicht allein in meiner Wohnung in meinem Schreibsessel, sondern hätte mit Leif zusammen Morten zur Schule gebracht, und wir wären jetzt schon längst in unserem Lieblingscafé am Zionskirchplatz und würden reden oder Zeitung lesen.

Natürlich hatte ich Leif alles zu erklären versucht, so wie ich es zuvor Morten und dem Reh erklärt hatte, aber er wollte das alles nicht begreifen, und ich wiederholte mich, und jedes Mal, wenn ich wieder von vorne anfing, kam das Ganze noch verworrener heraus. Und irgendwann merkte ich, dass alles Erklären und Diskutieren nichts mehr nützte. Dass es die Dinge nur noch schlimmer machte, als sie schon waren. Und deshalb rief ich mitten in der Nacht ein Taxi und ließ mich nach Hause fahren. Und zu Hause rief ich Leif nochmals an und wünschte ihm eine gute Nacht, und er räusperte sich und sagte lange nichts, und dann sagte er, gleichfalls, und danach legten wir beide auf.

Vermutlich hat Leif genau wie ich heute Nacht kein Auge zugetan, und jetzt hockt er bei sich in der Küche, nachdem er Morten zur Schule gebracht hat und den ganzen Weg über seine Fragen beantworten musste. Warum ich nicht mehr da sei und wann ich zurückkommen würde und wo ich jetzt sei? Und vermutlich war Leif jetzt genauso erschöpft und ratlos wie ich.

29

Zwei Wochen nach dem Besuch in Potsdam nahm mich Lora sogar mit zu einer Party nach drüben. Bense, einer der Schauspieler, hatte die ganze Truppe zu sich in seine Wohnung eingeladen. Weil es in dem Stück nur Männerrollen gab, war Lora zusammen mit der Inspizientin die einzige Frau dort, und deshalb, oder weil Alex sie darum bat, noch ein paar Frauen mitzubringen, nahm Lora mich mit.

Die Wohnung sah genau gleich aus wie die Wohnungen von jungen Leuten im Westen. Ich konnte keinen Unterschied ausmachen. Die Möbel waren alt und zusammengewürfelt, das Geschirr auch, die Teppiche aus abgetragenem Sisal. Nur hingen nicht die üblichen Plakate an den Wänden, sondern richtige Bilder, in allen Zimmern, sogar in der Küche. Vielleicht hatte sie der Schauspieler selber gemalt oder ein Freund von ihm.

Die ganze Zeit wurde über die Inszenierung gesprochen, und ich langweilte mich. Die Witze, die gemacht wurden, ergaben für mich keinen Sinn, und all die Details, die im Zusammenhang mit der Aufführung standen, begriff ich nicht. Ab und zu erklärte mir Lora etwas, aber das half auch nicht wirklich. Kaum hatte ich eine Anspielung verstanden, wurde schon wieder über etwas anderes gelacht.

Ich saß mit Lora gemeinsam auf einem großen, roten Sessel. Ich lehnte mich an ihren Rücken und ließ meine Beine über die Armlehne fallen. Lora sagte nichts und rückte nicht von mir ab. Die Öffentlichkeit schien für sie ein willkommener Schutz vor mir zu sein. Ich beobachtete Alex, der in der Küche stand, Wasser aufsetzte, Brot schnitt und alle möglichen Speisen auf ein Tablett stellte. Er trug einen weißen, zerknitterten Leinenanzug, genau wie Lora mir erzählt hatte. Ich überlegte mir, was für einen Aufwand es bedeutete, sich so zu kleiden. Solche Anzüge mussten doch ständig gewaschen und gebügelt werden. Aber vielleicht hatte Alex eine Frau oder eine Freundin, die das alles übernahm.

Alex brachte Brot, eingelegte Gurken, Käse und irgendeine Wurst zu uns herüber und stellte ein Tablett voller Gläser, in die Kaffeepulver und heißes Wasser geschüttet wurde, vor uns auf den Tisch. Er spielte den Kellner für die ganze Truppe. Das gefiel mir.

Der Kaffee schmeckte bitter, und man musste beim Trinken ständig darauf achten, dass der Satz nicht aufgewühlt wurde.

Ost-Kaffee, sagte Alex zu mir und grinste. Man muss wissen, wie man das trinkt, dann gehts.

Einer der Schauspieler schraubte eine Flasche Wodka auf, und Alex suchte in der Küche nach Gläsern. Nach einer Weile kam er mit einem Dutzend Eierbechern, die er sich unter den Arm geklemmt hatte, zurück. Er verteilte den Wodka in die Becher und servierte sie auf einem Brotbrett, das er herumreichte. Schnell wurden sie ausgetrunken und Alex wieder entgegengestreckt. Ich spürte die Hitze des Alkohols in meiner Kehle. Er war viel zu scharf, aber ich würgte ihn trotzdem hinunter. Ich fühlte eine angenehme Wärme in meinem Innern. Loras Körper war mir ganz nahe, und ich genoss jede Sekunde unserer Berührung.

Lora rauchte und nippte an ihrem Wodka, den sie in ihrer linken Hand wie in einer Schale hielt, und hie und da bog sie ihren Kopf nach hinten und lehnte ihn an meinen. »In der Fremde gehören wir wieder zusammen.« Dieser Gedanke ging mir durch den Kopf, als wäre er ein Satz aus einem Buch. Vielleicht genoss Lora unsere Nähe genauso wie ich.

Wenn sie redete, spürte ich ihre Stimme durch ihren Brustkorb hindurch. Sie fühlte sich eigenartig dumpf an. Immer wieder benutzte Lora die Wendung »Mir ist aufgefallen, dass ...«. Die Wendung wirkte wie ausgestanzt und hörte sich unecht an. Sie stand in seltsamem Kontrast zu der Weichheit und Wärme von Loras Körper.

Plötzlich rief jemand ganz laut in unsere Richtung: Was macht ihr denn hier, verdammt noch mal, was macht ihr zwei denn hier in diesem Land? Hier will sich doch keiner freiwillig aufhalten. Hier gibts doch nichts Interessantes zu sehen. Nicht mal am Theater gibts was Interessantes zu sehen. Ich erschrak und machte mich klein hinter Lora. Ich spürte, wie sich ihr Körper spannte und steif wurde. He, Karkov, hör auf, hörte ich eine andere Stimme rufen. Nicht so scharfzüngig. Wir brauchen die Schweiz. Sie garantiert uns die Menschenrechte, wenigstens hier auf dem Theater. Wir brauchen das Ausland, auch wenn wir es nur aus der Ferne anschauen dürfen. Da haben wir wenigstens eine schöne Perspektive! Lachen. Alex, der Ruhe verlangte. Von einer Sekunde auf die andere war er wieder der Regisseur und alle hörten ihm zu. Das schien wie eingespielt. Wie ein Reflex. Ich versuchte herauszufinden, wer es war, der vorher so geschrien hatte. Zu wem die Stimme gehörte. Aber alle sprachen jetzt wieder wild durcheinander, und ich konnte keine einzelnen Stimmen mehr ausmachen.

Komm, lass uns gehen, sagte ich zu Lora. Das ist doch Quatsch hier. Das kann sich schnell gegen uns richten. Aber Lora zündete sich nur eine neue Zigarette an, stieß den Rauch aus und schüttelte den Kopf. Als ich ihr die Hand auf die Schulter legte, rückte sie von mir ab und gab mir zu verstehen, dass ich sie in Ruhe lassen solle, dass sie das alles nicht als Bedrohung empfinde.

Ich fühlte mich unwohl unter all diesen Männern, aber auch mit Lora. Als man uns ein zweites Mal nur als »das Ausland« ansprach, bat ich Alex, mich zur Grenze zu fahren. Lora kam auf mein Drängen mit. Aber beim Grenzübergang Friedrichstraße blieb sie in Alex' Auto sitzen und sagte: Mach dir keine Sorgen um mich, Mara, ich komm schon zurecht. Dann küsste sie mich zum Abschied flüchtig auf den Mund.

Für einen Moment blieb ich vor Alex' Auto stehen und versuchte, in Loras Augen hinter der Scheibe zu blicken. Aber die Spiegelung war zu stark. Ich nahm nur Loras Hand wahr, die mir zuwinkte, und winkte mechanisch zurück. Dann wendete Alex und fuhr davon.

Langsam ging ich die Treppe hinunter zur Zollabfertigung.

Ich hatte Angst um Lora, aber ich wusste, dass es keinen Sinn gehabt hätte, nochmals zu versuchen, sie zum Mitkommen zu überreden. Lora war es, die jetzt bestimmte, wann und wie lange und wie wir zusammen waren.

Am Ende eines engen, dunklen Ganges musste ich meinen Pass einem Grenzbeamten zeigen, der mit starrem Gesicht unbeweglich in einem Glaskabäuschen saß. Ich musste den Pass durch ein Loch schieben, das so weit oben angebracht war, dass man nur knapp die Hände des Grenzers sah, der den Pass öffnete, die Seiten umblätterte und mit einem Stempel versah. Ich fühlte mich hilflos und klein wie ein Kind.

Als ich Lora bei ihrer nächsten Rückkehr in die Karl-Marx-Straße fragte, ob an dem Abend noch lange gefeiert wurde, wich sie mir aus. Sie gab vor, arbeiten zu müssen, und verschwand hinter der geschlossenen Tür ihres Zimmers. Erst ein paar Tage später erzählte sie mir ganz nebenbei und ohne dass ich sie danach gefragt hatte, die folgende Geschichte:

Nur Karkov sei noch in der Wohnung gewesen, als Alex und sie zurückgekehrt seien, und natürlich Bense. Die beiden hätten ständig getrunken und geprahlt, wie sie das »System« aufbrechen und dann über Ungarn in den Westen abhauen wollten. Und plötzlich sei Alex verschwunden und habe sie alleine gelassen mit diesen beiden besoffenen Typen. Sie habe sich in der Wohnung umgeschaut und habe nach ihm gerufen, aber er sei unauffindbar gewesen. Vermutlich sei er weggegangen, habe sie gedacht, die Prahlerei sei ihm sicher zu dumm geworden.

Danach sei sie wieder auf »unseren Sessel« zurückgekehrt. Und da irgendwann eingeschlafen. Aber das habe sie erst gemerkt, als sie von Karkov und Bense geweckt wurde und beide ihr einen Schlafanzug vor die Nase gehalten hätten. Einen viel zu großen blauen Männerschlafanzug mit einem eingestickten Pferd auf der Brusttasche. Sie müsse ihn angezogen haben, diesen Schlafanzug, denn am Morgen, als sie aufgewacht sei, habe sie in diesem Schlafanzug auf dem aufgeklappten Sofa im

Wohnzimmer gelegen und links und rechts neben ihr hätten Karkov und Bense gelegen, beide nackt. Lora lachte laut, als sie diese Episode erzählte, und fügte hinzu, Karkov und Bense seien vollkommen hinüber gewesen.

Sie erzählte, wie sie danach schlaftrunken von diesem Sofa gekrochen sei, immer darauf bedacht, keinen der beiden zu berühren, die sie im Halbdunkel nur schemenhaft wahrgenommen habe, und wie sie auf allen Vieren nach ihren Kleidern gesucht habe, die im ganzen Wohnzimmer herumgelegen hätten, und wie sie ins Bad gegangen sei, sich angezogen habe, das Gesicht mit Wasser gewaschen und mit Toilettenpapier die verwischte Schminke wieder irgendwie in Ordnung gebracht habe.

Als sie aus dem Bad getreten sei, habe sie ein seltsames Geräusch gehört, das aus Benses Schlafzimmer gedrungen sei, und durch die halb geöffnete Tür habe sie Alex gesehen, der ohne Brille und in einer seltsam verwinkelten Stellung auf der Inspizientin gelegen habe, deren offene Haare wie ein Bach über die Matratze geflossen seien.

Schnell habe sie in der Küche nach ihrer Jacke und ihrer Tasche gesucht und sei aus der Wohnung all dieser Verrückten geflüchtet, fuhr Lora lachend fort und tippte sich an die Stirn. Sie habe keine Lust gehabt, Karkov, Bense, Alex und der Inspizientin in wachem Zustand zu begegnen, um mit ihnen womöglich noch frühstücken zu müssen. Wie peinlich für alle, sagte sie kichernd. Sie sei einfach abgehauen, und wiederholte das Wort mehrere Male. So habe man sich auf den Proben am nächsten Tag wenigstens wieder mit Würde begegnen können. So als wäre nichts gewesen. Keiner habe auch nur ein einziges Wort darüber verloren.

Ich weiß nicht mehr, was ich damals dazu sagte. Ich weiß nur noch, dass ich Lora nicht glaubte, was sie erzählte, dass ich sicher war, dass sich alles anders zugetragen hatte. Aber ich fragte nicht nach. Ich insistierte nicht. Was hätte es mir gebracht, die Wahrheit zu kennen? Sie hätte mich nur geschmerzt, so oder so.

30

Als ich Lora zum letzten Mal sah, saß sie in ihrem Zimmer und faltete auf ihrer Matratze Wäsche zusammen. Ich kam von der Frühschicht nach Hause und sah sie durch die offene Tür. Sie trug ein rotes Sommerkleid, und um ihre Haare hatte sie wie immer nach der Dusche ein Frottiertuch gewunden, das wie ein großer Topf auf ihrem Kopf thronte. Sie lächelte, als sie mich hereinkommen sah. Aber ich begrüßte sie nur kurz und ging in die Küche. Ich wechselte kaum drei Sätze mit ihr. Ich war todmüde. Ich hatte acht Stunden in der Apotheke gearbeitet und war für den Abend mit Leo verabredet. Ich wollte ein Glas Saft trinken und mich danach hinlegen und noch ein wenig schlafen.

Später dachte ich oft über diesen Moment nach. Über meinen Blick durch die Tür und über Loras Lächeln. Warum habe ich es ignoriert? Warum habe ich es nicht als Aufforderung wahrgenommen und bin zu ihr ins Zimmer gegangen und habe mich zu ihr gesetzt? Warum bin ich so stur gewesen? So verbissen in meine Vorstellung von einer »richtigen Beziehung«? Warum bin ich Lora aus lauter Angst vor dem Ende ausgewichen? Warum habe ich ihre Verzweiflung nicht wahrnehmen wollen?

Als ich aufwachte und ins Bad ging, um mich fertig zu machen, war Lora nicht mehr in ihrem Zimmer. Zuerst dachte ich, sie sei schon wieder über die Grenze, und ärgerte mich, dass sie sich nicht einmal von mir verabschiedet hatte. Aber dann sah ich, dass alle ihre Sachen noch da waren: die Wäsche, die geöffneten Taschen, ihre zusammengelegten Kleider, Fotos, die herumlagen, ein aufgeschlagener Ordner mit Unterlagen von der Uni, zwei Bücher. Sie musste nur kurz weggegangen sein, vermutlich um sich Zigaretten zu kaufen. Ich überlegte mir einen Moment lang, ob ich ihr einen Zettel schreiben sollte, dass ich heute

Abend nicht da sei, aber mich freuen würde, sie später zu sehen. Aber dann ließ ich es bleiben. Ich musste Lora nicht erklären, wo ich war und was ich tat. Sie erklärte mir auch nichts und nahm keine Rücksicht auf mich.

Später erzählte mir Ulrike, sie habe mit Lora in der Küche noch kalte Nudeln gegessen und sie hätten Milch direkt aus der Packung getrunken. Lora habe die Nudeln anbraten wollen, aber sie habe keine Zeit gehabt, weil auch sie verabredet gewesen sei. Dem roten Koffer, den Lora aus unserem Kohlenkeller geholt hatte und der in ihrem Zimmer stand, habe sie keine Bedeutung beigemessen. Sie habe nicht gewusst, dass es der Koffer war, mit dem Lora damals, vor zwei Jahren, aus der Schweiz angereist sei. Das hatte erst ich ihr erzählt. Ulrike dachte, Lora hätte den Koffer geholt, um etwas über die Grenze zu schaffen. Bücher für die Schauspieler oder ein Hi-Fi-Gerät. Von solchen Aktionen hatte sie oft erzählt.

Während Ulrike mit Lora die Nudeln aß, saß ich mit Leo schon in diesem Lokal mit den rot angestrichenen Tischchen an der Jahnstraße, in dem man damals wundervolle Quiches essen konnte. Leo hatte von einer Tante viertausend Mark geerbt und mir am Morgen auf der Arbeit davon erzählt. Und als ich zu ihm sagte, was für ein Glück, das müssen wir feiern, lud er mich spontan für diesen Abend in dieses Lokal ein. Ich fragte nicht, warum er nicht mit Nina feiern wollte und was mit ihnen beiden los sei. Ich fürchtete, dass alles nur kompliziert würde und dass Leo die Einladung zum Schluss wieder zurücknehmen würde. Ich freute mich, dass ich etwas vorhatte, dass ich nach einem langen, anstrengenden Tag einen entspannten Abend verbringen konnte.

Leo und ich sprachen die ganze Zeit nur über die viertausend Mark und über all die Möglichkeiten, die es gab, sie auszugeben.

Wir sprachen weder über Lora noch über Nina. Es war schön, einmal einen ganzen Abend lang nur über Möglichkeiten zu sprechen und nicht über die Realität. Zuerst wollte Leo sich mit dem Geld ein altes Auto kaufen. Aber als ich ihm klargemacht hatte, wie wenig man in Berlin mit einem Auto anfangen konnte, wollte er mit dem ganzen Geld verreisen. Zuerst nach Algerien in die Wüste und nachher nach Indien, um zu sehen, wie die Leute im Ganges badeten und wie in großen Feuern Leichen verbrannt wurden. Die indische Religion faszinierte ihn damals sehr, und er glaubte auch irgendwie an die Wiedergeburt. Er sagte, es rege ihn auf, dass er schon so vieles verpfuscht habe, noch bevor es richtig losgegangen sei. Ein Leben nach dem Tod biete zumindest eine zweite Chance.

Aber Indien würde wahrscheinlich zu teuer, stellten wir fest, und später verwarfen wir die Idee ganz und sprachen darüber, einfach nur mit Interrail durch Europa zu fahren. Man konnte Geld sparen, indem man in den Zügen übernachtete, und tagsüber bot sich die Gelegenheit, in allen möglichen Städten herumzubummeln. So würde sein Geld ewig reichen, meinte ich. Aber die Vorstellung, nur in Europa herumzureisen und die Nächte in Zügen zu verbringen, gefiel Leo nicht, und er verwarf auch diese Idee. In Kopenhagen, sagte er, sei er schon einmal gewesen, in Paris und Zürich auch, und Madrid und Mailand interessierten ihn nicht. Er meinte, er wolle sich lieber eine neue Wohnungseinrichtung kaufen. Piekfeine Möbel und eine Spülmaschine. Ein schwarzes Ledersofa und einen Fernseher mit vierzig Kanälen. Ich musste laut lachen, als er das sagte. Ich stellte mir Leos zugemüllte Wohnung vor, in die die neuen Möbel geliefert würden. Wo willst du die denn hinstellen?, fragte ich. Bei dir ist doch alles schon voll! Und Leo tat zuerst so, als hätte er die ganze Schweinerei in seiner Wohnung noch gar nie bemerkt, und zeigte sich ein wenig beleidigt. Aber dann gab er zu, dass ich recht hatte, und endlich musste auch er lachen.

Leos nächste Idee war, sich ein Faxgerät zu kaufen als Grundlage für ein eigenes »Business«, wie er das nannte. Aber im Grunde genommen hatte er keine Ahnung, was für ein »Business« das überhaupt sein sollte. Er meinte nur: etwas mit Gestaltung. Und so verging der ganze Abend. Ständig kamen uns wieder neue Ideen, die Leo zum Schluss doch verwarf. Aber wir lachten viel, und es war die beste Unterhaltung, die wir seit dem Auftauchen von Nina in Form einer aufgerissenen Kondomtüte miteinander führten.

Was Leo mit dem Geld zum Schluss tatsächlich anstellte, weiß ich nicht mehr. Vermutlich kaufte er sich damit doch ein Auto. Denn nach der Wende besaß er, wie fast alle Berliner, plötzlich auch eines, um ins »Umland« zu fahren, wie man damals sagte. Es war ein alter klappriger Passat, dessen hintere Türen nur noch von außen geöffnet werden konnten und auf dessen Polster einmal Motorenöl ausgekippt worden sein musste. Auf jeden Fall stank der Wagen furchtbar. Aber er war noch okay, das musste ich zugeben. Und als mich Leo einmal einlud, mit ihm nach Rostock und Stralsund zu fahren, um irgendwelche Bekannten von ihm zu besuchen, und ich zum ersten Mal ein bisschen mehr vom Osten mitbekam als nur das, was man auf der Durchfahrt in den Westen sah, begann mir das alte Auto sogar zu gefallen. Zumindest solange es nicht regnete und man die Fenster offen lassen konnte.

Als Leo und ich nach Hause gingen, war es schon spät. Ich hakte mich bei ihm unter, und wir gingen von dem Lokal bis zur Karl-Marx-Straße zu Fuß. Wir waren beide ein bisschen betrunken. Wir lachten über jeden Blödsinn und spazierten in Schlangenlinie über den Gehsteig. Leo begleitete mich bis zu unserem Haus und ging mit mir sogar noch durch den Eingang des Vorderhauses und bis vor unsere Haustür, und in unserem Hof alberten wir noch lange weiter herum, weil ich meinen Schlüssel nicht finden konnte. Und als ich ihn endlich fand, steckte ich ihn langsam und umständlich ins Schloss, weil ich insgeheim hoffte, Lora würde uns vom Fenster aus beobachten. Und als ich Leo zum Abschied umarmte, verharrte ich extra lange in seinen Armen.

Während ich die Treppe hochging, beobachtete ich aus einem der Fenster, wie Leo immer noch draußen vor unserem Haus stand. Ich winkte ihm aus einem der Treppenhausfenster zu, aber er sah mich nicht. Er starrte zu den Fenstern unserer Wohnung und wartete wohl, bis ich oben Licht machte.

Als ich unsere Tür aufschloss, spürte ich sofort, dass etwas nicht stimmte: Noch im Dunkeln wusste ich, dass Lora weg war. Und es durchfuhr mich ein Schrecken, der so tief war, dass ich ihn zuerst von mir wegschieben musste. Mechanisch, wie an unsichtbaren Fäden gezogen, ging ich durch Loras ausgeräumtes Zimmer. Ich machte das Fenster auf und sah nach unten in unseren Hof. Ich sah nach, ob Leo noch da war. Es war, als wollte ich mich versichern, dass die Welt noch existierte. Ein kurzer Moment des Aufschubs, nur einige wenige Sekunden, in denen ich Leos helles Haar sah, sein flaches Gesicht, das zu mir hochsah, seinen Hals, der ganz verdreht nach hinten gebogen war, seine schwarze Lederjacke, in die er seine Hände vergraben hatte, seine Schuhspitzen, die v-förmig auseinanderstanden. Dann brach ich zusammen.

Ich weiß nicht mehr, wer mich so auf Loras Teppichboden fand. Zusammengekrümmt, den Kopf in meine Arme vergraben. Ob es Ulrike war oder Jürgen oder sonst irgendjemand. Ich erinnere mich nur noch an Stimmen und an Hände, die nach mir griffen und mich hochhoben und mich hinübertrugen in mein Zimmer und mich auf mein Bett legten.

Tagelang blieb ich dort einfach liegen, starrte vor mich hin, rauchte und trank Tee, den mir Ulrike in einer Thermoskanne brachte. Es ist ein Beruhigungstee, sagte sie und beschwor jedes Mal, wenn sie in mein Zimmer kam, seine Wirkung. Aber es war mir egal, ob er nützte oder nicht. Ich wollte gar nicht, dass es mir besser ging. Ich wollte nur, dass Lora ein Zeichen von sich gab. Dass sie anrief und mir erklärte, wo sie war und warum sie weggegangen war. Ich wollte, dass sie zurückkam und mich so vorfand und alles bereute.

31

Erst als Lora auch nach Tagen nicht zurückkehrte, stand ich auf und machte mich auf die Suche nach ihr, getrieben vom Willen, herauszufinden, warum sie mich grußlos und ohne Ankündigung verlassen hatte. Ich war verärgert und gleichzeitig gedemütigt und traurig. Ich unternahm alles, was in meiner Macht stand. Ich erkundigte mich bei Leonie, Frank, Christine und bei Thomas, bei allen möglichen Leuten. Ich rief Loras Eltern an. Ich ging über die Grenze zu Alex, sprach mit den Schauspielern und sogar mit dem Bühnenbildner und der Inspizientin. Ich fragte bei der Theaterleitung und auf der Botschaft nach. Aber nirgends konnte man mir weiterhelfen. Auf der Botschaft bekam ich heraus, dass Lora die Grenze Richtung Osten nicht mehr passiert hatte und dass Maxime in Frankreich im Urlaub und nicht erreichbar war.

Die Polizei, die durch Loras Eltern eingeschaltet worden war, befragte unsere versammelte Wohngemeinschaft. Eine ältere Polizeibeamtin erschien sogar zweimal bei uns und protokollierte alles, was wir sagten. Ulrike erzählte ihr auch die Geschichte mit dem Koffer, und verwundert sah ich, wie die Beamtin die Wörter »Schweiz« und »Koffer« mit einer runden Schrift sorgfältig in ein Formular füllte. Sogar Loras Schauspieltruppe wurde befragt. Auch Maxime, als er aus den Ferien zurückkehrte.

Er erzählte mir davon, als ich ihn später an der Premiere des Stücks, bei dem Lora hospitiert hatte, traf. Während wir in der Pause in der Schlange vor dem Büfett standen, wiederholte er die ganze Befragung. Aber er erzählte mir nur das, was ich schon wusste: dass Lora, während er in Frankreich in Urlaub war, weggegangen war und dass sie alle ihre Sachen aus seiner Wohnung mitgenommen hatte. Immer wieder betonte er, dass er seit seiner Abreise nichts mehr von ihr gehört hatte.

Als wir zuvorderst am Büfett angelangt waren, kaufte sich jeder von uns ein Glas Weißwein und zwei kleine Brötchen auf einem Pappteller. Ich suchte mir einen Platz, um mein Glas abzustellen und meine Brötchen zu essen, und Maxime ging ganz selbstverständlich hinter mir her. Ich spürte, dass er noch irgendetwas loswerden wollte. Aber ich wich ihm aus, und während wir unsere Brötchen aßen, stürzte ich mich in eine weitschweifige Analyse des Stücks und der Inszenierung, die wir soeben gesehen hatten, und äußerte immer wieder meine Verwunderung darüber, dass es die Zensur überlebt hatte. Ich wollte Maxime keine Gelegenheit geben, etwas zu sagen. Ich redete mir ein, dass er sowieso nichts Neues wusste. Aber im Grunde genommen hatte ich Angst davor, dass Maxime tatsächlich mehr wusste. Dass er mir erzählen würde, dass Lora eine neue Beziehung eingegangen war, mit Silvana, mit ihm, mit irgendeinem der Schauspieler oder sonst jemandem, bevor sie wegging. Dass sie hinter der Mauer ein zweites Leben geführt hatte, von dem ich nichts wusste.

Beim Klingelton tranken wir hastig unsere Gläser aus und kehrten zu unseren Plätzen zurück.

Nach der Aufführung schlich ich einfach aus dem Theater. Ich ging nicht zu der Premierenfeier, obwohl ich von Alex persönlich dazu eingeladen worden war. Ich wollte Maxime nicht noch einmal begegnen. Aber auch er ging nicht hin. Als ich aus dem Theater trat, sah ich ihn durch den Park zur Reinhardtstraße hinübergehen. Ich erkannte seinen Schirm, seinen dunklen Mantel und die Fototasche, die er immer bei sich trug. Ich hätte ihn rufen können und ihn fragen, ob er mit mir noch etwas trinken gehe. Aber ich rief ihn nicht. Ich ging einfach bis zum Grenzübergang Friedrichstraße hinter ihm her und sah zu, wie er in der Dunkelheit unter der S-Bahn-Brücke verschwand. Dann stieg ich die Treppe hinunter zur Grenze.

Hätte ich Maxime gerufen, hätte er mir vielleicht doch noch von dem Brief erzählt, den Lora für mich in seiner Wohnung hinterlegt hatte, um möglichst viel Zeit zu gewinnen. Ich bin mir sicher, dass Maxime ihn schon damals gefunden hatte, gleich nach seiner Rückkehr aus dem Urlaub, nicht erst nach dem Fall der Mauer und nicht erst, nachdem er den Beschluss gefasst hatte, Berlin zu verlassen und nach Frankreich zurückzukehren. Aber irgendetwas musste ihn daran gehindert haben, ihn mir sofort zu übergeben. Vielleicht war es die Angst, dass es schon zu spät war, den Brief zu öffnen. Denn als er aus seinem Urlaub zurückkehrte, wurde Lora schon seit vier Wochen vermisst. Aber vielleicht war es auch derselbe Grund, der ihn daran gehindert hatte, mir den Brief zu überbringen, der mich gehindert hatte, mit ihm zu reden: die kleinliche, banale Eifersucht, die wir aufeinander hegten.

32

Leo ging fast jeden Abend mit mir weg, um mich abzulenken. Wir gingen in Kneipen, ins Kino oder ins Theater. Einmal schleppte er mich sogar an ein Konzert mit. Drei Typen turnten mit Gitarren auf einer Bühne herum und kreischten dazu. Ich wunderte mich, dass Leo so etwas gefiel. Bis jetzt fand ich seinen Musikgeschmack eigentlich ganz in Ordnung. Zumindest das, was ich in seiner Wohnung schon gehört hatte.

Ich stopfte mir Kügelchen aus Tempo in die Ohren und trank ziemlich viel Alkohol, um das Konzert zu ertragen. Als wir das Lokal endlich verließen, hatte ich das Gefühl, der Boden würde unter mir schwanken.

Wir gingen lange auf irgendeiner Straße. Dann saßen wir an einer Bushaltestelle und warteten auf einen Nachtbus, der nie kam. Als er endlich heranrollte und wir halb erfroren einstiegen, erklärte der Fahrer durchs Mikrofon, dass er nicht mehr weiterfahren würde, nur noch bis zum Busbahnhof. Auf halber Strecke öffnete er einfach die Türen und spuckte uns aus. Und so standen Leo und ich morgens um drei mitten auf irgendeiner gottverlassenen Straßenkreuzung.

Zuerst lachten wir und machten Witze und behaupteten, problemlos nach Hause gehen zu können. Aber nach ein paar Hundert Metern waren wir bereits müde, und ich hakte mich bei Leo unter und wir gingen still durch die Nacht. Als wir auf einem Straßenschild Kleistpark lasen, meinte Leo, es sei gar nicht mehr weit bis nach Hause, aber natürlich wussten wir beide, dass das gelogen war. Es war sicher noch eine Stunde bis in unsere Gegend. Die Hände in unseren Jackentaschen vergraben, stapften wir vorwärts. Wir gingen durch die Großgörschen und durch die Kulmer und noch weiter bis zur Yorckstraße, und da tauchte sie einfach vor uns auf: die Tür, die in die Diskothek führte, in der ich mit Lora zum ersten Mal getanzt hatte. Ich erkannte sie sofort. Ich packte Leo einfach an der Hand, ohne etwas zu sagen, klingelte, und die Tür öffnete sich ganz automatisch, genau so wie damals.

Leo verstand überhaupt nicht, was los war, aber er ließ sich gehorsam von mir die Treppe hinunterführen und die Jacke abnehmen, die ich der Garderobenfrau übergab. Wortlos sah er zu, wie ich den Eintritt bezahlte, und ließ sich durch die Traube von Leuten ziehen, die dicht gedrängt vor der Bar standen. Ich führte ihn durch die rauchige Luft und die pulsierende Musik direkt auf die Tanzfläche. Leo tanzte mit mir ganz selbstverständlich und so, wie ich es ihm nie zugetraut hätte: irgendwie zärtlich und doch sehr bestimmt. Ich schloss meine Augen und bewegte mich im Rhythmus der Musik. Und plötzlich spürte ich Lora wieder, ich spürte ihren Körper, ihren Duft, ihre Finger, die über mein Gesicht strichen, ihre Lippen, die meinen Hals küssten, ihre Hände, die meinen Rücken entlangfuhren, mich streichelten und mich festhielten. Ich spürte, wie wir gemeinsam unter Wasser tauchten und durch den Strom glitten, und Korallen zogen an uns vorüber, Fische und Seepferdchen, und eine Roche, die sie sich flach auf den sandigen Untergrund presste, blickte mit ihren schwarzen Kugelaugen zu uns hoch.

Am Ende dieser Nacht schlief ich auf Leos gammliger Matratze ein und wachte erst spät am Nachmittag wieder auf. Und beim Aufwachen spürte ich Tränen in meinen Ohren, und ich hörte Leo in der Küche hantieren. Geschirr klapperte und Wasser lief in die Spüle. Und mir wurde bewusst, dass Leo versuchte, seine Küche von all den unappetitlichen Dingen zu befreien, die darin immer herumstanden. Ich roch den Geruch von frischem Kaffee und nahm die Musik wahr, die er aufgelegt hatte: ein sehr schönes, sehr langsames Stück, getragen von einer einzigen Klarinette, deren Klang durch den Flur zu mir drang. Ich setzte mich auf und hörte der Musik zu, die so traurig klang und zugleich so schön. Und erst, als ich fror, bemerkte ich, dass ich gar nichts anhatte und meine Kleider rund um Leos Matratze verteilt lagen. Aber all das berührte mich nicht. Es war mir egal. Es war, als sähe ich von ganz weit oben auf all diese Sachen hinunter. Wie eine Fliege, die an der Zimmerdecke klebt und von dort hinunterschaut auf diese Welt, die sie eigentlich nicht das Geringste angeht. Und irgendwann kroch ich an der Wand hinunter und suchte nach meinen Kleidern und zog mich an und ging in die Küche zu Leo, und wir frühstückten zusammen.

Ich fragte Leo nie, was in jener Nacht zwischen uns wirklich passiert war. Und auch Leo sprach nicht darüber. Diese Nacht war wie ein Tabu zwischen uns beiden, das wir in gegenseitigem Einverständnis nie brachen. Bis heute nicht. Ich weiß nur, in meiner Erinnerung ist Lora immer bei mir gewesen, die ganze Nacht, und es war sehr schön.

33

Immer wieder riefen Leute an, die nach Lora fragten und Auskunft wollten, und ich wunderte mich darüber, woher Lora alle diese Menschen kannte. Zuerst sagte ich willig alles, was ich wusste, aber mit der Zeit ärgerten mich diese Anrufe. Was hatten diese fremden Leute mit Lora zu tun? Warum hatte Lora mir gegenüber nie von ihnen gesprochen? Was für ein geheimes Leben hatte sie geführt, von dem ich nichts wusste?

Irgendwann gab ich keine Auskunft mehr. Ich zeigte auch niemandem mehr ihr Zimmer und die von ihr zurückgelassenen Bücher. Ich führte keine Gespräche mehr über Lora. Über ihre Pläne, über unsere Beziehung und über ihren Rückzug hinter die Mauer. Leuten, die nach ihr fragten, wich ich aus. Als nach vier Wochen eine Freundin von Ulrike in Loras Zimmer einzog, nahm ich ihre Bücher zu mir und betrat es nicht mehr.
 Loras Studienplatz an der HdK verfiel. Briefe und Rechnungen leitete ich weiter an die Adresse ihrer Eltern, die mich im-

mer wieder anriefen und sich nach Neuigkeiten erkundigten. Mit der Zeit wurden ihre Anrufe aber seltener, und zum Schluss, bevor ich aus der Karl-Marx-Straße wegzog, blieben sie ganz aus, und ich war froh darüber. Die dünne Stimme von Loras Mutter hatte mich jedes Mal nur traurig gemacht. Ich stellte mir vor, wie sie in ihrem geblümten Kleid auf dem Sessel im Wohnzimmer saß, hinter ihr auf dem Schrank die Bilder von ihren Kindern und Enkelkindern. Ich sah, wie sie in der einen Hand den Hörer hielt und in der anderen ein Taschentuch, mit dem sie die Tränen aus ihren Augen wischte. Wir konnten uns gegenseitig nicht helfen. Wir quälten uns nur. Unsere Gespräche nützten weder ihr noch mir etwas.

Kurz darauf kam die Wende, und ich erhielt das Angebot, hier in den Osten zu ziehen, an den Arkonaplatz. Es war die Wohnung einer entfernten Bekannten von Leo und damals noch ganz billig. Ich nahm es an. Ich wollte nicht mehr dort bleiben, wo Lora jedes Ding berührt hatte und wo mich alles an sie erinnerte. Ich wollte neu anfangen und einen Strich unter das ziehen, was gewesen war. Ich wollte meine Trauer und meine Einsamkeit loswerden, aber auch meine Wut darüber, dass Lora mich ohne Abschied verlassen hatte.

Aber die Welt veränderte sich damals nicht nur im Großen, sondern auch im Kleinen, und Loras Verschwinden war plötzlich nichts Ungewöhnliches mehr. Viele zogen um, in die neuen Bezirke oder in die neuen oder in die alten Bundesländer oder sogar ins Ausland. Auch unsere Wohngemeinschaft löste sich kurz nach meinem Umzug auf. Jürgen brach sein Studium endgültig ab und wurde Deutschlehrer in Prag, und Ulrike nahm eine Stelle bei Mercedes-Benz in Spanien an. Es war, als wollte jeder seinem Leben plötzlich eine andere Richtung geben und etwas Neues ausprobieren.

Auch Maxime veränderte sich. Als er an einem meiner letzten Tage an der Karl-Marx-Straße zu uns kam und mir den großen, braunen Umschlag mit den Bildern von Lora brachte, trug er eine Lederjacke und Jeans. Und mit seiner Umhängetasche sah er jetzt aus wie ein richtiger Pressefotograf.

Es irritierte mich, dass er plötzlich so anders aussah und sich so jugendlich und informell gab und auch anders sprach. Er sagte: Hallo, könntest du diese Bilder Lora geben, wenn sie wieder zurückkommt? Seine ganze umständliche Art war plötzlich verschwunden, seine Gehemmtheit und sein stetiges Abwägen von Worten. Er redete, als wäre Lora nur kurz in Urlaub gefahren, als wäre sie nicht schon seit drei Monaten spurlos verschwunden. Das ärgerte mich. Er tat so, als hätte es nie eine Tragödie gegeben und als wäre es normal, dass niemand wusste, wo Lora war.

Maxime übergab mir den braunen Umschlag mit den Fotos, und ich nahm ihn entgegen und legte ihn einfach in einen meiner Umzugskartons, die im Flur herumstanden. Ich hatte das Gefühl, Maxime wollte sich als »Pressefotograf« mit seinen Bildern wichtig machen, und vermutlich öffnete ich deshalb den Umschlag nicht und bat ihn auch nicht in unsere Wohnung. Ich verstand nicht, dass auch Maximes Veränderung vollkommen normal war und dass er ganz einfach versuchen wollte, seine Leidenschaft zu seinem Beruf zu machen, und nur im Begriff war, eine neue Identität auszuprobieren wie viele andere auch.

Auch von Maxime wüsste ich gerne, was aus ihm geworden ist. Ich habe nie wieder etwas von ihm gehört. Vielleicht hat er es tatsächlich geschafft, sein Hobby zu seinem Beruf zu machen, und ist bei einer Zeitung untergekommen oder stellt seine Bilder in Galerien aus. Ich würde es ihm wünschen. Die Bilder, die er von Lora gemacht hat, berührten mich sehr, als ich sie sah.

Maxime hatte die Fähigkeit, mit seiner Kamera die Seele eines Menschen zu zeigen, und ich wüsste nicht, welche Fähigkeit für einen Fotografen wichtiger wäre.

34

Vorgestern, als ich aufwachte und aus dem Fenster sah, war der Arkonaplatz weiß, auf allen Bäumen lag eine Decke aus Schnee, und Flocken fielen wie dicke flauschige Fetzen vom Himmel. Es war wunderschön. Alles sah aus, als hätte jemand eine dieser Glaskugeln vor meinen Augen geschüttelt. Nur noch Konturen waren erkennbar und winzige Unterschiede von Schwarz, Grau und Weiß.

Eine furchtbare Sehnsucht nach Leif packte mich in diesem Moment. Ich wollte, dass er hierherkommen würde. Jetzt gleich. Ich wollte ihm das alles so gerne zeigen. Den Arkonaplatz, den er so noch nie gesehen hat, und diese Stille draußen. Eine Stille, als ob die Zeit stehen geblieben wäre und als ob tatsächlich Friede herrschte auf dieser Welt. Auch Friede zwischen ihm und mir.

Ich ging in die Küche und hob langsam den Hörer ab und wählte Leifs Nummer. Aber niemand nahm ab. Nur der Anrufbeantworter schaltete sich ein, doch ich mochte keine Nachricht hinterlassen. Ich wollte Leifs Stimme hören. Ich wollte mit ihm sprechen und ihm noch einmal alles erklären. Und ich wollte ihm sagen, wie schön der Arkonaplatz jetzt aussah und dass er ihn doch bei Schneefall hatte sehen wollen. Ich hatte Angst, dass er mich nicht zurückrufen würde, wenn ich nur eine Nachricht hinterließ. Oder er könnte mich missverstehen, oder Morten hörte die Nachricht ab und erführe von unserem Streit.

Den ganzen Morgen über rief ich immer wieder an, aber die Leitung blieb stumm. Am Nachmittag arbeitete ich in der Schülerhilfe. Ich hatte mich so darauf gefreut, wenigstens Morten zu sehen. Aber Morten kam nicht, und als ich nachfragte, sagte man mir, er sei krankgemeldet.

Am Abend rief ich wieder an. Niemand nahm ab. Leif musste mit Morten doch zu Hause sein. Aber vielleicht arbeitete er heute und war gar nicht da und hatte Morten zu Julius gebracht, seinem Freund, bei dem er immer übernachtete, wenn Leif zu einem Konzert musste. Er war so wütend auf mich, dass er Morten lieber krank wegbrachte, als mich um Hilfe zu bitten.

Ich erinnerte mich wieder an die erste Nacht, die ich bei Leif verbracht hatte und die so gar nicht romantisch gewesen war. Leif hatte mich ganz verzweifelt angerufen, weil Morten hohes Fieber hatte und Betreuung benötigte. Ich war sofort einverstanden und nahm meinen Pyjama und meine Zahnbürste mit und die zwei Bücher, die ich gerade abwechslungsweise las.

Zuerst machte ich Morten zwei Wadenwickel. Das hatte mir Leif so aufgetragen. Ganz kaltes Wasser und noch ein paar Eiswürfel dazu. Morten ließ alles über sich ergehen. Er lag einfach nur da und betrachtete teilnahmslos seine weißen, kurzen Beine, an denen ich herumhantierte. Danach las ich ihm aus seinen *Sams*-Büchern vor. Das hatte er sich gewünscht. Aber ich hatte noch nicht einmal zwei Seiten vorgelesen, da war er schon eingeschlafen. Es rührte mich, Morten so zu sehen. Er hatte die Decke bis zum Kinn hochgezogen, und seine Finger umklammerten den Stoff. Es sah aus, als würde er Schutz darunter suchen. Ich küsste ihn auf die Stirn, sehr vorsichtig, weil ich Angst hatte, er würde durch die Berührung aufwachen. Aber er rührte sich nicht. Vielleicht hatte er gar nichts gespürt.

In der Küche machte ich mir eine Tasse Tee und setzte mich auf das Sofa. Ich sah den Stapel mit den CDs durch, der sich auf dem Boden türmte. Leif brachte immer alle möglichen CDs nach Hause von Gruppen, für die er arbeitete. Aber ich kannte sie alle nicht und hatte keine Lust, neue Musik kennenzulernen.

In Leifs Küche klebten nur ein paar Kinderzeichnungen an der Wand und Mortens Stundenplan. Keine Bilder, keine Fotos. Nicht einmal Pflanzen standen herum. Leif war ein hörender Mensch und kein sehender. Das fiel mir immer wieder auf. Auch seine Möbel waren vor allem praktisch und nicht schön. Bis auf das orangefarbene Sofa, das mitten in der Küche stand. Es stammte noch aus der Zeit mit Mortens Mutter, wie er mir einmal erklärt hatte. Sie habe es für teures Geld gegen seinen Willen gekauft und einfach stehen lassen, als sie ihn verließ.

Das Sofa war schön und auch sehr bequem. Man fühlte sich darin geborgen wie in einer Muschel. Ich versuchte zuerst in dem einen Buch zu lesen und dann in dem andern. Aber ich fand in keine der beiden Geschichten hinein.

Ich legte die Bücher weg und machte mir nochmals eine Tasse Tee. Ich stellte mir vor, wie wir zu dritt in dieser Wohnung lebten. Leif, Morten und ich. Wie wir in dieser Küche sitzen würden und miteinander äßen und spielten und redeten. Ich sah uns auf diesem Sofa sitzen und kuscheln und Wäsche zusammenlegen auf dem Tisch und dazu fernsehen. Ich hörte uns Witze erzählen und hörte uns streiten. Und ich war erstaunt, wie leicht es mir fiel, mir das alles vorzustellen.

Als ich müde wurde, putzte ich mir die Zähne und zog mir meinen Pyjama an. Ich zögerte, mich einfach in Leifs Bett zu legen. Es kam mir seltsam vor. Wir hatten bis jetzt noch nie in einem Bett geschlafen. Aber das Sofa stand in der Küche, die man nicht verdunkeln konnte, und neben Morten in sein schmales Bett mochte ich mich auch nicht legen. Also entschied ich mich für Leifs Bett. Es war groß und breit und roch nach frisch gewaschenem Bettzeug, und als ich die dicke Decke über meine Schultern gezogen hatte, fühlte ich mich sehr geborgen.

In der Nacht wachte ich auf und spürte, wie Leif sich neben mich legte. Ich spürte seine Lippen in meinen Haaren, seinen Atem, der über meinen Nacken glitt. Er roch nach Alkohol und nach Rauch. Seine Hand fuhr über meinen Rücken, kreiste rund um meine Schulterblätter, fuhr weiter über meinen Rücken und über meinen Po. Ich spürte seine Erregung, sein steifes Glied, das meine Beine berührte. Ich bewegte mich nicht. Ich lag da und atmete und versuchte, meine Angst zu überwinden. Dann nahm ich seine Hand und zog sie an meine Lippen und legte mein Gesicht in sie hinein. Ich spürte ihre Wärme, ihren Geruch und wurde ganz ruhig. Aber dann hörte ich Morten plötzlich nach mir rufen. Er hatte Durst. Ich spürte, wie Leif seine Hand langsam unter meinem Gesicht wegzog und aufstand. Ich hörte, wie er in die Küche ging, ein Glas mit Wasser füllte und in Mortens Zimmer ging. Ich hörte ihn beruhigende Worte sprechen und ein Lied singen. Dann vernahm ich ihn wieder im Flur und sah, wie er die Tür zuzog. Der Lichtspalt war plötzlich verschwunden, und ich lag im Dunkeln. Er musste Morten versprochen haben, bei ihm zu bleiben. Lange lag ich einfach nur da und wartete und lauschte, ob Leif wieder zurückkehrte. Ich wünschte es mir auf einmal so sehr. Aber er kam nicht. Er musste drüben bei Morten eingeschlafen sein.

Am nächsten Morgen fragte mich Morten, ob ich dageblieben sei, die ganze Nacht. Und als ich nickte, lächelte er. Ich brachte ihm eine Tasse Kakao und ein Brötchen mit Marmelade. Die Tasse trank er leer, aber das Brötchen rührte er nicht an. Er wünschte, dass ich ihm weiter vorlas. Er wollte sogar, dass ich mich zu ihm legte. Und ein Kissen im Rücken las ich ihm den halben Vormittag vor. Ich erzählte ihm vom Sams und seinen Wunschpunkten und was Martin Taschenbier mit ihnen alles anstellte und wie er sich dadurch veränderte. Ich fühlte, wie Morten sich an mich kuschelte, wie sein Atem meinen Arm streifte, und ich wünschte mir, dass wir immer so nebeneinanderliegen würden, und es war das erste Mal, dass ich die Sehnsucht verspürte, mit Leif und Morten wirklich zusammenzuleben.

Bis spät in die Nacht versuchte ich, Leif immer wieder anzurufen. Er musste Morten tatsächlich zu Julius gebracht haben und war zur Arbeit gefahren, oder er war so verärgert, dass er nicht ans Telefon ging. Ich hatte plötzlich eine riesige Angst, ihn wegen meiner Lüge und wegen unseres Streits zu verlieren, nur weil ich so stur gewesen war und geglaubt hatte, meine Geschichte unbedingt fertig aufschreiben zu müssen. Und irgendwann sprach ich doch auf seinen Anrufbeantworter. Ich sagte: Leif, es tut mir leid. Es tut mir unsäglich leid. Ich möchte, dass du mit mir sprichst. Ich muss nicht weiterschreiben. Es ist nicht wichtig. Nur du bist für mich wichtig. Und Morten. Bitte, melde dich. Bitte, ruf mich zurück. Bitte. Und als ich den Hörer aufgelegt hatte, weinte ich und weinend klappte ich mein Sofa auseinander und breitete meine Decke aus und verkroch mich darunter.

35

Nach meinem Umzug und nachdem ich mich in meiner neuen Wohnung am Arkonaplatz eingerichtet hatte, wusste ich nichts mehr mit mir anzufangen. Am Morgen ging ich zu Kaisers, holte zwei frische Schrippen und am Nachmittag Zigaretten und spazierte ein paarmal rund um die Zionskirche. Das war alles. Den Rest des Tages saß ich im Park auf einer Bank und sah den beiden Gärtnern mit ihren altmodischen Strohhüten zu, die die Anlage erneuerten.

Ich beobachtete, wie sie die Bäume schnitten, Sträucher pflanzten, den Kiesweg harkten und Wege anlegten. Und ich hörte zu, wie sie sich wegen jeder Kleinigkeit berieten. Wie sie die Rabatten abstechen, das Gras ansäen oder wo sie ihre Schubkarren mit dem Kies ausleeren wollten. Sie waren sehr umsichtig und sehr genau und widersprachen jedem Effizienzprinzip.

Aber unter ihrem wachsamen Auge gedieh der Park langsam und stetig zu einer einzigartigen Oase.

Ich wunderte mich, dass sie nie unfreundlich wurden und mich wegjagten, wenn sie mich sahen. Manchmal grüßten sie mich sogar, wenn ich kam und sie auf einer benachbarten Bank ihre Mittagsbrote aßen oder Kaffee tranken.

Wenn es regnete, saß ich auf meinem Stuhl hinter dem Fenster in meinem Zimmer und schaute in die Blätter der Platane. Ich beobachtete, wie das Wasser von Blatt zu Blatt und von Ast zu Ast troff. Mein Telefon blieb stumm. Leo hatte wieder eine neue Freundin, und meine Eltern, denen ich als Einzige sonst meine Adresse geschickt hatte, meldeten sich nicht. Als meine Mutter nach Wochen zum ersten Mal anrief, freute ich mich richtig. Aber schon nach dem zweiten Satz fragte sie mich nach dem Gang meines Studiums, und ich beendete das Gespräch so schnell als möglich. Enttäuscht legte ich den Hörer auf. Ein paar Tage später habe ich mich sogar aus Protest exmatrikuliert und teilte meinen Eltern schriftlich mit, dass ich die Uni geschmissen hätte und von ihnen kein Geld und keine Unterstützung mehr erwarte.

Zu meiner Überraschung kamen sie meinem Wunsch tatsächlich nach und zahlten nichts mehr auf das Konto ein, das sie zu Beginn meines Studiums für mich eingerichtet hatten. Weder meine Mutter noch mein Vater rief mich an, um alles noch einmal zu besprechen, was ich im Grunde genommen erwartet hatte. Entweder waren sie über mein Verhalten zutiefst enttäuscht oder es war ihnen gleichgültig. Erst Jahre später erfuhr ich, dass sie einen Psychologen zurate gezogen hatten, der ihnen empfohlen hatte, so zu reagieren.

Ich ging nicht einmal mehr ins Kino oder ins Prinzenbad zum Schwimmen. Die Zeit zerrann wie die Wassertropfen auf meinen Fensterscheiben bei Regenwetter: langsam und unübersichtlich.

Irgendwann verlor ich meinen Job in der Apotheke, weil ich zu oft zu spät kam oder gar nicht hinging. Herr Meispförtner kündigte mir sehr höflich und freundlich, obwohl er mit Recht verärgert hätte sein können. Er bestellte mich sogar in seine Wohnung, die über der Apotheke lag. Ich musste mich in sein abgedunkeltes Wohnzimmer setzen, und er bot mir Pralinen an, die vermutlich seine Frau noch während der Zeit ihrer Krankheit geschenkt bekommen hatte. Er versicherte mehrmals, dass er sie im Kühlschrank aufbewahrt habe und sie noch ganz in Ordnung seien. Erst als ich drei Pralinen gegessen hatte, sprach Herr Meispförtner die Kündigung aus und zuckte bedauernd mit seinen Schultern.

Ich lebte vom Erbe meiner Großeltern, das ich schon als Kind bekommen hatte. Jeden Monat hob ich einen Betrag davon ab und bezahlte damit meine Miete und das wenige, das ich zum Leben brauchte.

Ab und zu kam mir der Gedanke, mich aus dem Fenster zu stürzen oder vor die S-Bahn zu werfen. Tabletten zog ich nicht in Betracht. Ich wollte in meiner Vorstellung unbedingt, dass man mich zermalmt, blutig, mit verrenkten Gliedern finden würde, ein einziger Vorwurf an alle, die sich nicht um mich gekümmert hatten. Ernsthaft waren meine Selbstmordgedanken jedoch nie. Sie streiften mich nur wie ein lauer Luftzug, der durch mein Erkerfenster wehte. Im Grunde genommen war ich viel zu gleichgültig, um mir das Leben zu nehmen.

36

Oft blieb ich bis zum Nachmittag in meinem Bett liegen. Ich versank in einen Dämmerzustand, der mich alles eigenartig konturlos wahrnehmen ließ: mein Zimmer, meine Bücher, meinen Schreibtisch, meinen Schrank, meinen eigenen Körper. Er lag auf der Oberfläche meines Betts, aber es schien mir, als würde er Teil von ihm werden, als würde er in die Matratze einsinken, in das faserige Füllmaterial, das ich zwischen meinen Fingern zu spüren glaubte. Mein Kopf war schwer, mein Po, mein Rücken, meine Beine. Sie dehnten sich aus, wurden größer und größer, wuchsen über mich hinaus, bis ich meinen riesigen Körper nicht mehr rühren konnte. Er steckte fest in meinem Bett.

Ich schlief, wachte auf, schlief wieder ein. Ich träumte von leeren Landschaften, endlosen Straßen und von abbruchreifen Häusern, durch die der Wind pfiff. Die Fenster standen sperrangelweit offen und ließen die Kälte, den Regen und den Schnee ein; die Türen schwangen sinnlos auf und zu. Ratten und Mäuse hielten sich versteckt, und ich hörte sie nicht einmal. Es blieb seltsam still. Eines der Tiere biss mich in den Finger, ohne dass ich es erkennen konnte. Blut troff aus der Wunde und breitete sich auf dem Boden aus wie rote Farbe, die jemand ausgegossen hatte. Als ich wegrennen wollte, blieb sie an meinen Schuhen kleben und hinterließ eine rote Spur im ganzen Haus. Jemand forderte mich auf, sie wegzuwischen. Aber ich hörte nicht auf die Stimme. Ich ging weiter. Von Zimmer zu Zimmer. Von Haus zu Haus. Ich traf auf meine eigene Spur. Ich folgte ihr. Ich versuchte mich zu orientieren, schloss meine Augen und öffnete sie wieder. Ich ging eine Treppe hoch und zwei weitere wieder nach unten. Ich gelangte über einen Kellergang in ein neues Haus. Die Häuser sahen alle ähnlich aus. Die Haustüren, die Hauseingänge, die Zimmer. Ich verirrte mich und wollte zurückgehen. Aber meine Fußspuren waren zu einem unentwirrbaren Durcheinander von roten Spuren geworden. Ich drehte mich im Kreis.

Ich bemühte mich erst aus meinem Bett, wenn Durst oder Hunger mich dazu zwangen. Ich trank Wasser aus dem Hahn und aß Knäckebrot, das ich in kleine Stückchen zerbrach, bevor ich es in meinen Mund schob. Ich aß all die Stückchen in einer langen Prozedur.

Manchmal fand ich auf dem Küchentisch einen Joghurt, Obst oder Nudelsalat, von Leo dort hingestellt. Ich freute mich darüber. Ich arrangierte alles auf einem Teller zu einem kleinen Festessen. Ich machte winzige Portionen in Fingerhutgröße. Von jeder Speise ein Löffelchen. An einem Joghurt aß ich manchmal drei Tage. An einer Tomate vier. Ich fütterte mich selber wie ein kleines Baby, das noch nicht fähig war, mehr Nahrung zu sich zu nehmen.

Meine Haut wurde schuppig und rötlich, und ich nahm stark ab. Zuerst schien es mir, als ob ich einen Weg gefunden hätte, meine innere Schwere zu besiegen. Ich deutete die Leichtigkeit meines Körpers als gutes Zeichen, und ich verspürte sogar eine gewisse Euphorie, wenn ich meine dünnen Arme und Beine betrachtete.

Aber die schlechte Ernährung zeigte bald die gegenteilige Wirkung: Ich war ständig müde. Wenn ich mich endlich aufraffen konnte, einen längeren Spaziergang zu machen, musste ich mich schon nach kurzer Zeit wieder hinsetzen. Ich öffnete die Tür des nächsten Cafés, bestellte eine Cola oder sonst irgendein Süßgetränk und ruhte mich aus, bis ich das Gefühl hatte, den Heimweg zu schaffen. Oft blieb ich lange einfach sitzen.

Meine Durchblutung wurde schlecht, und ich fror ständig. Selbst in meiner Wohnung mit Zentralheizung trug ich einen dicken Pullover, manchmal sogar eine Jacke oder einen Mantel.

Leo wollte mit mir zum Arzt gehen, aber ich wehrte mich. Ich versprach ihm, wieder mehr zu essen und regelmäßig nach draußen zu gehen. Wenn ich mit ihm zusammen war, gab ich mir Mühe, fröhlich zu wirken. Ich aß auch mehr als sonst. Es kostete mich jedes Mal Mühe, aber ich wollte Leo nicht enttäuschen. Ich schämte mich, dass er sich wegen mir solche Sorgen machte und sich so sehr um mich bemühte.

Zum Dank für alles, was er für mich tat, strickte ich ihm eine Mütze. Eine dunkelviolette Mütze mit einem gelben Streifen. Ich sagte: ein Sonnenstreifen. Das Stricken tat mir gut. Die gleichmäßige Bewegung meiner Hände, das Klappern der Nadeln, die Wärme der Wolle, die auf meinem Schoß lag. Leo freute sich über die Mütze und forderte mich auf, für mich selber auch eine zu stricken. Aber ich schaffte es nicht einmal, neue Wolle zu kaufen.

Manchmal setzte ich mich in die Kapelle am Zionskirchplatz und bestellte mir einen Kaffee und las in den Zeitungen, die dort an Haken aufgehängt waren. Ich lehnte mich an die Heißwasserrohre, die fast bis zur Decke des hohen Raumes ragten. Sie verströmten ihre Wärme auch im Sommer.

Ich nahm mir vor, mich mehr für die Welt zu interessieren. Die ganzen Veränderungen, die der Fall der Mauer mit sich brachte, wurden in den Zeitungen eingehend analysiert. Man sprach von einem »Jahrhundertereignis«, und ich wollte zumindest informiert sein. Dass ich selber dieses »Jahrhundertereignis« miterlebte, und zwar unmittelbar, drang nicht in mein Bewusstsein. Ich sah mich nicht als Teil der Bevölkerung Berlins, als Teil eines größeren Ganzen. Ich war zu sehr mit mir selber beschäftigt. Manchmal ärgerte es mich sogar, dass so viel Aufhebens um all die Veränderungen gemacht wurde. Als gäbe es nichts anderes mehr, über das man berichten konnte. Die Flut von Touristen, die nach Berlin strömte, um sich die Mauerreste anzusehen, nervte mich.

Auch in der Kapelle saßen viele Touristen. Sie bestellten ein großes Frühstück mit Käse, einer Quiche und einem Fruchtsalat und sprachen ausgiebig über das, was sie beobachteten. Sie betrachteten sich als Spezialisten des Umbruchs, auch wenn sie gerade erst vor zwei Tagen angekommen waren. Wenn Berlin abgehakt war, lehnten sie sich in ihren Stühlen zurück und widmeten sich wieder ihrem eigenen Leben.

Sie erzählten von Beziehungsproblemen, von Geldsorgen, von Schwierigkeiten bei der Arbeit, von Kinderwünschen, die unerfüllt blieben. Oft fassten sie Entschlüsse: den Entschluss, nicht mehr zu rauchen, nicht mehr zu trinken, endlich Klartext zu reden, eine neue Arbeit zu suchen, sich nicht mehr herumdirigieren zu lassen. Ich wunderte mich über all die Pläne, die diese Leute, denen ich zuhörte, hatten, über ihr Vertrauen in die Gestaltbarkeit ihrer Zukunft. Mir war meine Zukunft abhandengekommen. All die Pläne, die ich einmal mit Lora geschmiedet hatte, hatten sich in Luft aufgelöst. Mein Leben war zum Stillstand gekommen.

Der einzige Plan, den ich ab und zu fasste, war, ein bestimmtes Buch zu lesen, von dem ich gehört hatte, dass es interessant wäre, oder das ich in der Buchhandlung Herschel, die gleich um die Ecke liegt, im Fenster ausgestellt sah. Bücher von Christa Wolf, Volker Braun oder Christoph Hein. Manchmal wagte ich mich sogar in die Buchhandlung hinein und setzte mich auf einen der Stühle und begann zu lesen. Man ließ mich einfach gewähren. Die Angestellten sagten nichts, wenn ich nichts kaufte. Sie waren alle sehr nett und gingen konzentriert ihrer Arbeit nach, ohne mich zu beachten. Sie berieten Kunden, stellten die Auslage auf dem Tisch der Neuerscheinungen zusammen oder nahmen Telefonanrufe entgegen.

Ab und zu hätte ich gerne eines der Bücher gekauft, aber ich hatte kein Geld. Ich nahm mir vor, in die Bücherei zu gehen und es mir auszuleihen. Aber ich tat es nie. Es war mir zu umständlich und die Bücherei zu weit entfernt. Lieber las ich die Bücher wieder, die ich bereits besaß und die keine große Aufmerksamkeit von mir erforderten. Sie waren wie ein vertrautes Haus, in dem ich mich gut auskannte. Ich konnte sie an irgendeiner beliebigen Stelle aufschlagen, ein paar Seiten lesen und wieder weglegen, und ich fand mich beim erneuten Lesen trotzdem wieder zurecht.

Dass sich Berlin so schnell veränderte, war für mich anstrengend. Kaum hatte ich mich an etwas Neues gewöhnt, war es auch schon wieder weg. Geschäfte, Cafés, neue Straßenbahn- und Busverbindungen. Nur die Kapelle und der Flohmarkt am Sonntag auf dem Arkonaplatz blieben. Trödelhändler verkauften Stühle, Lampen, Tische, Kleider und alte Bilder. Wer irgendetwas brauchte, konnte es hier sicher finden. Zu Anfang gab es auch noch Parteiabzeichen und DDR-Uniformen zu kaufen oder kleine Mauerstücke. Heute sind sie ganz verschwunden. Niemand scheint sich mehr dafür zu interessieren.

Ich mochte vor allem die Bilder und Postkarten, die da verkauft wurden. Ölbilder mit Blumen drauf oder mit Wäldern in Abendstimmung. Postkarten von verträumten Ferienorten, die so vermutlich längst nicht mehr existierten. Sie wurden in riesigen Sammlungen, die in Karteikästen nach Themen geordnet waren, angeboten. Zum Teil waren die Karten schon uralt. In schnörkliger Schrift wurde zur Konfirmation gratuliert oder es wurden Feriengrüße verschickt. Einmal schickte ich zwei dieser Postkarten meinen Eltern. Auf beiden verkündete ein Paar seine Verlobung und kündigte die bevorstehende Hochzeit an. Auf den Bildern war das Paar in seiner Sonntagskleidung zu sehen. Der Mann mit hochstehendem Kragen und die Frau mit einem Blumenkränzchen im Haar. Hinter ihnen war eine gemalte Landschaft abgebildet, wie es der damaligen Fotografenmode entsprach. Die Adressen hatte ich mit den Adressen meiner Eltern überklebt und in einer Ecke winzig klein »Grüße von Deiner Tochter« hingeschrieben. Aber einmal mehr hatten meine Eltern beschlossen, meine Provokationen zu ignorieren. Mein Vater schickte mir eine Karte zurück, auf der er und seine neue Frau abgebildet waren, und unterschrieb mit: »Grüße von Deinem Vater«. Und meine Mutter revanchierte sich mit einer kindischen Katzenpostkarte.

Ich ärgerte mich über die Reaktionen meiner Eltern und beklagte mich bei Leo über sie, aber gleichzeitig fühlte ich mich einsam und wie ein kleines Kind von ihnen verlassen.

37

Eines Nachmittags, sicher zwei Jahre später, klingelte es an meiner Wohnungstür. Widerwillig stand ich von meinem Bett auf, das ich tagsüber längst nicht mehr in das Sofa verwandelte, das es eigentlich war. Ich erkannte Alex' Gesicht durch den Türspion. Ich zögerte, ihm zu öffnen: Sein Gesicht starrte mich so fremd und verbogen an. Seine Nase sah ganz dick aus und schrecklich nah. Aber dann öffnete ich doch. Und Alex fiel mir wie ein schweres Gewicht um den Hals. Dann packte er meinen Kopf, küsste ihn auf beide Wangen und versenkte ihn im Kragen seines riesigen schwarzen Mantels, in den er gehüllt war, und ich kam mir in seinen Armen wie ein verletztes Tier vor.

Endlich ließ er mich los und trat vor mir her in meine Wohnung. Er sagte: Schön hast du es hier, schön, sehr schön, und ging mit großen Schritten durch meine zwei Zimmer, als würde es sich dabei um einen Palast handeln. Er inspizierte alles. Sah hinter die Türen, öffnete die Schränke und hob in der Küche sogar den Deckel von meinem Brotkasten. Ich war so überrascht über seinen Besuch und sein Benehmen, dass ich mich nicht einmal getraute, ihn zu fragen, was er eigentlich suchte. Alex kam mir vor wie ein Gespenst aus der Vergangenheit, das plötzlich in meiner Wohnung herumirrte.

Früher hatte Alex immer Weiß getragen, jetzt war er ganz schwarz gekleidet. Schwarzer Mantel, schwarze Lederhosen und schwarzer Rollkragenpullover. Ich ging stumm hinter ihm her, von einem Zimmer in das andere und wieder zurück. Und als Alex mit seiner Inspektion fertig war, beklagte er sich über meine Unfreundlichkeit und meine Verschlossenheit. Und dann sagte er plötzlich: Wo ist Lora? Und ich war ganz verwirrt, Loras Namen zu hören. Ich musste mich auf einen Küchenstuhl setzen, und Alex sah Furcht einflößend auf mich herunter. Er behauptete, er hätte Lora hier vor zwei Tagen gesehen, in meiner Straße.

War es tatsächlich möglich, dass Lora hier herumspazierte? Dass sie plötzlich wieder in Berlin war? Ich stellte mir Lora vor, die durch die Swinemünderstraße ging und nach meiner Hausnummer suchte. Wie sie im ganzen Quartier herumirrte. Wie ein kleines Kind ging sie in meiner Vorstellung durch unsere Straße im Regen. Sie trug einen bunten Schirm mit Teddybären drauf und trat in jede Pfütze. Ich rief ihren Namen: Lora. Und nochmals lauter: Lora. Aber sie drehte sich nicht nach mir um.

Ich beobachtete, wie Alex heißes Wasser in meinen Teekrug füllte und meinen Wasserkessel auf den Herd stellte und das Gas anmachte, als wäre er hier zu Hause. Er zitterte und jede Handreichung schien ihn große Anstrengung zu kosten, und deshalb sagte ich nichts und hielt ihn nicht ab. Alex musste krank sein, fuhr es mir durch den Kopf. Und als er seinen Mantel auszog und umständlich über die Stuhllehne legte, erschrak ich, wie dünn und ausgemergelt er war. Und auf einmal dachte ich, dass die ganze Geschichte mit Lora nur eine Erfindung von ihm gewesen war, weil er einen Grund gebraucht hatte, bei mir zu klingeln. Er musste längst gewusst haben, dass ich hier wohnte. Vielleicht hatte er mich bei Kaisers beobachtet oder auf dem Arkonaplatz oder auf meinen Spaziergängen durch das Quartier. Vielleicht wohnte er hier ganz in der Nähe. Und plötzlich sagte er, dass er es nicht mehr lange mache, und da wusste ich, dass ich recht hatte. Alex musste mich gesehen haben und war mir hinterhergegangen, weil ich ihn an Lora erinnerte und an ein glückliches, gesundes Leben, das er vor ewigen Zeiten einmal geführt hatte.

Als ich nachfragte, wich Alex aus. Er wollte nicht über seine Krankheit sprechen. Er wurde sogar böse, als ich das Thema noch einmal anschnitt. Er redete nur über Berlin. Die Baustellen und all die Veränderungen in der Stadt. So wie man Leuten gegenüber, die man nicht gut kennt, als Berliner immer spricht. Aber dann redete er plötzlich von der Inszenierung, damals, deren Premiere Lora leider nicht miterlebt habe, und erzählte mir, wie das Stück nach dem Fall der Mauer abgesetzt worden sei, denn die Festung, von der das Stück handelte, existierte ja nicht mehr. Nicht die Zensur, sondern die Wirklichkeit habe das Stück vom Spielplan genommen. Alex lachte und zeigte zwei Reihen nikotingelber Zähne. Die ganze Inszenierung sei ein Reinfall gewesen, wiederholte er mehrmals und lachte immer wieder, und ich sah jetzt, dass seine Zähne ganz angegriffen waren. Sein Mund sah aus wie eine dunkle Höhle.

Dann wurde er ganz ruhig und saß einfach nur da, seine Teetasse vor sich, in der er mit zitternder Hand mit einem Löffel rührte. Trotzdem würde er das alles gerne noch einmal erleben, sagte er leise nach langem Schweigen. Die Stimmung am Theater. Die Diskussionen. Die Demonstrationen. All die Menschen auf der Straße. Plötzlich sei alles offen gewesen. Nicht nur die Grenze. Das ganze Leben sei noch einmal offen gewesen, und dann weinte Alex plötzlich. Seine knochigen Schultern zuckten richtig unter seinem schwarzen Pullover, und endlich brachte ich es fertig, meine Hand nach ihm auszustrecken und sie auf seinen Arm zu legen und sie dort liegen zu lassen, bis er sich wieder beruhigt hatte.

Als Alex gegangen war, setzte ich mich an meinen Schreibtisch und malte ein Bild. Und irgendwann erkannte ich Loras Gesicht auf dem Bild. Es war ganz weiß und hob sich ab von einer dunklen Fläche. Was die Fläche war, wusste ich lange nicht. Ich malte einfach weiter und sie wurde immer dunkler und dunkler. Und erst als sie vollkommen schwarz war, erkannte ich, dass es Alex' Mantel war, in den ich Lora gehüllt hatte.

38

Irgendwann hatte Leo keine Lust mehr, sich um mich zu kümmern und sogar meine Miete zu bezahlen, nachdem ich das Erbe meiner Großeltern aufgebraucht hatte. Er schlug mir vor, für ein paar Wochen die Stellvertretung für eine Bekannte von ihm, die Lehrerin war, zu übernehmen. Zuerst weigerte ich mich, als Leo mir von dieser Idee erzählte, aber irgendwann gab ich nach. Es war nicht fair von mir, ihn so auszunutzen. Und zutiefst in meinem Innern verabscheute ich meine Untätigkeit selber.

Leo brachte mich in ein Hinterhaus in Kreuzberg, in dessen Keller ein improvisiertes Klassenzimmer eingerichtet worden war. Es gab keine Wandtafel, nur einen Flip-Chart und ein paar farbige Stifte. Hinter wackligen Tischen saßen lauter dunkelhäutige Menschen.

Die erste Unterrichtsstunde verbrachte ich beinahe wortlos. Unentwegt starrte ich in mein Lehrbuch, um den Blicken meiner Schüler auszuweichen. Es waren alles Personen, die wenig Geld hatten und diesen Kurs vermutlich nur gebucht hatten, weil es der billigste war. Sie getrauten sich nicht, sich zu beschweren, oder beschwerten sich nicht, weil sie noch zu wenig Deutsch konnten. Sie saßen einfach da und warteten und blätterten stumm in ihrem Lehrbuch, und als jemand anfing, darin eine Übung auszufüllen, wie sie es vermutlich von der Bekannten von Leo gelernt hatte, machten es alle anderen nach.

Ich weiß nicht, wie diese Leute es schafften, mich zum Reden zu bringen. Wie sie mich in diese Rolle wiesen, die heute mein Beruf ist: die Lehrerinnenrolle, die ohne Sprache nicht auskommt. Vielleicht einfach, weil sie so unbeirrt blieben, nicht aufstanden, nicht redeten, nur einfach dasaßen mit ihren mit Wasser gefüllten Petflaschen auf dem Tisch.

Irgendwann fing ich an, ihnen die Sätze vorzulesen, die in dem Buch standen. Es waren ganz einfache Sätze, und sie konnten sie leicht nachsprechen, Wort um Wort, Satz um Satz. Es waren Hülsen, Worthülsen, aber dieses inhaltslose Vorlesen und Nachsprechen war möglich. Mit der Zeit bildete ich aus den Lehrbuchsätzen eigene Sätze. Ich sagte: Mein Name ist Mara. Ich bin Deutsche. Ich wohne in Berlin. Meine Hobbys sind lesen und spazieren. Ich gehe gerne ins Kino. Ich bin Raucherin. Ich esse gerne Salat, Früchte und Nudeln. Ich trinke Tee und Kaffee.

Der Betreiber der Schule kam nie in meinen Unterricht. Er unterrichte selber, wenn wir hier an der Schule seien, sagte ein Kollege zu mir, den ich ab und zu draußen beim Rauchen antraf. Er sei bei verschiedenen anderen Schulen angestellt, die besser bezahlten und Geschäftsleute unterrichteten. An unserer Schule habe er ihn noch gar nie gesehen, sagte mein Kollege. Vermutlich lohne sich das für ihn gar nicht, das Kontrollieren. Hauptsache, das Geld fließe.

Ich antwortete, mir sei es egal, dass unser Chef nie im Unterricht auftauche. Aber insgeheim hoffte ich, er würde in eine meiner Stunden platzen und dann feststellen, was für eine miserable Lehrerin ich war, und mich auf der Stelle entlassen. Ich ging zu dieser Schule, weil ich Leo nicht mehr auf der Tasche liegen wollte. Ich musste Geld verdienen. Ich wollte Leo meinen guten Willen zeigen. Ich musste mich anstrengen. Und irgendwann konnte ich es. Irgendwann konnte ich sogar während des Unterrichts aufstehen und etwas auf den Flip-Chart schreiben und Fragen stellen. Zuerst nur Fragen, die in dem Lehrbuch standen, aber mit der Zeit konnte ich auch selber Fragen stellen und konnte auch Antworten geben. Antworten zu Themen, die die Schüler interessierten. Und als mein Chef nach ein paar Wochen doch einmal auftauchte, weil die Bekannte von Leo sich gar nicht mehr zurückmeldete, war aus mir bereits so etwas wie eine Lehrerin geworden.

Mein Chef war zufrieden mit mir. Er klopfte mir sogar nach dem Unterricht auf die Schulter. Schwierige Klientel, sagte er. Aber gut gemacht, Mara.

Nach seinem Besuch gab er mir eine richtige Anstellung und überwies mir mein Geld nun auf ein Konto, und ich erhielt es nicht mehr von Leo in einem Briefumschlag zugesteckt.

Drei Jahre später fragte mich eine ehemalige Schülerin, ob ich nicht auch Kinder unterrichten wolle. Und so kam ich über einige Umwege zur Schülerhilfe. Ich weiß nicht, was aus mir ohne diese Stelle und ohne die Kinder, die ich dort kennengelernt habe, geworden wäre. Sie veränderten mich mit ihrer Fröhlichkeit und Zutraulichkeit und mit ihrer Offenheit und Spontaneität. Sie rüttelten mich wach mit ihren unbefangenen Fragen und holten mich zurück ins Leben. Sie fragten mich, ob mich meine Mutter nicht vermisse und warum ich selber keine Kinder habe und ob ich zaubern könne und woran man einen Dieb erkennen würde. Oder sie wollten wissen, was ich mir zu Weihnachten wünsche, warum ich die zwei abgesprungenen Knöpfe an meinem Mantel nicht wieder annähe und warum ich noch nie einen Fisch getötet habe, und viele andere seltsame Dinge.

Zuerst hatte ich über diese Fragen gelacht und sie nicht wirklich ernst genommen, aber dann fing ich an, über sie nachzudenken und ehrlich nach Antworten zu suchen. Und ich spürte, wie schwierig sie im Grunde genommen zu beantworten waren. Ich fing plötzlich an, über mich selber nachzudenken und die Welt anders wahrzunehmen, aus der Perspektive eines Kindes, und das war sehr gut und heilsam.

39

Mitten in der Nacht klingelte es, und ich war sofort hellwach. Ich sprang aus meinem Bett und machte Licht und sah durch den Türspion nach draußen. Aber es war niemand zu sehen. Und da fiel mir erst ein, dass man ohne Schlüssel gar nicht mehr in unser Haus gelangen konnte.

Ich öffnete das Fenster und schaute, wer da mitten in der Nacht bei mir klingelte. Aber ich sah nur ein Fahrrad und eine Hand, die den Lenker hielt. Ich lehnte mich weit nach draußen und rief: Hallo, wer ist da? Und dann hörte ich Leifs Stimme, die antwortete, und als ich sie hörte, weinte ich beinahe. Ich packte meinen Schlüssel und rannte all die Treppen nach unten, um ihm zu öffnen. Stolpernd fiel ich hin und schlug mir das Knie auf. Ich hielt mich am Treppengeländer fest. Ich humpelte. Mein Bein schmerzte, und ich hüpfte auf dem anderen Bein die restlichen Stufen nach unten. Ich öffnete das Tor und fiel Leif um den Hals, und Leif öffnete seine Jacke und drückte mich an seine Brust, um mich zu wärmen, weil ich nur ein dünnes T-Shirt trug. Er sagte, er habe meine Nachricht gehört und sei sofort losgefahren, weil er sich so sehr darüber gefreut habe. Und ich küsste ihn und hielt ihn beim Küssen mit beiden Armen ganz fest unter seiner Jacke umschlungen.

Dann trug mich Leif Huckepack all die Treppen zu meiner Wohnung hoch, und oben erklärte er mir, dass er Morten nach dem Konzert mit dem Taxi bei Julius abgeholt habe. Er wolle

Morten nicht länger alleine lassen, der mit leichtem Fieber im Bett liege. Und ich packte sofort meine Sachen, ein paar Kleider und meinen Kulturbeutel, stopfte alles in meine Umhängetasche, und Leif half mir, die Treppen wieder runterzugehen.

Leif holte mein Fahrrad aus dem Keller, und wir fuhren ganz langsam los. Wegen des Schneematschs, der jetzt überall auf den Straßen lag, und auch weil mein Knie immer noch schmerzte. Bei ihm zu Hause trug mich Leif auch die drei Etagen zu seiner Wohnung hoch und legte mich direkt in sein Bett. Er zog mir meine Hose aus, um nach der Verletzung zu schauen. Mit gespieltem Ernst betrachtete er den roten Fleck und die kleine Schürfung an meinem linken Knie und runzelte die Stirn. Und dann fing er an, mich rund um den Fleck herum zu küssen und fuhr mein Bein entlang hoch über meine Schenkel und küsste weiter bis zu meinem Bauch und meinen Brüsten, bis seine Lippen endlich auf meinem Mund lagen. Ich fuhr mit der Hand unter seinen Pullover und strich über seinen Rücken und spürte Leifs warme, weiche Haut, die so zart war und so lebendig.

Als ich aufwachte, schien die Sonne in mein Gesicht, und vor meiner Nase lagen ein zerknittertes Kissen, ein T-Shirt und eine Zeitung, und ich hörte lautes Sprechen. Ich lauschte. Es war Mortens CD-Player, aus dem die Stimme erklang. Er hörte *Tom Sawyer und Huck Finn*. Ich kannte die Geschichte. Wenn ich mich anstrengte, konnte ich ihr sogar folgen, und ich erinnerte mich wieder, wie ich als Kind in meinem Bett gelegen und selber dieses Buch gelesen hatte und wie geborgen und wohl ich mich fühlte mit diesem Buch unter meiner Decke. Genauso wohl und geborgen wie jetzt.

Eine Weile noch blieb ich einfach so liegen und lauschte der Stimme. Dann stand ich auf, duschte und zog mich an. Leif und Morten saßen in der Küche bereits beim Mittagessen. Es gab Nudeln mit Sahnesoße und dazu Karottenstäbchen, und Morten, der mit großem Appetit aß, schien wieder vollkommen gesund. Ich küsste beide auf die Wange, und mit stummen Gesten luden sie mich ein, mitzuessen. Ich durfte nicht stören, sie wollten unbedingt weiter der Geschichte lauschen. Und so begann mein Tag mit dem Mittagessen und mit einer Kanufahrt auf dem Mississippi und mit der Wiederbegegnung von Huck und Jim und einem Sturm auf Jackson Island, den die beiden zu überstehen hatten.

Zum Nachtisch verteilte Morten an jeden von uns zwei süßsaure Schlangen, die er in einer Büchse in seinem Zimmer aufbewahrte. Seit Ewigkeiten hatte ich keine süßsauren Schlangen mehr gegessen, obwohl ich sie als Kind eigentlich sehr gemocht hatte. Und Morten freute sich darüber, dass ich die Schlangen wirklich aß und nicht wie Leif nur so tat, als würde er sie essen, und dazu die Augen ein bisschen verdrehte und schmatzte.

Nachdem wir den Abwasch fertig hatten, sahen wir uns im Fernsehen ein Fußballspiel an. Wir setzten uns zu dritt auf das Sofa, und Morten saß in der Mitte zwischen uns und war ganz aufgeregt. Er sprang bei jeder verpassten Torchance auf, warf sich auf den Boden oder hüpfte auf dem Sofa rum. Abwechslungsweise kniff er Leif und mich in die Beine oder in die Arme, setzte sich auf unseren Schoß oder drehte sich unvermittelt um und tat so, als könnte er nicht mehr hinschauen.

Später zogen wir uns warm an und spazierten zum Mauerpark. Morten, den wir auf einem Schlitten hinter uns herzogen, sprach die ganze Zeit mit sich selber. Manchmal schrie er sogar oder machte seltsam schnalzende Geräusche. Ich verstand nur einzelne Wörter von dem, was er redete. Aber ich glaube, er spielte Huck Finn, der auf dem Mississippi trieb und seine Pfeife rauchte und fischte.

Im Mauerpark fuhren wir abwechslungsweise mit Mortens Schlitten. Einmal durften Leif und ich auch zu zweit den kurzen Abhang hinunterfahren. Ich saß vorne und Leif hinten, und als wir über eine kleine Schanze fuhren, kippten wir um und landeten auf dem Boden, und Morten warf sich neben uns, und wir wälzten uns zu dritt lachend im Schnee.

Als es am Abend für Morten Zeit wurde, ins Bett zu gehen, schlang er seine Arme um meinen Hals und fragte mich, ob ich nun für immer dableiben würde. Ich hatte diese Frage nicht erwartet. Nicht so direkt und nicht jetzt. Aber im Grunde genommen kannte ich meine Antwort schon lange: Ja, ich wollte, dass wir zusammenwohnten. Ich wollte es von ganzem Herzen. Ich wollte Leif und Morten immer um mich haben. Ich wünschte mir, dass sie Teil meines Alltags würden. Dass wir zusammen kochten und spielten und einander vorlasen und diskutierten und auch miteinander stritten, so wie ich mir ein Familienleben immer gewünscht hatte. Aber ich umarmte Morten nur lange und sagte zu ihm, ich würde es mir überlegen. Ich wollte keine voreiligen Versprechungen machen, denn ich wusste auch, wie schwierig das alles werden konnte.

Leif und ich berieten uns den ganzen Abend, während Morten schon längst schlief. Jeder von uns hatte verschiedene Wünsche und Befürchtungen. Und beide wussten wir nicht, wie unser Zusammenleben aussehen würde. Leif hatte Angst, dass ich plötzlich wieder gehen würde, und ich hatte Angst, dass es mir in der kleinen Wohnung zu eng würde und dass ich es nicht aushielte, über längere Zeit mit ihm und Morten so nahe zusammen zu sein. Ich hatte so lange alleine gelebt. Aber zum Schluss fanden wir beide, dass wir es wenigstens versuchen sollten.

Als wir Morten heute Morgen von unserem Entschluss erzählten, hüpfte er vor Freude um den Küchentisch herum und sprang mit einem Hechtsprung auf das orangefarbene Sofa. Er wollte unbedingt, dass ich sofort meine ganzen Sachen holte und gleich bei ihnen einzog. Und als ich ihm sagte, dass Leif und ich uns geeinigt hätten, dass ich meine Wohnung noch nicht sofort auflöse, war er sehr enttäuscht und stapfte in sein Zimmer. Und wir mussten ihm lange erklären, dass ich zwar bald bei ihnen einziehen würde, aber dass solche große Entscheidungen Zeit bräuchten und man erst ein bisschen herausfinden müsse, wie sie wirkten. Ob er das verstehe? Morten nickte nach langem Nachdenken und sah uns ernst an, aber ich spürte, dass er nur Leif und mir zuliebe so tat, als würde er alles begreifen, und das tat mir irgendwie weh. Trotzdem war ich froh, dass wir ihm im Überschwang nicht alles versprochen hatten, was er sich wünschte. Wir brauchten einfach noch Zeit. Ich konnte meine Wohnung, die für mich für so viele Jahre so etwas wie eine warme Höhle gewesen war, nicht einfach aufgeben. Es war für mich alles viel zu neu. Und Leif brauchte Zeit, mir wirklich Platz in seinem Leben einzuräumen.

40

Vor genau sechs Wochen fand ich Loras Brief in dem braunen Umschlag, den mir Maxime damals, kurz bevor er nach Frankreich zurückkehrte und ich umzog, übergeben hatte. Sechzehn Jahre lang lag er unberührt in diesem Umschlag in der großen Fotoschachtel, in der ich alle meine Fotos wild durcheinander aufbewahre. Die Schachtel lag unter meinem Sofa, und ich hatte sie nie geöffnet. Wenn ich mein Zimmer staubsaugte, rückte ich sie nur etwas zur Seite. Und nach dem Saubermachen schob ich sie einfach wieder an ihren Platz zurück.

Warum ich diese Schachtel nach all den Jahren plötzlich öffnete, weiß ich nicht. Ich erinnere mich nur, dass ich mit meiner Mutter zuvor am Telefon darüber gesprochen hatte, wie wir, als ich noch ein Kind war, meine Geburtstage gefeiert haben. Und sie erzählte mir von dem Schokoladenkuchen, den sie immer für mich gebacken hat, obwohl sie so schlecht im Backen war. Der Kuchen sei immer ganz flach geworden und nie richtig aufgegangen. Aber als sie einmal vergessen habe, einen zu backen, und eine Torte in der Konditorei kaufte, hätte ich mich in meinem Zimmer verbarrikadiert und getobt, bis sie doch noch einen selber machte. Mein Vater habe mit mir geschimpft, aber sie glaube, insgeheim sei er stolz auf mich gewesen. Er habe unzählige Fotos von mir und diesem »Trotz-Kuchen«, wie er ihn genannt habe, geknipst.

Nach dem Gespräch mit meiner Mutter zog ich, ohne zu überlegen, die Schachtel unter dem Sofa hervor. Ich wollte nachschauen, ob ich eines dieser Geburtstagsbilder von mir darin finden würde. Ich wühlte in all den Erinnerungsbildern meiner Kindheit, die mich zuvor nie interessiert hatten. Ich sah mich in einem gestrickten Strampelanzug in den Armen meiner Mutter, im Garten vor unserem Haus, mit bunten Eiern, mit Blumen, mit einer kleinen Schaufel in der Hand. Ich sah mich am ersten Schultag neben meinem Vater, der seinen schwarzen Hut auf dem Kopf hat. Es gab Urlaubsbilder und Weihnachtsbilder und auch eine ganze Serie von Bildern, die an regnerischen Wochenenden in unserem Haus aufgenommen worden waren. Ich lag mit zerzausten Haaren im Bett meiner Eltern oder mit einem Buch unter einer Decke im Wohnzimmer auf dem Sofa. Und endlich fand ich auch die Bilder von mir mit dem »Trotz-Kuchen«. Ich erkannte sie sofort unter allen anderen Geburtstagsbildern. Ich sitze auf den Knien meines Vaters, während ich mich nach vorne beuge, um die Kerzen auszublasen, und mein Vater macht links und rechts von mir das Victory-Zeichen.

Als ich den braunen Umschlag von Maxime entdeckte, zuckte ich zusammen. Und eine Weile starrte ich ihn einfach nur an.

Dann wühlte ich weiter in dem Karton herum und deckte ihn mit Bildern zu, bis er nicht mehr zu sehen war. Aber dann kramte ich den Umschlag doch wieder hervor und öffnete ihn. Und all die Schwarz-Weiß-Bilder, die Maxime von Lora gemacht hatte, fielen aus ihm heraus und mit ihnen ein hellblauer Briefumschlag. Es war ein Luftpostumschlag, und in Loras runder großer Schrift war mein Name daraufgeschrieben: Für Mara. Die Tinte und auch der Umschlag waren bereits verblichen. Meine Hände zitterten, als ich ihn umdrehte und sah, dass er noch zugeklebt war. Eine ganze Weile saß ich nur da und betrachtete ihn und war unfähig, irgendetwas zu tun. Endlich hatte ich den Mut, ihn zu öffnen, und zog ein dicht beschriebenes Blatt Papier daraus hervor:

Liebe Mara

Bevor ich wegfahre, noch diese wenigen Zeilen an Dich, damit Du nicht erschrickst, wenn Du heimkommst. Mein Koffer ist gepackt, er steht bereits unten im Flur. Ich hab es geschafft, ihn ganz alleine nach unten zu tragen. Er war ganz leicht. Nur Wäsche und ein paar Dinge, die mir lieb geworden sind in den letzten zwei Jahren, sind darin. Es ist auch ein Bild von Dir dabei. Es ist das Bild, das ich damals von Dir machte, als Du mir aus Deinen Texten vorgelesen hast. Erinnerst Du Dich? Ich sagte zu Dir, ich würde es aufheben für das Cover Deines ersten Buches. Du siehst so schön darauf aus. Bevor ich angefangen habe, diesen Brief zu schreiben, habe ich das Bild ein paarmal geküsst. Nur, dass Du das weißt.

Die Bücher lasse ich da für Dich. Heb sie bitte für später auf. Irgendwann komme ich und hole sie, wenn ich wieder Zeit hab zum Lesen. Vielleicht, wenn das Kind größer ist und nachts durchschläft und wenn alles irgendwie in geregelten Bahnen läuft. Es kann ja nicht immer dieses Durcheinander herrschen, wie es jetzt herrscht – auch in mir drin. Jetzt fahre ich erst einmal weg. Das ist das Wich-

tigste, dass ich nun endlich einen Entschluss gefasst habe. Ich fühle mich schon viel leichter seither. Alles andere kommt später. Vielleicht ergibt sich alles auch von selbst, wie sich ja viele Dinge im Leben einfach von selbst regeln. Sie brauchen nur Zeit. Das Kind aber werde ich behalten; das ist das Einzige, was sicher ist. Es sitzt ganz fest unter meinem Herzen, und kein Arzt und niemand auf dieser Welt wird es mir wegnehmen können. Ich liebe es schon jetzt.

Erinnerst Du Dich an den Besuch von Silvana, nachdem wir damals aus der Schweiz zurückgekehrt waren? Sie ist die Schwester von Corsin. Er ist der Vater meines ersten Kindes gewesen. Aber ich habe das Kind abgetrieben – gegen seinen Willen –, weil ich keine Möglichkeit sah und weil ich nicht mit ihm zusammenbleiben konnte, nicht auf dem Dorf. Ich war dumm damals. Später hat es mir wehgetan. Sehr weh. Bis heute, eigentlich. Deshalb werde ich es nicht wieder tun.

Corsin wollte sich das Leben nehmen, nachdem ich ihm gesagt hatte, dass wir zusammen sind. Deshalb hat mich Silvana besucht, das war der Grund. Sie wollte mich zurückholen. Zurück auf das Dorf zu ihrem Bruder. Corsin hatte nur knapp überlebt. Aber ich konnte nicht. Ich wollte hierbleiben, in Berlin. Ich wollte ganz von vorne anfangen. Ich wollte das ungeborene Kind vergessen, auch seinen Vater. Ich dachte, es gibt so viele Frauen, denen dasselbe widerfährt und die danach ein gutes, glückliches Leben führen. Warum nicht auch ich?

Zum Glück weiß ich nicht, wer der Vater dieses Kindes ist. Es gehört jetzt ganz mir, auch alle Entscheidungen, und ich bin niemandem Rechenschaft schuldig. Ich habe Dich betrogen. Mehr als einmal. Es tut mir leid. Manchmal überlegt man nicht viel.

Aber jetzt muss ich die Konsequenzen für alles tragen, und das ist auch richtig so. Du hast mich immer bewundert. Du hast in mir etwas Großes gesehen, jetzt siehst Du, wie klein ich in Wirklichkeit bin. Mit einem Schlag ist ein Licht ausgelöscht. Vielleicht sind mir auch zu viele Türen offengestanden. Plötzlich war alles so leicht. Das ist nicht gut so. Vielleicht hab ich die Türen auch selber zugemacht. Ich weiß nicht, ob ich mich durchgeschlagen hätte als Regisseurin an einem Theater. Eigentlich hab ich nie wirklich daran geglaubt.

Am liebsten würde ich jetzt zu meinen Eltern fahren. In ihr kleines Haus in unserem Dorf. Ich möchte in mein Bett kriechen in meinem alten Zimmer und einfach schlafen. Meine Eltern werden sich sicher freuen, wenn ich komme. Sie werden mein Kind lieben, wie sie alle ihre Enkel lieben. Sie werden nicht fragen, wer sein Vater ist, sie werden stolz sein, dass das Kind ihren Namen trägt. Aber vielleicht werde ich auch ganz woanders hinfahren. Es ist noch zu früh, um diese Entscheidung zu treffen.

Du wirst Dich fragen, warum ich Dir nichts sagte und warum ich mich mit Dir nicht beriet. Du wärst enttäuscht gewesen und wütend, aber zum Schluss hättest Du mir verziehen, da bin ich mir sicher. Aber Du hättest mich zurückgehalten, Mara, das ist der Grund. Du hättest zu mir gesagt, bleib hier, wir werden das gemeinsam schaffen, wir werden gemeinsam die Welt neu erfinden. Du hättest gesagt, dass Du auf das Kind aufpassen willst, während ich weg bin. Du hättest gesagt, mach die HdK trotz allem, geh Deinen Weg. Du hättest mich ermutigt und bestärkt, so wie Du das immer getan hast. Aber es wäre nicht gegangen. Letztendlich wäre es nicht gegangen. Es gibt nur ein Leben in der Verantwortung oder eines in der Kunst. Daran musst Du immer denken. Vergiss das nie. Mach aus Deinem Leben Kunst, Mara, so wie ich es selber nicht vermag. Wenn nicht ich, so wenigstens Du, das hast Du einmal zu mir gesagt, und nun ist alles anders gekommen.

Ich hör nun auf, weil ich nicht möchte, dass Jürgen oder Ulrike kommen und mich so finden. Am liebsten würde ich aber immer weiterschreiben und mit Dir sprechen und weinen. Es ist nicht einfach, einen solchen Entschluss zu fassen, glaub mir. Aber wenn er da ist, muss man ihn tragen.

Ich will Dir noch einmal sagen, wie sehr ich Dich liebe, obwohl ich Deine Nähe nicht mehr ertragen hab, wie Du merktest, und ver-

mutlich würde ich sie auch jetzt nicht mehr ertragen, obwohl ich mich nach Dir sehne. Vielleicht muss ich auch deshalb gehen, weil ich nicht mehr weiß, was ich will. Vielleicht aber auch, weil Du Dich selber vergessen hast in meiner Nähe. Du hast in mir etwas gesucht, was ich nicht bin.

Jede von uns muss die Chance haben, neu zu beginnen, das ist vermutlich das Beste. Du musst Deinen Weg gehen und ich den meinen. Und irgendwann werden wir uns wiedersehen, da bin ich mir sicher.

Deine Lora

PS: Ich habe mich anders entschieden. Ich lasse den Brief hier in der Wohnung von Maxime. Er ist in Urlaub gefahren, und wenn er zurückkommt, wird er ihn finden. Ich will nicht, dass Du Dir Sorgen machst und nach mir suchst.

Ich beobachtete, wie meine Hände sich wie eigentümliche kleine Tiere krümmten. Sie klammerten sich an dem Brief fest. Dann ließen sie ihn plötzlich los, und er glitt auf den Boden.

Ich musste weinen, und meine Tränen flossen über meine Wangen und über meinen Hals an mir hinunter und in einen riesigen Fluss. Und der Fluss zog mich mit großer Kraft mit. Ich schnappte nach Luft, ging unter und glitt zwischen Steinen und Algen auf seinem Grund. Ich versuchte wieder hochzukommen, ein einziger Atemzug, dann riss mich das Wasser erneut nach unten. Ich strampelte, spürte meine Knie gegen die Steine schlagen. Ich wehrte mich, schlug um mich, holte wieder Luft, ging erneut unter, strampelte mich hoch, ging abermals unter. Aber zum Schluss spie der Fluss mich aus wie einen Korken, und ich fühlte mich plötzlich ganz leicht. Ich trieb auf seiner Wasseroberfläche, ohne meine Beine und Arme zu bewegen. Ich war Teil von ihm geworden. Ich trieb einfach dahin.

41

Leo war der Erste, der von dem Brief erfuhr. Ich rief ihn an, nachdem ich lange darüber nachgedacht hatte, was zu tun wäre. Gegen Abend kam er zu mir, und wir saßen in der Küche und aßen Blechkuchen, den Leo von Thoben mitgebracht hatte, und tranken Tee. Leo fand, wir müssten Loras Eltern anrufen. Lora hätte den Kontakt zu ihnen bestimmt wieder aufgenommen. Schon des Kindes wegen. Es müsse jetzt schon fast erwachsen sein. Ich sollte ihnen alles erklären, auch das mit dem Brief. Und dann müsste ich Lora anrufen oder noch besser hinfahren.

Aber ich hatte Angst davor, anzurufen. Ich wusste nicht, was ich Loras Eltern sagen sollte, mit denen ich ja nie wieder Kontakt gehabt hatte. Die Distanz kam mir unüberwindbar groß vor. Zum Schluss übernahm Leo das Anrufen für mich. Er fragte bei der internationalen Auskunft nach der Nummer von Loras Eltern, die ich längst verlegt hatte, und dann rief er an. Er musste lange warten, bis jemand ans Telefon ging. Er stand da, den Hörer am Ohr, den Kopf schief, die Augen aus dem Fenster gerichtet.

Ich hörte die langsame Stimme von Loras Vater. Er sprach Hochdeutsch, aber ich konnte trotzdem nicht verstehen, was er sagte. Seine Stimme war viel zu leise. Ich beobachtete Leos Gesicht, das sich plötzlich veränderte, und noch bevor er etwas zu mir sagte, wusste ich alles: Lora war tot.

42

Eine Woche später machten Leif, Leo, Morten und ich uns auf den Weg zu Loras Grab. Sie lag auf dem Friedhof in ihrem Dorf. Ich war sehr traurig, aber ich spürte auch so etwas wie Erleichterung. Ich wusste nun, Lora hatte sich all die Jahre nicht bei mir gemeldet, weil sie sich gar nicht hatte melden können.

Ich wollte möglichst dieselbe Route fahren, die Lora gewählt hatte, und das war auch der Grund, warum wir mit dem Auto fuhren, obwohl Leif, Morten und ich nicht gerne Auto fahren. Die Route war damals, als man Lora suchte, von der Polizei ermittelt worden. Sie zu verfolgen, war nicht einfach, denn Lora war per Zug und per Anhalter gereist und hatte vier Monate für die Strecke gebraucht, die wir gut an einem Tag hätten zurücklegen können. Manchmal war sie im Kreis gefahren. Manchmal länger am selben Ort geblieben. Manchmal blieb es vollkommen ungewiss, welche Strecke sie gewählt hatte. Aber ich wollte unbedingt auf Loras Spur bleiben. Ich wollte sie nicht wieder verlieren.

Leo saß die ganze Zeit vorne am Steuer, und Leif und ich wechselten uns auf dem Beifahrersitz ab. Auf den Knien hielten wir eine Straßenkarte, in die wir die mutmaßliche Route von Lora eingezeichnet hatten. Die Ortschaften, in denen sie für längere Zeit haltgemacht hatte, hatten wir rot eingekreist. Sie hatte bei Leuten gewohnt, die sie beim Trampen mitgenommen hatten, oder bei Leuten, die sie zufällig kennengelernt hatte. Einmal arbeitete sie für mehrere Wochen auf einem Bauernhof, einmal in einer Jugendherberge.

Zu einigen der Adressen fuhren wir hin. Wir sahen uns von außen die Häuser an, und ich stellte mir vor, wie Lora durch diese Haustüren gegangen war, hinein und wieder hinaus, nicht wissend, wohin ihr Weg sie weiterführen würde.

Morten wollte auf unsere Reise zuerst gar nicht mitkommen. Er hat sich richtig dagegen gesträubt. Tote seien langweilig, sagte er, was sollten wir mit ihnen anfangen? Wir würden überhaupt keinen Spaß haben. Aber zum Schluss wollte er doch mitkommen, vielleicht weil er merkte, dass mir diese Reise sehr wichtig war. Ich zeigte ihm die Fotos von Lora, und er betrachtete sie aufmerksam, und ich erzählte ihm, wer Lora war. Sie sieht nett aus, sagte er höflich, aber er wollte nichts weiter über Lora erfahren. Er hörte die ganze Zeit CDs, Geschichten, Hörspiele, alles, was Leif in der Bibliothek hatte auftreiben können. Wenn wir anhielten, stieg er nicht einmal aus, obwohl wir ihn immer wieder aufforderten. Er blieb im Auto sitzen und spielte mit seinem Gameboy.

Als wir in Berlin losfuhren, war das Wetter noch angenehm warm. Die Herbststürme hatten noch nicht eingesetzt, und an der Platane vor meinem Fenster hingen noch die gelb verfärbten Blätter. Auf dem Arkonaplatz saßen die Leute in Pullovern und Jacken beim Mittagessen; und viele Kinder spielten noch immer ohne Schuhe im Sand. In Loras Dorf war es bereits kalt. Es war windig, und die Luft roch nach Schnee. Die Blätter waren von den Bäumen weggefegt. Die Wiesen kurz geschnitten. Das Gras war braun. Maulwurfhügel starrten wie große, geschwollene Augen aus dem Boden.

Loras Mutter umarmte mich, als sie uns die Tür öffnete, und ich musste sofort weinen. Ich schämte mich für meine Tränen. Aber Loras Mutter sagte zu mir: Weinen Sie, weinen Sie, es hilft Ihnen. Und ich spürte ihre Arme um mich herum und dann spürte ich, dass auch sie weinte, und plötzlich merkte ich, wie gut mir das Weinen tat.

Wir tranken Kaffee und aßen Kuchen in der Küche, den Loras Vater in der Dorfbäckerei geholt hatte. Wir erzählten und redeten und dazwischen weinten wir. Loras Eltern erzählten uns von Loras Unfall. Sie war getrampt, und der Fahrer hatte in einer Kurve die Kontrolle über sein Fahrzeug verloren. Nur wenige Kilometer entfernt von Loras Dorf stürzte es einen Abhang hinunter. Es blieb vollständig zerstört in ein paar Bäumen hängen. Jede Rettung kam zu spät, auch für den Fahrer.

Morten, der uns nicht zuhören mochte und die ganze Zeit im Haus herumtappte, kam in die Küche hinunter und stellte Fragen. Dann verschwand er wieder. Er wollte wissen, wo das

Klo sei, ob er die Micky-Maus-Hefte, die er gefunden habe, lesen dürfe und warum ein abgeschnittener Hirschkopf im Wohnzimmer an der Wand hänge. Der Hirschkopf interessierte ihn sehr. Immer fiel ihm eine neue Frage ein. Es wollte wissen, wie man den Hirsch getötet und warum man nur den Kopf an die Wand gehängt habe und womit der Kopf ausgestopft sei. Und Loras Vater fing an, ihm von der Jagd zu erzählen. Wie man dem Wild nachspüre und stundenlang mucksmäuschenstill im Gebüsch sitzen müsse, bis man so einen Hirsch erlegen könne. Morten, der nur Tiere, die in einem Käfig lebten, kannte, konnte sich das überhaupt nicht vorstellen. Er meinte, es müsste doch ganz einfach sein, einen so großen Hirsch totzuschießen. Als er das gesagt hatte, mussten wir alle lachen, und dieses Lachen tat gut, und etwas Leichtes kehrte zu uns zurück.

Später ging ich mit Loras Mutter zur Kirche und zum Friedhof. Ihre Beine steckten in dünnen, fleischfarbenen Strümpfen. Trotz der Kälte trug sie ein Kleid, und über dem Kleid trug sie eine gefütterte Windjacke, die sie mit den Armen über der Brust festhielt. Ihr Haar war grau geworden und ihre Schritte waren langsam. Die Treppe zur Kirche hinauf musste sie sich am Geländer festhalten, und zweimal blieb sie auf dem Weg zu den Gräbern stehen.

Loras Grab war ganz zuhinterst. Es lag unter großen Büschen verborgen. Die Äste reichten weit über den Grabstein und fast bis zur Erde. Ich las Loras Namen, ihr Geburts- und Todesjahr, und darunter meinen eigenen Namen. Er war etwas kleiner geschrieben und eine Blume war darunter eingemeißelt. Ich war froh, dass mich Loras Eltern vorgewarnt hatten, ich wäre sonst sehr erschrocken, wenn ich meinen Namen auf dem Grabstein entdeckt hätte. Es war der Name von Loras Kind, den sie ihm gegeben hatten.

Mir fiel der Anfang von *Nachdenken über Christa T.* ein: »Unter Sanddornbüschen liegt sie, auf ihrem Dorffriedhof, tot neben Toten. Was hat sie da zu suchen?« Und ich sagte diesen Anfang immer wieder laut vor mir her. Ich sagte ihn zu mir, aber auch zu Lora, die dort unter dieser Erddecke seit so vielen Jahren lag und schlief und vielleicht immer auf mich gewartet hatte.

Ich setzte mich auf die Friedhofsmauer vor Loras Grab. Ich war erleichtert darüber, dass Loras Mutter verschwunden war. Ich wollte mit Lora allein sein. Ich sagte, hallo, Lora, hallo, und lauschte in den Wind und betrachtete den zurückgeschnittenen Rosenstock auf Loras Grab und die drei weißen Steine, die jemand davor hingelegt hatte. Aber ich erhielt keine Antwort. Es war seltsam, in Berlin hatte ich Lora immer gehört, wenn ich mit ihr sprach, und hier vernahm ich nicht einmal ein leises Flüstern. Ich hörte nur das Rauschen des Windes in den Bäumen und ein gelegentliches Hämmern, das von den Dachdeckern stammte, die hinter der Kirche auf einem Hausdach standen.

Ich versuchte es noch einmal. Ich sagte, Lora, du – aber es kam keine Antwort. Da gab ich es auf und öffnete meinen Rucksack und suchte darin nach einem Stück Papier. Ich wollte Lora einen Brief schreiben. Wenn ich nicht mit ihr sprechen konnte, dann wollte ich ihr wenigstens schreiben. Ich fand nur die Schachtel von den Keksen, die wir im Auto gegessen hatten, und ich musste die Packung ganz aufreißen, damit ich eine leere Fläche hatte.

Ich schrieb:

Liebe Lora

Nun bin ich da, aber ich habe Dich nicht wiedergefunden. Ich habe noch nicht einmal Deine Stimme gehört, die ich in Berlin doch immer vernahm. Es ist etwas Seltsames, das mit der Distanz, sie hat nichts mit Kilometern zu tun und auch nicht mit dem Tod. Deshalb schrei-

be ich Dir nun diesen Brief. Vielleicht wird mir dann leichter, vielleicht kann ich so mit Dir sprechen. Es ist so schwer, hier zu sein, und Du liegst unter der Erde. Ich kann Dich nicht anfassen. Wenn Du noch lebtest, würde ich Dich jetzt küssen – ganz lang. Es tut mir leid, das mit dem Brief. Ich weiß nicht, wie das passiert ist. Das Einzige, was mich tröstet, ist, dass es auch nichts mehr genützt hätte, wenn ich den Umschlag von Maxime gleich geöffnet hätte, damals. Du wärst trotzdem gestorben. Wir hätten nur alle gewusst, warum Du weggegangen bist. Und sicherlich hätten wir bei Deinen Eltern nachgefragt.

Ich habe ihnen Deinen Brief gezeigt, und sie haben sich sehr darüber gefreut. Ich glaube, das war richtig so. Sie sagten, es wäre für sie, als hörten sie Deine Stimme noch einmal. Sie hätten sich wirklich über Dein Kind gefreut. Deine Mutter sagte, es wäre ein Mädchen gewesen. Es wurde herausgenommen bei der Obduktion Deines Körpers und in Deine Arme gelegt. Der Unfall hätte ihm nichts gemacht, es lag gut aufgehoben in Deinem Bauch, wie in einer sicheren Höhle. Hätte man Dich nach dem Unfall sofort gefunden, hätte es vielleicht überlebt. Es war schon groß genug. Heute könne man so was, hat Deine Mutter gesagt.

Deine Eltern haben Deinem Kind einen Namen gegeben und haben ihn auf Deinem Grabstein einmeißeln lassen. Es ist mein Name, weißt Du das? Sie dachten, es würde Dich freuen, wenn Du es wüsstest. Sie haben die Fotografie von mir in Deinem Koffer gefunden. Jetzt stehen unsere Namen gemeinsam auf Deinem Stein, und es sieht aus, als wären wir zusammen gestorben. Das hat mich ein bisschen erschreckt, als ich es gesehen hab, obwohl ich es von Deiner Mutter schon wusste. Ich bin ja nicht tot. Ich lebe. Aber während ich hier sitze, denke ich, das ist doch auch richtig so, denn ein Teil von mir ist mit Dir wirklich gestorben und liegt neben Dir in dieser Erde.

Es gäbe noch viel zu erzählen. Auch, dass ich jetzt auch ein Kind hab und sogar einen Mann, den ich liebe. Und dass ich durch Deinen Tod endgültig auf diese Welt gefunden habe. Ich bewege mich nun in ihr Schritt um Schritt, so wie ich es früher nie konnte. Ich habe gelernt, dass es auf die Kunst nicht ankommt, nur auf die kleinen Schritte.

Es ist seltsam. Seit ich hier an Deinem Grab sitze und angefangen habe zu schreiben, möchte ich nicht mehr aufhören damit. Ich möchte Dir alles erzählen. Ich möchte über alles nachdenken, was passiert ist, und unsere Geschichte aufschreiben. Die Geschichte von Dir und mir. Plötzlich kann ich wieder schreiben, obwohl ich dachte, ich könnte es nie mehr, nachdem Du weggingst. Es fällt mir ganz leicht. Ich sitze da und mein Stift bewegt sich ganz selbstverständlich. Und vielleicht werde ich unsere Geschichte tatsächlich aufschreiben, wenn ich wieder zurück bin in Berlin.

Jetzt muss ich gehen, weil Leif auf mich wartet und Morten und Leo. Sie sitzen in dieser kleinen Kneipe an der Straße, wo wir auch einmal zusammen waren. Wir werden über die Passstraße ans Meer fahren, genau da lang, wo Du auch durchgefahren bist, und wir wollen versuchen, die Stelle zu finden, wo Du mit dem Auto abgestürzt bist. Und wir werden ein paar Blumen dort hinlegen, aus Plastik, damit sie nicht welken, und ein kleines Kreuz basteln, auf dem Dein Name steht. Es soll die anderen Autofahrer daran erinnern, wie gefährlich dieser Weg ans Meer ist, damit sie rechtzeitig abbremsen. Das Kreuz soll nicht dort stehen, weil wir denken, Deine Seele sei noch immer nahe der Unfallstelle, wie viele Leute glauben; das Kreuz soll nur eine Ermahnung sein. Deine Seele ist überall, in Berlin und hier und am Meer, wo Du hinwolltest.

Als ich Deine Mutter vorher sah, dachte ich, hier bist Du doch vielleicht am meisten. Denn das Herz einer Mutter lässt ein Kind nie los. Es bleibt dort eingebettet für immer. Aber es gibt ja auch viele Mütter, die ihre Kinder nicht lieben. Also bleiben die Toten doch nur einfach unter der Erde. Aber auch dort gehörst du nicht hin, nicht unter diese trockenen Schollen und unter die Blumen, nicht unter diese Sträucher und Bäume, deren Namen Du mir alle genannt hättest, wärst Du noch hier. Nein, Lora, Du gehörst hinaus in die Welt. Du hast die Türen nicht zugeschlagen, Lora, nicht alle, nur der Tod kann das tun und das Vergessen. Es hätte einen Weg gegeben da draußen, und Du hättest ihn gefunden und wärst ihn gegangen, Schritt um Schritt – so wie ich.

Deine Mara

Ich faltete die Pappe zusammen, die nun ganz eng beschrieben war – sogar auf der bedruckten Seite –, und grub ein kleines Loch in die Erde von Loras Grab und wollte den Brief dort hineinstecken. Aber dann kam Loras Mutter mit Tannenästen zurück, die sie um die Wurzeln des Rosenstockes legte, und ich steckte den Brief schnell in meine Hosentasche. Ich sah zu, wie die Mutter die verwelkten Blätter abzupfte, einen Moment innehielt und die Augen schloss. Dann ließ sie die verwelkten Blätter in ihre Jackentasche gleiten.

Ich wollte für Lora eine Kerze anzünden, und deshalb gingen wir zusammen in die Kirche. Das Gestell mit den Kerzen stand vor der Jungfrau Maria wie in vielen Kirchen. Diese Maria war aber noch ganz jung, und ihr Gesicht sah fröhlich aus und pausbackig und kein bisschen schmerzverzerrt. Auf ihrem Schoß lag ein großes dickes Buch, und der kleine Jesus, den sie in ihren Armen hielt, zeigte mit einem Finger auf eine Seite und schien darin zu lesen, obwohl er die Augen ganz woandershin gerichtet hatte. Er wusste offenbar, was in dem Buch stand, ohne dass er den Buchstaben mit seinen Augen zu folgen brauchte. Dieser kleine Jesus hat sich tief in mein Inneres gegraben, und er geht mir seither nicht mehr aus dem Kopf.

Loras Mutter begleitete mich bis zur Kneipe, in der Leif, Morten und Leo auf mich warteten. Auf dem Weg gingen wir an einem Hof vorbei, auf dessen Vorplatz Hühner und Gänse frei herumliefen, und Loras Mutter erzählte mir, dass Corsin den Hof seiner Eltern übernommen und eine Frau aus der Stadt geheiratet habe, und kürzlich sei er sogar Vater geworden. Ich überlegte mir einen Moment, ob ich auf dem Hof vorbeigehen sollte. Aber dann entschied ich mich dagegen. Ich wollte nicht unnötig alte Wunden aufreißen und Erinnerungen wecken. Was hätte es gebracht? Corsins Leben war weitergegangen und meines auch. Jeder von uns hatte einen Neuanfang geschafft – ohne Lora –, und vermutlich hätten wir uns gar nichts zu sagen gehabt.

Als wir vor der Kneipe angelangt waren, umarmte mich Loras Mutter lange, ich spürte, dass sie eigentlich Lora festhalten wollte. Dann fragte sie mich nochmals, ob ihr Mann nicht bis zur Unfallstelle mitkommen solle. Sie wäre für Auswärtige nicht einfach zu finden. Er könne mit dem Auto vorausfahren und wir bräuchten so auch nicht wieder umzukehren. Aber ich schüttelte den Kopf und sagte, wir würden die Stelle schon finden.

Leo fuhr auf jener Passstraße, auf der ich damals auch mit Lora gefahren war, und dann kam dieser kleine Weiler, wo wir die Abkürzung zurück zum Dorf genommen hatten, weil ich nicht weiterwollte – und nicht weit hinter dem Weiler musste die Kurve sein. Leo fuhr ganz langsam, aber trotzdem verpassten wir die Stelle. Wir hielten an und gingen die Straße zurück. Wir schauten in die Schlucht hinunter, die sich neben der Straße auftat, und dann sahen wir, wo sie war. Ein paar Bäume waren weit unten mit einer Motorsäge sauber abgeschnitten worden, und neue, jüngere Bäume wuchsen aus ihren Stümpfen hervor. Mehr sah man nicht. Wir blieben eine Weile stehen, und dann ging Leif zurück zu unserem Auto und holte die Holzlatten, die wir extra mitgenommen hatten, um sie zu einem Kreuz zusammenzubasteln.

Morten schrieb mit einem wasserfesten Filzstift Loras Name und ihr Geburts- und Todesjahr auf das Holz. Das Kind lassen wir weg, sagte er ernst, und ich war sehr froh über Mortens Entscheidung.

Wir stellten das Kreuz vor der Kurve auf, und einen Moment lang blieben wir noch stehen. Dann gingen wir wieder zum Auto und fuhren weiter. Bei der Abkürzung, die zurück zu Loras Dorf führte, hielten wir nicht an. Ich zeigte nur auf das Schild und sagte: Wie leicht man es übersehen kann.

43

Das Meer empfing uns samten und weich. Es lag wie ein riesiges Stück Stoff über der Welt. Wenn man lange daraufschaute, sah man, dass der Horizont über ihm gebogen war. Das Meer umfing alles. Es war ein Schutz und eine Hülle, unter die man kriechen konnte.

Wir blieben eine ganze Woche. Wir hatten ein günstiges Hotel gefunden, direkt am Hafen. Es lag in einem kleinen Dorf mit nur wenigen Häusern. Eine Kirche, ein paar Läden und Bars. Die Cafés, die vorne am Strand lagen, waren bis auf eines alle geschlossen. Die Saison war längst vorbei. Zerzauste Hunde und Katzen, die durch die Gassen streunten. Alte Männer, die auf einer Bank vor der Kirche saßen und rauchten. Frauen, die mit altmodischen Einkaufsbeuteln am Arm in kleinen Gruppen herumstanden.

Ich stieg über die Mole hinaus und balancierte auf den Steinen, die bis weit ins Meer hinausragten. Ich legte mich auf den vordersten Stein, der groß und flach war. Ich krümmte mich zusammen wie ein Kind im Bauch seiner Mutter. Mit meinen Armen umschloss ich meine Beine. Ich hörte dem Meer zu. Im gleichmäßigen Rhythmus strömte es gegen die Steine der Mole und wieder zurück. Ich schlief ein und wachte wieder auf und blieb liegen, bis es fast dunkel war.

Wir waren die letzten Touristen, bevor der Winter kam. Beim Frühstück waren wir die einzigen Gäste, und abends blieb die Rezeption unbesetzt. Morten, Leif und ich teilten uns ein Zimmer, und über den Balkon waren wir mit Leos Zimmer verbunden, das gleich neben unserem lag. In der Dämmerung saßen wir alle vier in warmen Jacken und Hosen auf diesem Balkon und spielten Halma oder Mensch ärgere dich nicht. Ab und zu machten wir uns einen heißen Tee in der Hotelküche, die wir benutzen durften, um uns aufzuwärmen, und Morten verteilte dazu Süßigkeiten.

Wenn Morten schlief, öffneten wir eine Flasche Wein und blieben mit unsern Gläsern auf dem Balkon sitzen. Wir sahen aufs Meer hinaus und beobachteten im schwindenden Licht die Veränderungen der Wolken und des Wassers. Am Horizont leuchtete ein heller Schimmer, der immer schmaler wurde. Dann tauchte die Nacht ihn in ein milchiges Grau. Und allmählich, ganz langsam, wurde es dunkel. Wir fühlten uns auf eine seltsame Art miteinander verbunden. Loras Tod hatte uns einander nahegebracht. Leif und Leo, die sich vorher kaum gekannt hatten, sprachen über den Kosmos, die Gestirne und unser nichtiges Dasein als kleiner Punkt auf dieser Erde. Sie philosophierten über Gott und über die Existenz des Himmels und darüber, was mit den Seelen der Toten passierte, und ich dachte an Lora.

Tagsüber spielten wir Fußball am Strand oder lasen. Oder wir betätigten uns als Sachensucher, wie Morten das nannte. Wir suchten nach schönen Muscheln, Steinen, Glasscherben oder von den Wellen abgeschliffenen Holzstücken. Wir sammelten aber auch stinkenden Tang, Petflaschen, rostige Dosen und Plastikstücke in allen Farben und Formen. Das Material benötigten wir für die riesige Sandburg, an der wir die ganze Woche über bauten. Ihr Turm in der Mitte war bis oben mit Glastücken und Plastikresten verziert. Eine Styroporschale diente als Schwimmbecken für die Ritter, eine große Glasplatte als Dach des Speisesaals, und ein Siphon war das »Angstloch«, in das die Gefangenen mit einem Seil hinuntergelassen wurden.

Leo und Morten zogen ihre Badehosen an und rannten ins Meer hinaus. Sie kreischten und bespritzten sich gegenseitig mit Wasser und kamen schlotternd wieder zurück ans Land gerannt, wo wir ihnen Badetücher entgegenhielten. Morten hatte ganz blaue Lippen und seine Haut war weiß vor Kälte. Aber am nächsten Tag wollte er trotzdem wieder ins Meer springen. Wir nahmen warme Kleider und eine Windjacke für ihn mit, und nach dem Bad setzten wir uns eine Weile in die einzige Bar, die noch offen war. Wir bestellten für Morten eine heiße Schokolade und für uns Kaffee und Tee mit Zitrone.

In der Bar gab es einen dieser alten Flipperkästen, in denen man seinen Ball an farbig blinkenden Monstern vorbeimanövrieren musste. Die Punktzahlen wurden mit lautem Klingeln und Rattern angezeigt. Morten stand auf einem Stuhl davor und drückte mit seinen dünnen, klammen Fingern auf die beiden Knöpfe an der Seite. Nach fünf Spielen fand Leif, es wäre genug, aber Leo und ich spendierten ihm noch ein paar weitere Spiele. Wir konnten uns an Mortens Begeisterung und an seinem Eifer nicht sattsehen.

Wenn ich allein am Meer war, konnte ich wieder mit Lora sprechen. Ich fragte sie, ob sie damals tatsächlich ans Meer fahren wollte. Und wenn ja, ob es in ihren Augen richtig war, dass wir ihre Reise nun für sie beendet hatten. Zuerst hörte ich keine Antwort, nur das Rauschen der Wellen, die gegen den Sand rollten, und das Kreischen der Möwen, die ständig in Ufernähe kreisten. Aber als ich mich ganz nahe ans Wasser setzte, hatte ich plötzlich das Gefühl, Loras Stimme zu hören. Lora beschrieb mir Farben und Formen, die ich bis anhin nicht wahrgenommen hatte. Fremde Gerüche, die ich nicht kannte. Sie erzählte mir von Materialien, die ihre Finger berührten, und von Tönen und Klängen, von denen ich nicht einmal die leiseste Ahnung hatte. Staunend hörte ich ihr zu. Aber irgendwann merkte ich, dass das, was Lora mir beschrieb, im Grunde genommen nichts anderes war als die Welt, in der ich lebe, die gleichzeitig so fremd und so vertraut ist und so brutal und so verwirrend schön. Und ich wusste plötzlich, dass es vollkommen egal war, ob das Meer Loras Ziel gewesen war oder nicht. Was ihr Ziel überhaupt gewesen war. Es spielte keine Rolle. Und ich spürte, wie ein tiefes Gefühl der Verbundenheit durch mich hindurchströmte.

Auf unserer Rückreise wählte Leo den schnellsten Weg nach Norden. Er fragte uns nicht einmal, ob wir einen anderen Weg fahren wollten. Er verlangte weder von Leif noch von mir, dass wir die Karte studierten. Er folgte einfach den Ausschilderungen.

Wir hielten nur an Autobahngaststätten, und einmal übernachteten wir auch da. Zwei Tage lang aßen wir nur Pommes frites und Würstchen und tranken Cola oder abgestandenen Filterkaffee. Es schien, als hätten wir uns wortlos darauf geeinigt, so schnell wie möglich nach Berlin zurückzukehren, und nahmen dafür alles in Kauf. Selbst Morten murrte nicht. Als er sämtliche CDs gehört hatte, verfiel er in eine Art Dämmerzustand, aus dem er erst wieder erwachte, als wir in Berlin ankamen.

44

Gestern kam meine Mutter mit ihrer Freundin Verena an. Ich holte beide am Flughafen Tempelhof ab und brachte sie zu dem Hotel, das meine Mutter ganz in der Nähe von mir reserviert hatte. Gemeinsam tranken wir in der Hotellobby eine Tasse Tee und besprachen, was wir die nächsten Tage unternehmen wollten.

Ich freute mich, dass meine Mutter so gut aussah. Dass sie im Sommer erneut lange krank gewesen war und eine Nierensteinoperation hinter sich hatte, sah man ihr nicht an. Sie wollte ins Brücke-Museum und in den Martin-Gropius-Bau und in die Nationalgalerie. Sie hatte sich über das Internet schon eine ganze Reihe von Ausstellungen herausgesucht. Auch einige Theaterinszenierungen wollte sie sehen. Alles Klassiker. Sie zeigte mir eine ganze Liste. Ihre Freundin Verena wollte das Kleist-Grab am Wannsee besuchen und den jüdischen Friedhof an der Schönhauser Allee, wo sie nach dem Grab eines Richard Moritz Meyer suchen wollte. Ich hatte diesen Namen zuvor noch nie gehört, aber vermutlich war es auch ein Schriftsteller. Verena hatte wie meine Mutter Germanistik studiert und war pensionierte Gymnasiallehrerin.

Als Verena einmal zur Toilette ging, erzählte ich meiner Mutter, dass Leif und ich beschlossen hätten, versuchsweise zusammenzuziehen. Ich konnte die Neuigkeit nicht für mich behalten. Sie beschäftigte mich viel zu sehr. Meine Mutter freute sich ganz offen und klagte kein bisschen über ihre zwei gescheiterten Ehen, die ihr das Leben beschert habe, wie ich befürchtet hatte. Nur Morten sah sie als Problem. Das Kind eines Partners anzunehmen, wäre nicht einfach, betonte sie mehrmals. Die Kinder ihres »zweiten Mannes«, wie sie Friedjof mir gegenüber noch immer nannte, seien immer seine Kinder geblieben. Sie hätten sie im Grunde genommen nie akzeptiert.

Ich erwiderte ihr, Morten sei für mich ein Geschenk. Ich hätte nicht geglaubt, dass ich in meinem Leben noch ein Kind haben würde. Es sei mir zugefallen wie ein Wunder, und ich würde mich jeden Tag darüber freuen. Ohne Morten hätte ich auch Leif nicht kennengelernt. Er sei so etwas wie der Grundstein unserer Liebe. Ob ich je eine richtige Mutter für ihn werden würde, wisse ich nicht. Es sei auch nicht so wichtig für mich. Wichtig sei nur, ihn jeden Tag um mich zu haben.

Als Verena zurückkam, brachen wir unser Gespräch ab. Verena hatte keine Kinder und keine Enkelkinder. Sie war zeit ihres Lebens Single gewesen, immer in Beziehungen mit Männern verwickelt, die weit weg wohnten oder verheiratet waren. Meine Mutter und Verena pflegten die Freundschaft zweier selbständiger Frauen, und es schien, meine Mutter wollte das so aufrechterhalten.

Am Nachmittag trafen wir uns mit Leif und Morten auf dem Weihnachtsmarkt am Gendarmenmarkt. Beide trugen dicke Stiefel und Fausthandschuhe, und während der Begrüßung gab es ein langes Prozedere mit Handschuheausziehen und Händeschütteln. Nur Morten machte nicht mit. Er zeigte ein finsteres Gesicht und wollte meiner Mutter und Verena nicht einmal Hallo sagen. Widerspenstig versteckte er sich hinter seinem Vater, und Leif ärgerte sich über sein Benehmen, aber all seine Ermahnungen nützten nichts.

Wir schlenderten zwischen den weißen Zelten mit den aufgesetzten goldenen Sternen hindurch. Wir betrachteten die Auslagen der Marktstände und atmeten den Geruch frisch zubereiteter Schupfnudeln mit Sauerkraut ein. Ich kaufte drei mundgeblasene Glaskugeln als Weihnachtsschmuck, und Leif kaufte einen braunen Schlapphut, mit dem er aussah wie Pettersson aus *Pettersson und Findus,* und ich lachte über ihn.

Wir tranken Glühwein und wärmten unsere klammen Finger an den bunten Pappbechern. Morten bekam einen Orangenpunsch und eine Brezel, und sein Gesicht hellte sich ein bisschen auf. Verena bot Leif mit dem Pappbecher in der Hand ihr Du an, und meine Mutter, die ihn bisher umständlich gesiezt hatte, musste nachziehen. Ich war froh, dass sie Verena mitgebracht hatte. Sie war offener als meine Mutter. Vielleicht weil sie ihr Leben lang mit Jugendlichen zu tun gehabt hatte. Sie fand auch schneller einen Draht zu Morten. Sie kaufte ihm einen mit Schokolade überzogenen Apfel, und an einem anderen Stand zeigte sie ihm, wie man Backgammon spielt. Ihre dünnen, von Altersflecken übersäten Hände schnipsten geschickt die Steine über das Feld, und nach jedem Zug erklärte sie genau, warum sie ihn gemacht hatte. Mortens Zurückhaltung verflog bald, und mit Eifer machte er die Bewegungen Verenas nach und schnipste Steine über das Spielbrett. Zum Schluss wollte er unbedingt, dass Leif ihm ein solches Brett kaufte, aber die Spielbretter waren von Hand gemacht und sehr teuer.

45

Heute lud uns meine Mutter zum Mittagessen ein. Es war ein sehr gediegenes Restaurant mit weißen Tischtüchern und großen funkelnden Weingläsern. Es war die Art von Gaststätten, die meine Eltern früher immer geliebt hatten. Wo das Essen am Tisch aus der Pfanne auf vorgewärmte Teller verteilt wird, wo ständig Wein nachgeschenkt wird und die Kellner weiße Servietten über dem Arm tragen.

Meine Mutter hatte ein Puzzle von Mordillo mitgebracht, das Morten sofort zusammenzusetzen begann. Meine anfänglichen Bedenken, dass dieses Essen schwierig werden würde, erwiesen sich als unbegründet. Meine Mutter wurde immer gelöster, je länger das Essen dauerte. Sie lachte oft und brachte immer wieder neue Themen in die Unterhaltung ein. Ich hatte sie schon lange nicht mehr so erlebt. Sie freute sich über Mortens Eifer, mit dem er das Puzzle zusammensetzte, und lobte ihn immer wieder. Mehrmals sagte sie, sie hätte gar nicht gewusst, dass heutige Kinder so etwas noch könnten: sich mit sich selber beschäftigen.

Nach dem Essen gingen wir alle auf den jüdischen Friedhof an der Schönhauser Allee, den ich noch nie besucht habe, obwohl er so nahe ist. Er liegt gleich beim U-Bahnhof Senefelderplatz, und von außen sieht er eher wie ein verwilderter Park aus als wie ein Friedhof. Uralte, kahle Bäume, die in den grauen Himmel ragen, von Efeu und Moos ganz überwuchert. Umgekippte Grabsteine. Dazwischen Büsche und hochschießendes Unterholz. Hochragende Schneehauben saßen auf den Steinen, und auf den Wegen lag Schnee, vermengt mit Laub. Ein Hauch von Ewigkeit und Tod über allem.

Verena erklärte uns, dass Richard Moritz Meyer ein wichtiger Goethe-Biograf gewesen sei und ihr als Quelle für ihre Dissertation gedient habe. Er habe ihr einen ganz neuen Zugang zu Goethe verschafft. Wir suchten die Reihen nach seinem Grabstein ab, aber wir konnten ihn nicht finden. Viele Inschriften waren auch gar nicht mehr lesbar. Sie waren verwittert, überwuchert, von Schnee bedeckt oder auch mutwillig zerstört worden. Viele Grabsteine waren als solche gar nicht mehr erkennbar. Die Natur schien den Tod überwunden zu haben.

Ganz zuhinterst lag ein riesiges Doppelgrabmal aus schwarzem Marmor. Es sah aus wie ein kleines Haus. Auf der rechten Seite stand auf einer Steinplatte: »Hier ruht in Gott mein geliebter Gatte, unser guter Vater und Großvater David Levin. Geb. am 18. Sept. 1819 in Königsberg i/NM. Gest. am 22. Nov. 1891 in Berlin. Friede seiner Asche.« Auf der linken Seite war die Grabplatte leer. Entweder war hier nie jemand begraben worden oder man hatte keine Zeit oder kein Geld mehr gehabt, um eine Inschrift einzugravieren. Ich musste an Lora denken, als ich dieses freie Grab sah, und ich dachte plötzlich, dass es vielleicht das Grab aller Menschen war, die man vermisste.

Dann gingen wir gemeinsam an der Friedhofsmauer entlang zum Ausgang. Ich hörte das Knirschen des Schnees unter unseren Schuhen. Ich spürte Leifs Arm um meine Schultern und Mortens Hand in meiner. Ich hörte meine Mutter hinter mir leise mit Verena sprechen. Ich nahm jeden Schritt wahr, den ich machte, begleitet von all diesen Menschen, die ich liebte.

Ganz vorne vor dem Ausgang schippte ein alter Mann aus einer Schubkarre Kies auf die vereisten Wege. Es war ein Gärtner oder ein Friedhofsangestellter. Er trug einen dunkelblauen Overall und darüber eine dicke Fleecejacke. Als wir an ihm vorbeigingen, auf unserem Weg hinaus aus dem Tor, hielt er plötzlich inne, stützte beide Hände auf seine Schaufel, nickte uns zu und sagte: Alles Gute und auf Wiedersehen.